KB203563

이 인간이 정말

성석제 소설

이 인간이 정말

문학동네

차례

론도 · 007

남방 · 037

찬미(贊美) · 071

이 인간이 정말 · 099

유희(有喜) · 127

외투 · 159

홀린 영혼 · 175

해설자 · 205

해설| 서영채 (문학평론가)
이 집요한 능청꾼의 세계 · 233

작가의 말 · 255

론도

Cantabile(노래하듯이)

급히 들어가는 바람에 차 오른쪽 앞바퀴가 주차선을 살짝 넘어섰다. 옆 차가 문을 열고 닫는 데는 지장이 없어 꼭 다시 주차할 필요까지는 없었지만 그는 차를 후진시켰다. 공장에서 출고된 지 만 칠 년, 16만 킬로미터를 달린 차는 근래 들어 후진 기어를 넣으면 엔진 아래쪽에서 '그르르르' 하고 고양이가 목을 굴리는 소리를 냈다. 아니면 고향 집 여닫이문처럼 드르륵인가. 잠깐 그런 생각을 하면서 그는 브레이크로 발을 옮겼다. 그 순간 뒤에서 가볍게 뭔가 맞닿는 느낌이 왔다. 그는 브레이크를 밟고 뒤를 돌아보았다. 주차장에 들어올 때는 분명히 비어 있던 장애인 주차석 앞에 언제 들어왔는지 낡은 흰색 승용차가 서 있었다.

주차장 입구에서 가장 가까운 장애인 전용 주차석은 원래 두 자리 모두 비어 있었다. 그 앞을 지나쳐 이층까지 올라갔다가 빈자리가 없어 다시 일층으로 내려온 참이었다. 장애인 전용 주차석 맞은편에 자리가 났기에 급히 들어가 세웠다. 흰 승용차는 그사이에 장애인 주차석에 들어가 있었던 것 같았다. 그리고 그가 차를 바로 세우려고 후진하자 때맞춰 나온 셈이고.

어떻든 후진했을 때의 속도나 부딪힌 강도, 소리로는 별다른 일이 있을 것 같지 않아서 그는 차를 다시 앞으로 전진시켰다. 운전석 오른쪽 차와의 간격을 조금 더 여유 있게, 반듯하게 차를 세웠다. 엔진을 끄고 차에서 내리는 그의 눈에 '전면 주차'라는 팻말이 보였다. 하지만 그의 차 양쪽의 차는 모두 후면 주차를 하고 있는 상태였다.

그는 차 뒷문을 열고 종이 상자를 꺼냈다. 상자 속에는 한 번 읽고 난 뒤 더이상 들춰보지 않은 책과 산 지 십 년이 되었으나 거의 쓰지 않아 말짱한 믹서, 사고 나서 한 번도 상자에서 꺼내본 적도 없는 클래식 CD전집과 해설책 등이 들어 있었다. 짐 정리하다가 나온 것들로 불우이웃을 돕는 단체에 기증을 하기 위해 들고 나왔다. 택배기사를 집으로 부를까도 했지만 집에 오기까지 시간이 얼마나 걸릴지 알 수 없었고, 마침 나가는 길이라 소포로 부치려고 우체국에 들렀던 참이다.

상자를 꺼내면서 그는 자신의 차와 부딪친, 아니 서양식의 뺨인사처럼 볼을 살짝 붙였다 뗀 차의 운전자가 칠십대 후반의 노인이라는 것을 알게 됐고 그가 미소를 짓고 있다는 느낌을 받았다. 그는 종이 상자를 아기처럼 껴안은 채 손가락 끝으로 자동 잠금 키를 눌러 차문을 잠갔다. 노인의 흰 승용차는 처음에 그의 차와 맞닿았을 때 그대

10

로, 장애인 주차석에서 절반쯤 차체를 내민 채 서 있었다. 책 때문에 상자가 꽤 무거웠다. 그는 흰색 승용차로 다가가 운전석 옆에 섰다.

"그래, 볼일은 다 봤어?"

열려 있던 창으로 메마르고 거친 노인의 목소리가 흘러나왔다. 그는 상자를 추슬러 안으며 대답했다.

"죄송합니다. 후진하다가 어르신 차를 못 봤네요. 무슨 문제가 있으신가요?"

노인은 양쪽 입꼬리를 들어올렸다. 그게 웃는 것인지, 흥분해서 그러는 것인지, 비웃는 것인지 맥락을 파악하려면 말을 들어봐야 할 듯했다.

"아 글쎄, 대형 사고를 쳐놓고도 나 몰라라 하고설랑은, 느긋하게지 볼일 다 보는 사람인 것 같아서 궁금해서 그러는데, 정말 볼일 다 봤냐고."

노인의 흰 셔츠는 차처럼 누렇게 바랬고 낡아 보였다. 목 옆의 깃에 덧댄 갈색 천에는 보풀이 일어나 있었다. 물세탁으로 지워지지 않은 기름 얼룩도 네댓 개 있었는데 노인의 얼굴에 피어 있는 저승꽃처럼 보였다.

"아뇨. 택배 부치러 왔으니까 아직 볼일 다 못 봤습니다. 그런데 아까 제가 차 후진시킬 때 어르신 차를 앞으로 빼신 거예요? 나가시려고요?"

노인은 그를 잠시 올려다보더니 안전벨트를 풀고는 차에서 내렸다. 그보다 오 센티미터쯤 키가 컸다. 테가 굵은 플라스틱 안경 속에서 크고 흐린 눈망울이 그를 내려다보았다.

"왜, 내가 내 차 가지고 나가든 들어오든 말든 뭔 상관이야. 일일이 허락받아야 되나?"

그는 노인의 목에 걸린 낡고 작은 휴대전화와 둥그런 보청기를 보았다. 그때 주차장 안쪽에서 나온 차가 나갈 자리를 만들어달라는 듯 가볍게 경적을 울렸다. 그는 몸을 피하는 시늉을 하며 "일단 소통에 방해가 되니까 차를 빼시죠" 하고는 걸음을 옮기려고 했다. 갑자기 노인이 대나무 낚싯대처럼 마르고 긴 팔을 뻗어 그의 팔을 잡았다.

"야아, 이거 봐라. 사고 쳐놓고 지 멋대로 가네? 증거를 없애려고? 어림없지, 어림 반 푼어치도 없어. 내가 육이오 때부터 운전만 육십 년 한 사람이야. 안 겪어본 일이 있는 줄 알아? 새파랗게 젊은 사람이 부주의하게 운전해서 남의 차를 받아놨으면, 어르신 죄송합니다, 죽을 죄를 졌습니다, 어디 다치신 데는 없으십니까, 하고 병원으로 모시고 갈 생각을 해야지, 뭐라고? 소통에 방해가 되니까 너는 차를 빼고 집에나 가라, 나는 내 볼일 보러 간다? 이게 어디서 배워 처먹은 행실이야?"

그는 팔을 아프게 조이는 노인의 손을 뿌리쳐 떼어낸 뒤 상자를 바닥에 내려놓고 목뼈 관절에서 '따다닥' 소리가 나게 목을 돌렸다. 어쩐지 고양이처럼 '갸르르륵' 소리가 난 것 같았다. 급하지 않은 짐 정리, 하지 않아도 누가 뭐라고 하지 않을 기부, 부치러 오지 않아도 되었을 일, 시키는 대로 하지 않아도 되었을 전면 주차, 그 모두를 차근차근 자발적으로 수행한 끝에 얻게 된 성과가 접촉 사고이고, 이 사소한 불운의 정점에 노인이 올라앉아 있는 것 같았다.

"어르신, 말씀 한번 참 이상하게 하시네요. 제가 우체국에 잠깐 볼

일 보는 동안 제 차 여기 있을 거예요. 어디 안 갑니다. 그리고 제가 부주의해서 받았다고 하시는데 저는 후진했고 어르신은 전진한 거 아녜요? 어르신이 전진하면서 나왔으니 후진하는 차를 빤히 봤을 거 아닙니까. 후진하는 거 보고서 한 번 빵빵거리지도 않고 그냥 와서 받아주기를 기다린 거 아녜요? 아님 일부러 와서 받았거나요. 또 제가 후진해서 차를 주차장 밖으로 빼낼 거라면 몰라도 다시 전진해서 주차할 걸 시속 십 킬로로 가겠습니까, 백 킬로로 가겠습니까? 끽해야 오 킬로예요. 어르신, 범퍼라는 거요, 시속 오 킬로미터 정도로 받아봐야 표시도 안 나게 만들어서 나온 거예요. 보세요, 차에 무슨 흔적이 있나. 보시라고요. 연세 드셨다고 그렇게 억지를 쓰시면 됩니까?"

노인은 그가 핏대를 세워 말을 늘어놓는 동안 입을 꾹 다물고 보청기를 오른손에 쥐고 있었다. 그의 말이 끝나자 다이얼을 조정하는 시늉을 하더니 전혀 못 들은 것처럼 "뭐라고?" 하고 되물었다. 그는 목구멍이 쥐어드는 것을 느꼈다. 그와 노인, 흰 승용차 사이의 좁은 공간으로 차가 빠져나갔다. 또다른 차가 들어오며 못마땅한 듯 경적을 울렸다.

"무슨 일이세요?"

주차 관리를 맡은 우체국 직원인 듯 땅딸막한 몸집에 금테 안경을 쓴 남자가 다가왔다.

"젊은 놈이 내 차를 들이박고도 그냥 튈라고 해서 그러면 안 된다고 타이르고 있는 중이야."

그의 두개골 속에서 겨울철에 저수지에서 얼음이 갈라질 때 나는 소리인 양 쩌어어억 하는 소리가 났다. 그러면서 평소에는 좀체 가동

되지 않던 회로가 작동되기 시작했다.

"아니 이 양반이 정말, 말을 막하네. 젊은 놈이라니? 나이 대접해주니까 사람을 우습게 아는 거야, 뭐야. 이봐요! 내가 일부러 내 차를 댁의 차에 갖다가 박았다는 거야? 그러면 증거가 어디 있어요? 박은 자국이 있냐고. 어디 대봐요."

노인은 전혀 흔들림이 없었다. 보청기를 흔들며 "이거 다 녹음되고 있어. 녹음이 다 된다고. 욕질하면 욕질한 거, 잘못했다면 잘못했다는 거. 난 못 알아들어도 상관없어" 했다. 직원이 두 사람 사이에 끼어들었다.

"아무리 사정이 그렇다고 해도 여기서 이러시면 안 되죠. 저 차 어르신 차죠? 일단 원래 있던 자리로 빼세요. 소통을 막으면 안 되거든요. 그러고요, 여기 사고 나도 시시티브이로 다 녹화되니까 걱정하지 마세요."

그는 직원의 멱살을 잡기라도 하듯 빠르게 다가가며 물었다.

"확실해요? 시시티브이 카메라로 녹화된다는 거? 잘됐네, 그럼."

그는 빠르게 냉정을 되찾았다. 노인이 차를 원래 있던 장애인 주차석에 대러 간 사이에, 아니 노인이 뭘 하건 간에 무시하는 태도로 상자를 안아 들고 우체국 안으로 들어갔다.

우체국은 우편물이며 택배를 부치려는 사람들로 꽤나 혼잡했다. 그는 번호표를 받아들고는 아직 삼십여 명의 손님이 앞에 있는 것을 확인한 뒤 상자를 놓아둔 채 밖으로 나왔다. 그놈의 상자는 누가 가져가도 상관없었다. 그의 예상대로 노인과 주차 관리 직원이 나란히 서 있었다. 직원은 유행이 한참 지난 큰 렌즈의 안경을 끼고 있어서 나이가 들어 보였지만 그보다는 네댓 살 젊을 듯했다.

"선생님, 제가 보니까 아무것도 아닌 일인데요. 어르신한테 정중하게 사과만 했으면 끝날 일을 왜 이렇게 크게 만드세요."

그는 선생님이라는 호칭이 공공기관에서 정해놓은 직무지침이나 복무규정에서 나온 것일까 생각하면서 직원에게 대꾸했다.

"제가 사과 안 한 거 아니에요. 저 양반 자기 보청기 가지고 녹음다 했다니까 확인해보시라고요. 내가 처음에 분명히 미안하다고 했어요. 그러니까 무슨 봉 잡은 거같이 더 난리를 치는 거예요. 보세요, 접촉 사고가 났으면 무슨 흔적이 남아야 할 텐데 내 차 범퍼는 깨끗하잖습니까."

노인이 몇 걸음을 옮겨서 가까이 왔다.

"당신 차는 깨끗한지 몰라도 내 차를 봐. 저게 정상이냐고."

자기 편한 대로 들린다 안 들린다 하면서 보청기를 조작하는 긴 손가락을 보고 그는 다시 끓어오르는 전의를 느꼈다. 노인의 차 앞으로 가서 범퍼를 보니 가볍게 충돌한 자국이 예닐곱 군데 있었고, 사고마다 다양한 색깔로 역사가 새겨져 있었다.

"보세요. 제 차 범퍼는 검은색이고 어르신 차는 흰색인데, 받으면 표시가 검은색으로 나야 할 거 아니에요? 여기 어디에 검은 자국이 있냐고요."

노인은 다시 보청기를 들어 보이며 "뭐라고?" 하더니 혼잣말처럼 "하여간 요새 젊은것들은 경우도 없고 예의가 없어. 대가리가 나쁜 건지. 박아놓고도 안 박았다고 박박 우겨대니, 나 참" 하는 것이었다. 그는 폭발했다.

"좋습니다. 좋아요. 나, 당신 같은 인간하고 더 이야기하고 싶지도 않으니까 경찰 불러서 해결하죠. 여봐요, 직원 선생님. 여기 시시티브이 자료 있다고 한 거 잊지 마세요. 나중에 증거로 꼭 제출해주세요. 있다고 해놓고 없다고 하면 나중에 경찰이고 검찰이고 간에 다 고발할 겁니다. 알아서 하세요."

그는 우체국 안으로 들어가며 부들부들 떨리는 손으로 휴대전화를 꺼내서 경찰을 불렀다. 곧 순찰차를 보내겠다는 말을 듣고는 전화를 끊었다. 차례는 여전히 많이 남아 있었다. 그는 기다리면서 흥분을 가라앉혔다. 그가 막 소포를 부치고 나서 화장실에 들어섰을 때 휴대전화 진동음이 울렸다. 경찰이 도착했다는 전화였다.

우체국 주차장에는 경찰 순찰차가 경광등을 번쩍이며 서 있었다. 젊고 나이든 경찰관 두 사람이 내려서 노인의 말에 귀를 기울이고 있었다. 택배와 우편배달을 하기 위해 들락거리던 우체국 소속 차량의 운전자들이 일을 멈추고 호기심 어린 눈으로 그 광경을 지켜보고 있었다. 그는 어금니를 깨물고 경찰관에게 다가갔다. 경찰관은 그의 신원을 확인했고 그는 주차 관리 직원에게 했던 말을 다시 되풀이했다. 노인은 보청기는 아예 건드리지도 않은 채 서 있다가 그의 말이 채 끝나기도 전에 "저렇게 젊은 사람이 경우가 없다고" 했다.

"이보세요, 접촉 사고에 젊고 늙은 게 무슨 상관이에요! 누구의 경우가 맞는지 안 맞는지는 경찰이 판가름해줄 거니까 늙었네 젊었네 그런 말을 하지 말라구요."

"내가 내 입으로 내 말 하는데 세금 내야 돼, 허락받아야 돼? 안 그래요, 젊은 양반?"

그를 제외한 다른 젊은 양반들은 고개를 끄덕이는 시늉을 했다. 울화통이 터진 그는 자신의 차로 다가가 욕설을 퍼부으면서 차에 발길질을 하고 팔꿈치로 지붕을 찍고 문짝을 주먹으로 쳤다. 나이든 경찰관이 다가와서 그를 말렸다.

"우리는 순찰중에 연락을 받고 와서 교통사고가 나면 어떻게 해드릴 수가 없습니다. 바로 옆에 경찰서가 있으니 거기 교통계로 가서 판정을 받는 게 제일 빨라요."

"시시티브이는요?"

"무슨 큰 인사 사고가 난 것도 아니니까 그런 것까지는 필요 없고요. 교통계 가면 거기 근무하는 분들은 전문가라서 금방 해결됩니다. 지금 출발하세요."

그는 노인에게는 아무 말도 하지 않고 차를 출발시켰다. 노인도 경찰관의 말을 듣고는 고분고분 그의 뒤를 따랐다. 오 분도 걸리지 않아 경찰서 앞마당에 차를 세운 그는 노인을 본 체도 하지 않고 교통계를 찾아갔다. 자동차와 오토바이 모형을 모아둔 상자가 놓인 책상에 다가간 그는 경찰관에게 사정을 이야기했다. 그의 말이 다 끝났을 때 노인이 쭈뼛거리면서 안으로 들어왔다.

"어르신, 오시느라 고생 많으셨지요? 차를 어디다 두셨습니까?"

교통계의 경찰관이 묻자 노인은 사람이 급변한 듯 공손하게 창 너머를 가리켰다. 오십 초반으로 보이는 경찰관은 줄자와 디지털카메라를 들고는 자리에서 일어섰다.

"자, 어디 한번 가보십시다."

그는 소풍을 가듯 한가롭게 발길을 옮기는 경찰관의 뒤를 따라가면서 비로소 불안감이 들기 시작했다. 그는 그런 경험이 전혀 없는 반면에 다른 사람들은 이런저런 절차에 익숙해 있는 것이 분명했다. 노인은 나이가 들어서 걸음걸이에 힘이 없다는 걸 강조라도 하려는 듯 한참 뒤에서 느릿느릿 걸어오고 있었다. 경찰관이 그에게 말했다.

"종합보험은 들고 계시죠? 사고 낸 적 있나요?"

그는 보험을 들고 십오 년이 넘었지만 한 번도 사고를 낸 적이 없다고 말했다. 경찰관은 고개를 끄덕거렸다.

"잘됐습니다. 인사 사고 아니고 수리비가 오십만 원을 넘지 않으면 보험회사에서 보험료 할증 없이 그냥 처리해줍니다. 저 어르신한테 보험으로 처리해주겠다고 하세요."

"그러면 차라리 속 편하겠는데 저 노인네가 너무 억지를 부리니까 화가 나서……"

"이해하세요. 팔십 노인이 차를 몰고 다니시니까 오죽하시겠어요? 잘잘못 따져서 뭐합니까?"

"보험회사에서 할증하지 않는 거 확실한 거죠?"

"아무 문제 없어요. 아무 문제가 없답니다아."

뒷부분은 거의 노래를 부르듯 하면서 경찰관은 다시 걸음을 빨리했다. 차가 서 있는 곳에 가서 형식적으로 차를 살펴본 경찰관은 "아, 이거 저 차가 이 차 살짝 박은 게 맞네, 요기 요기 요자리" 하면서 그를 향해 눈을 깜박거렸다. 이어서 그에게 빨리 보험회사로 전화를 하라고 했다. 그는 차로 가서 보험회사의 전화번호를 확인하고는 전화를 걸었다. 경찰관은 노인에게 주차장 담벼락에 메아리가 울릴 정도의 큰소리로 "어르신, 여기 이 젊은 분이 보험으로 깨끗하게 처리해주기

로 했으니까 마음 푹 놓으세요. 아셨죠? 햇볕 뜨거운데 안에 들어가
계시고요" 하고는 그에게 다가와 "아무 문제가 없을 겁니이다아아"
하고 다시 신청하지도 않은 노래를 민요풍으로 불러주더니 줄자와 디
지털카메라를 덜렁거리며 가버렸다.

보험회사 상담원이 사고 접수를 하고는 상대 차의 번호와 운전자
신원을 알려달라고 해서 그는 수첩과 볼펜을 들고 노인의 차로 향했
다. 그가 차 속에 앉아 있는 노인에게 연락처와 신상에 대해 묻자 노
인은 대답을 하지 않고 팔을 뻗어서 그의 팔목을 잡았다. 그는 철사줄
처럼 강인하고 차가운 촉감에 진저리를 치며 팔을 흔들어 노인의 손
을 뿌리쳤다.

"또 왜 이러는 거예요?"

"젊은 양반, 나하고 얘기 좀 합시다. 이리 들어와서 좀 앉으슈."

그는 노인에게서 오래된 물건에서 나는 듯한 찌든 냄새를 맡았다.
입냄새 같기도 하고 오줌 냄새 같기도 했다. 노인의 차에 들어가면 그
냄새가 훨씬 더 강해질 것 같았다.

"그냥 거기서 말씀하세요."

"거 무슨 복잡한 거 생각하지 마시라는 게요. 좋은 게 좋은 거라고,
인생이 다 그런 거 아니겠소? 젊은 양반보다 내가 몇 살이라도 더 산
사람이라 경험이 좀 있어 하는 말이오. 매사 빡빡하게 처리할라고 하
지 말고 유도리 있게 하자는 말이지. 들어와 앉으시오. 나한테 누이
좋고 매부 좋은 방법이 있소. 현금 박치기 말이야."

그는 군대 시절에 듣던 '유도리'라는 말의 뜻을 상기해보려고 했으
나 생각나지 않았다. 그게 타협으로 돌려지던 발길에 돌부리가 되었

다. 노인이 오른손 엄지와 검지를 빠르게 비비는 것을 본 그는 윗니로 아랫입술을 한 번 물었다 놓은 뒤에 대답했다.

"싫은데요. 난 누이도 매부도 하지 않을 테니 현금 박치기 하고 싶으면 혼자 왼손 오른손으로 하세요."

신고를 마치고 십여 분 만에 고속도로 위에 올라선 그에게 보험회사의 직원이 전화를 걸어왔다. 피해자가 옆에 있느냐는 것이었다.

"이보세요. 지금 여기에 피해자 가해자가 어디 있어요? 나 가해자 아니에요. 보험 처리 해도 할증 같은 거 없다고 해서 하자는 대로 해준 거뿐이라고요."

보험회사 직원은 그를 달랬다. 조금만 참아라, 바로 옆에 피해자가 있으면 현금 이십만 원쯤 주면 쉽게 해결된다, 그러면 선생님 계좌로 그 금액만큼 총알같이 입금을 해주겠다, 영수증도 필요 없다, 그걸로 모든 절차가 끝난다, 만약에 피해자가 차를 정비 공장에 가져가면 반드시 범퍼 전체를 교환하려고 할 것이다. 그러면 비용이 오십만 원이 넘어갈 수 있고 보험료가 할증이 될 수도 있다······

"정말 일 처리를 그따위 식으로 할 거 같으면 그때는 정식 재판을 청구할 겁니다. 시시티브이 자료도 있으니까 내가 과실이 없다는 걸 확실히 입증할 수 있어요. 부당하게 돈을 받아간 게 밝혀지면 끝까지 추적해서 민사, 형사 다 소송해서 벌금 물리고 손해배상 청구할 거라고 하세요. 나 젊은 놈이라 그 노인네보다 시간 많아요. 꼭 그렇게 전해주세요."

보험회사의 직원은 그의 심정을 충분히 이해한다고 했다. 그렇지만 다음에 같은 사고가 나면 그렇게 쉽게 해결하는 방법이 있다는 것을

알아두라고, 보험 할증이 되지 않고 해결하도록 해보겠노라고 사근사
근하게 말하더니 전화를 끊었다.

Marcato(똑똑히 힘주어)

"글쎄 그건 누구를 속이거나 남의 걸 빼앗는 게 아니고 자기 권리
를 찾는 거라니까요. 그렇게 오랫동안 무사고 운전을 하셨으면 보험
회사한테 얼마나 갖다 바친 거예요. 그동안 사소한 사고를 내고도 몇
백 몇천씩 뜯어먹은 운전자들이 또 얼마나 많겠어요. 이제는 사장님
밥상을 찾아 먹을 때도 됐죠."

본업인 '차량 경정비'보다는 '덴트' '보험 처리'라는 글자를 훨씬 더
크고 화려하게 유리문에 붙여놓은 정비업체 사장은 몸집이 자그마했
다. 안경 너머에서 눈이 반짝거렸고 작은 입술은 빠르고 매끄럽게 움
직였다. 그는 매끈하게 치장해놓은 가게 안 공간에 어울리지 않게 크
고 둔중해 보이는 자신의 차에 몸을 기댔다.

"글쎄, 보험회사 직원도 그런 말을 하긴 했어요. 쉽게 해결하는 방
법이 있다고. 그래도 우리같이 순진한 사람이 그런 걸 할 수 있을까
싶은데."

그와 나이가 비슷해 보이는 사장은 말을 하면서도 눈과 귀, 손과 발
을 쉬는 법이 없었다. 순식간에 그의 차에 새겨진 세월과 부주의의 흔
적이 드러났다.

"여기 크게 박은 게 두 군데고 작은 건 네 군데네요. 범퍼는 쌔끈하

게 칠해드리고…… 이거 다 합치면 한 칠팔십 되겠는데요. 제가 보험 할증 안 붙게 오십 안짝으로 맞춰드릴 테니까 사장님은 보험회사에 전화해서 주차장에 가만히 세워놓은 차를 누가 박고 갔다고 하세요. 차 어됐냐고 하면 우리 가게 전화번호 알려주시고 담당 직원 정해지면 전화하라고 제 번호 가르쳐주세요. 그다음에 사장님은 싹 빠지시면 됩니다. 나머지는 우리가 다 알아서 합니다. 프로니까요. 척하면 서로 알아보는 거죠."

차를 맡긴 그는 최대한 천천히 걸어서 십여 분 만에 자신의 거처인 오피스텔로 돌아왔다. 접촉 사고 이후 보험회사 직원의 예견대로 노인은 정비 공장을 찾아가서 범퍼 전체를 교환했고 아슬아슬하게 보험료 할증이 없는 상태로 사태는 마무리되었다. 그는 노인과 시비를 벌이는 와중에 화풀이로 차를 발로 차고 주먹질을 한 뒤 생긴 흔적을 포함해 차에 생긴 크고 작은 상처를 손볼까 싶어서 차량 정비와 외장 수리를 전문으로 한다는 오피스텔 앞 정비업체를 찾았던 것이었다.

보험회사에 전화를 걸자 전과 마찬가지로 "친절하게 모시겠습니다. 파러웨이자동차보험 상담원 김민영입니다. 무엇을 도와드릴까요?" 하는, 기계음을 닮은 여자의 목소리가 들려왔다. 그는 알레르기 증상이라도 있는 것처럼 기침을 했다.

"제 차를요. 주차장에 놔뒀는데요. 어떤 놈이 살짝 박고 도망을 간 거 같아서요."

"예, 고객님, 정말 상심이 크시겠습니다. 그럼 먼저 고객님의 신원부터 확인하고 도와드리도록 하겠습니다. 전화번호가 공일팔 이삼하나 구일칠삼 맞으시나요? 고객님 성함은 박 자, 정 자, 국 자 맞으시죠?"

신원을 확인하고 난 뒤 상담원은 차를 언제, 어디에, 어떻게 세워두었느냐고 물었다. 그가 오피스텔 주차장이라고 대답하자 주차장 몇 층 가운데 몇 층인지, 출입구에서 어느 정도 되는 위치인가도 물었다. 그는 허둥대는 와중에도 혹시 시시티브이가 작동했을지도 모른다고 생각해 주차장 바깥 건물 벽에 붙여서 세워두었다고 둘러댔다.

"그럼, 몇 월 며칠 몇 시부터 몇 시까지 차를 거기다 세워두셨습니까?"

대화가 진행되면서 상대의 목소리에서 처음의 기계 같던 느낌은 많이 사라졌다. 이십대 중반쯤이나 되었을까 싶게 앳되고 맑은 목소리에 그는 문득 수치심을 느꼈다.

"글쎄 한시에서 두시?"

"오전인가요 오후인가요, 고객님?"

"글쎄요. 전날 대리운전을 해왔던가 싶은데…… 생각이 잘 안 나는데요."

"생각이 잘 안 나신다는 말씀이시죠, 고객님? 그럼 차의 어느 부분에 어떤 피해가 발생했는지 말씀해주시겠습니까?"

이십여 분 가까이 통화를 하고 나서 기진맥진한 그는 침대에 드러누웠다. 한 시간가량 졸다 깨다 하며 누워 있다가 몸을 일으켜 정비업체에 전화를 걸었다.

"아이구, 이거 힘들어서 못해먹겠네요. 푼돈이라도 남의 돈 울거먹는 건 확실히 아무나 하는 게 아닌가봐요."

정비업체 사장은 보험회사의 보상 담당 직원이 연락을 해올 텐데 미리 상황을 확실히 만들어두는 게 좋을 거라고 충고했다. 그의 말대로 삼십 분쯤 뒤에 젊은 목소리의 남자 직원이 전화를 걸어왔다. 의심스러워하는 기색은 느껴지지 않았다. 그것까지 훈련을 받았을 거라고 그는 판단했다.

"그냥 주차장 밖 길가에 가만히 세워놓은 차를 건드리고 간 거 같아요. 왼쪽 후미가 찌그러진 게 제일 크고, 오른쪽은 어떤 놈이 발로 차고 주먹으로 친 것처럼 움푹 들어간 게 몇 군데 있어요. 뭐 그냥 타고 다녀도 되지만 볼 때마다 마음에 걸릴 것 같아서."

말이 많아지고 있었다. 보험회사 직원은 더이상 캐묻지 않았다. 그는 어린 시절로 다시 돌아가 작은 교실에서 작은 책상을 마주하고 작은 의자에 앉아 받아쓰기 시험을 보는 것처럼 힘겨웠다.

"아, 사장님. 요새 젊은 애들 무섭네요."

그의 얼굴을 본 정비업체 사장은 혀를 내두르기부터 했다. 보험회사 직원이 전화를 걸어와서 사진을 찍어서 이메일로 보내줬다, 그걸 보고는 잘 모르겠다, 확인하러 오겠다고 와서는 차를 삼십 분 가까이 샅샅이 살피더라는 것이었다. 꼼꼼하게 확인하고 확인하기에 도저히 없는 일을 있는 것처럼 꾸며대기가 어려웠다, 그 시간이 고문 같았다고도 했다. 결론적으로 그 직원은 단 한 군데 이십만 원짜리 하나만 사고로 인정해줄 수 있다고 하더라는 것이었다. 그는 그럼 그렇게 하자고 했다. 그만큼만 고치고 그냥 타고 다니겠다고.

"꼭 젊은 애들 등쳐먹는 거 같아서 정말 괴롭네요. 걔들이 얼마나 힘들게 직장에 들어갔을 것이며 얼마나 어렵게 돈을 벌 거야. 나 오늘 반성 많이 했어요."

사장은 식당에서 벌건 육개장에 밥을 말아 푹푹 퍼먹으며 말했다.

보험회사가 이십만 원, 자신이 삼십만 원을 부담하고, 정비업체 사장
이 이십만 원을 깎아준 금액으로 전체적인 외장 수리가 진행되었다.
차를 찾으러 가자 사장은 원래대로 재빠르게 입을 놀렸다.

"만족하시죠? 덴트라는 게 판금하고 도색한 거하고는 다르지만 한
일이 년은 끄떡없이 타실 거예요. 이거 코팅도 좀 했어요. 오만 원짜
리로 싸게 하는 코팅인데 잘 쓰면 몇 달은 가요. 혹시 이 차 팔 계획
있으시면 나중에 다시 코팅 한 번 더 하고 파세요. 전문가들은 알아보
지만 인터넷 같은 데 올려서 개인끼리 거래하면 코팅 원가보다는 훨
씬 더 비싸게 받을 수 있어요. 사람 눈이라는 게 원래 부정확하거든
요. 속이고 속는 거예요, 모두 다."

선크림을 바른 얼굴처럼 번지르르해진 차를 보고 그는 고개를 끄덕
거렸다. 특히 뒷범퍼는 새것을 단 것처럼 말끔하게 수리되어 그 부분
만 도드라져 보였다. 그는 뒷범퍼를 툭툭 차며 말했다.

"왜 그런 사람 있잖아요. 환갑이 넘어도 마흔 살밖에 안 돼 보이는
사람들. 보톡스 하고 박피 해가지고 말짱하게 얼굴 수리해서 다니는
사람들. 이거 보니까 그 생각 나네. 차도 주인 닮겠지."

그는 웅얼거렸다. 사장이 빠르게 입술을 놀렸다.

"덴트만 그런 거 아니고요. 남성 수술도 있고 성형도 그렇고 라식
도 그렇고 임플란트도 뭐 다 그런 세상이니까요."

"맞아요. 세상 다."

그는 노래의 후렴처럼 따라 했다.

Molto Maestoso(매우 장려하게)

그는 진동음으로 전화가 걸려온 것을 깨닫고 눈을 뜬 뒤 머리맡의 창문을 쳐다보았다. 아직 어두웠고 도로변 주황색 가로등 불빛이 비쳐들고 있었다. 시간을 확인하니 새벽 네시 반이었다. 액정에 낯선 번호가 찍힌 채 그의 휴대전화는 계속 몸을 떨어대고 있었다. 그는 전화기의 수신 버튼을 눌렀다. 낮은 음색의 남자 목소리가 흘러나왔다.

"아침 일찍 대단히 죄송합니다. 혹시 오팔구팔 차 주인 되십니까?"

그가 그렇다고 하자 남자는 지하 주차장에 있던 그의 차와 자신의 차 사이에 접촉 사고가 있었노라고 했다.

"지금 혹시 오피스텔 안에 계십니까? 대단히 죄송하지만 내려오셔서 차량 상태를 확인해주셨으면 합니다."

그는 알겠노라고 하고는 전화를 끊었다. 무릎과 엉덩이가 튀어나온 트레이닝복이 의자에 걸쳐져 있었다. 그는 습관대로 그 옷을 입으려다가 옷장에서 신사복 바지를 꺼냈다. 바지에 벨트를 집어넣고는 튀어나오기 시작한 아랫배 위로 올려서 입었다. 전화기와 수첩, 펜, 지갑을 확인하고 나서 카메라를 찾았지만 어디 두었는지 기억이 나지 않았다. 설악산에 무박 산행 간 게 언제더라. 그는 기억을 해보려다가 포기하고 문을 열었다.

지하 주차장 공기는 텁텁했다. 지어진 지 삼 년이 넘었어도 아직 신축할 때 쓴 화학제품에서 나온 유해성분이 공기 중에 섞여 있을 거라는 생각을 그는 늘 하고 있었다. 거기다가 차들이 드나들면서 바퀴에 묻혀온 외부의 먼지와 불순물, 발암물질이 쌓였을 것이다. 그는 엘리

베이터를 나와서 어두운 주차장을 가로질러 차를 세워둔 쪽으로 갔다.

의외로 여러 사람이 모여 있었다. 낯이 익은 수위는 물론이고 관리실에나 가야 볼 수 있던 젊은 설비수리 기사까지 보였다. 거기다가 남녀 네 사람이 멀고 가까운 곳에 서 있었다. 그의 차 뒷부분은 거대한 강철 손으로 움켜잡아 찌그러뜨린 듯했다. 원래 그가 세웠던 자리에서 받힌 충격으로 오십 센티미터쯤 움직여 기둥을 들이받은 터라 오른쪽 뒷문이 완전히 으스러진 채였다. 그는 나에게도 이런 행운이 찾아올 때도 있구나 싶어 가슴이 떨렸다. 그는 기쁨을 억제하며 일부러 크게 소리를 질렀다.

"아이고, 이거 새로 덴트 하고 코팅까지 한 게 일주일도 안 됐는데. 돈 처바른 게 흔적도 없네."

두꺼운 뿔테 안경을 쓰고 양복 정장을 입은 중년 남자가 다가왔다. 남자는 일단 고개를 깊이 숙였다.

"선생님, 이거 정말 죄송하게 됐습니다. 좋은 차를 잘 타시고 계신데 제가 실수를 해서 이렇게 되었네요. 지금 자동차 보험회사에 연락했습니다. 제 차는 벌써 정비 공장에서 차가 와가지고 견인을 해갔는데 같은 보험회사에서 고쳐도 좋을지, 선생님 의향이 어떠신지 몰라서 먼저 전화를 드렸습니다. 죄송합니다. 주무시는데 깨워서 또 죄송합니다. 얼마나 놀라셨습니까."

그는 두 손을 모아 공손히 답례라도 하고 싶은 심정이었다.

"별말씀 다 하십니다. 다 같이 운전하는 입장에서 보면 서로 이해할 수 있지요. 그런데 어쩌다가?"

목욕탕 천장의 환기 시설이 고장 났을 때 수리를 해주러 왔던, 팬을 사오면 갈아주겠다고 하던 젊은 기사가 나섰다.

"가해차 차주가 여기 사시는 분 맞고요. 삼이공오 넘버 확인했어요. 전화번호도 따놨어요. 우리도 자다가 소리가 꽝, 하고 나서 나와 봤는데요. 정말 폭탄 터지는 거 같았어요. 사장님 차는 앞에 있던 차가 커버를 해줘서 상황이 좀 나은 거예요. 그 차 완전 개박살났어요. 차주 분이 폐차해야 되겠다고 하더라고요. 출고 십 년 된 코란돈데요. 그 차주 분 되게 좋아하시면서……"

그는 말을 끊었다.

"아, 나도 칠 년 된 찬데. 그런데 나 차 바꿀라다가 계약금으로 목돈 들어가지, 등록비에 세금 무섭고 해서 좀더 타자고 바로 얼마 전에 이백만 원 주고 싹 도색하고 내부 고쳐서 타던 거예요. 그 돈 들인 게 일주일도 안 됐어요."

안쪽에 서 있던 여자들 중 하나가 기침을 했다. 그는 말을 멈추었다. 역시 공기가 안 좋아. 예민한 사람들은 오래 있으면 좋지 않지.

"어떻게 하시겠습니까. 같은 정비 공장에다 견인차를 또 오라고 전화할까요?"

투 버튼 회색 정장에 물방울무늬 넥타이를 맨 중년 남자가 정중하게 그에게 물었다. 그는 이럴 때는 어떻게 하는 게 좋을지 물어볼 사람이 있는지 생각해보았다. 그가 아는 한 주변에 같은 일을 겪은, 아니 그런 행운을 맞이해본 사람은 없었다. 시간이야 어떻든 간에, 전화를 받은 사람은 아침부터 재수가 없다고 할지도 모른다. 이 세계에는 행운의 총량이 정해져 있는데, 한 사람이 행운을 많이 가져가면 남은 것을 나눠 가져야 하는 사람들의 몫이 줄어든다. 자신의 몫이 줄어드는 것을 '재수가 없다'고 표현한다.

"일단 차가 움직이는가 한번 볼게요."

그는 차에 올라가 시동을 걸었다. 트렁크 문과 뒷문이 열렸다는 불빛이 들어왔다. 그 외에는 별다른 이상이 없었다. 그는 브레이크를 풀고 차를 후진시켰다. 바퀴에 뭔가 닿는지 '퀴릭퀴릭퀴릭' 하는 소리가 나긴 했지만 차는 그럭저럭 굴러갔다. 그는 차에서 내려서 남녀가 모여 있는 곳으로 갔다.

"명함 같은 거 있으세요? 아니, 아까 저한테 전화한 핸드폰이 그건가요?"

남자는 명함을 꺼내주며 자신의 전화가 맞다고 대답했다. 명함에는 직함이나 직장 주소가 없었고 이름과 연락처, 이메일만 표시되어 있었다. 그는 일행을 슬쩍 살펴보았다. 여자들은 사십대 정도로 보였고 수면 부족과 허기에 시달리고 있는 듯 초췌했다.

"보험회사는 어딘가요?"

"파러웨이자동차보험입니다. 전화번호는 일오팔팔에……"

"아 예. 저도 그 보험회사 가입자예요. 압니다. 아주 잘 알죠."

"그리로 연락하시면 알아서 다 해결해줄 겁니다. 그럼 견인은 어떻게?"

"아, 이거 제가 알아서 할게요. 보험회사 있는데 뭐 걱정할 게 있나요."

"그럼 저희는 올라가서 좀 쉬고 있겠습니다. 밤새 운전을 하고 오느라고 힘들었는지 그만 집에 다 와서 사고를 냈네요. 죄송합니다, 선생님. 제가 잠깐 눈만 붙이고 꼭 열시 전에 전화를 드리겠습니다."

"아이고, 어서 빨리 올라가서 씻고 쉬세요. 이쪽은 제가 알아서 하겠습니다. 그러고요, 저 아침형 인간이거든요. 전혀, 전혀 신경쓰지 마세요."

그가 차를 운전해서 지상으로 올라왔을 때 지상에 서 있던 시계탑은 다섯시 삼십분을 가리키고 있었다. 그 시간에 문을 연 정비 공장은 없을 터였다. 그는 나온 김에 아침을 먹기로 하고 근처에 있는 해장국 식당으로 향했다. 사람들이 많지 않았고 그의 차에 관심을 가지는 사람도 별로 없었다. 그는 선지해장국에 밥을 말아서 푹푹 떠먹었다. 식당에 있는 하루 지난 조간신문과 경제지, 스포츠신문을 다 읽고 나서 옆에 있는 목욕탕에 들어갔다. 목욕탕 바닥에 누워서 자기까지 했는데 나와 보니 아홉시밖에 되지 않았다. 정비업체 겸 텐트 가게는 문을 열지 않고 있었다. 그는 다시 오피스텔로 돌아와서 침대에서 곯아떨어졌다. 깨어 보니 열한시였다.

그는 전화기를 들고 통화 기록을 살펴보았다. 깨끗했다. 잠깐 눈 붙이고 열시 전에는 꼭 연락한다고 하지 않았던가? 그는 정비업체로 전화를 걸었다. 전후 사정을 이야기하자 사장은 곧바로 차를 자신들에게 가지고 오라고 신신당부하다시피 했다.

"거긴 경정비하고 텐트만 하는 거 아닌가요? 내 차는 뒤쪽이 완전히 작살났던데."

"아뇨. 우리도 수리 다 해요. 그리고 사장님, 사장님 차 그거 일급 정비 공장 들어가서 제대로 고쳐야지 중고로 팔 때도 제값 받아요. 동네 카센터에서는 어차피 못하는 거예요."

사장은 자신의 친형이 일급 정비 공장을 운영하고 있다고 두 번 세

번 강조했다.

"나 지난번 덴트 할 때에 말 안 한 거 있는데. 오른쪽 조수석 사이드미러랑 뒷문 오른쪽 유리가 전동이잖아요. 그게 어떨 땐 됐다가 어떨 땐 안 되고 하거든요. 뭐 잘 안 쓰는 거라 큰 문제는 없어도 그거 전동 모터라서 갈려면 돈 좀 들죠?"

사장은 그건 별거 아니라고 이 기회에 차를 완전히 개비하는 수준으로 싹 고쳐서 몇 년은 아무 문제 없이 탈 수 있도록 해주겠다고 장담했다. 통화를 하면서도 전화가 오지 않을까 싶었지만 전화는 없었다.

그는 열한시 반에 새벽의 통화 기록을 찾아서 전화를 걸었다. 신호는 가는데 전화는 받지 않았다. 다시 걸었다. 받지 않았다. 네 번을 걸어서 한 번에 삼사십 번씩 신호가 울렸는데도 받지 않았다. 그는 일반 전화기의 수화기를 들었다. 전화번호를 입력하고 세 번쯤 신호가 울렸을 때 상대가 전화를 받았다.

"여보세요? 저 오늘 새벽에 주차장에서 사고 났던 차 주인……"

종이를 구겨서 집어던지는 듯한 소리가 나더니 전화가 끊겼다. 그러고는 아무리 전화를 걸어도 전화를 받지 않았다. 그는 관리실로 전화를 했다. 아침에 봤던 기사는 일을 나갔다고 했다. 수위를 찾자 그마저 교대를 하고 집으로 갔다는 것이었다.

"혹시 시시티브이 기록 같은 거 있어요?"

"있긴 있는데요. 장비가 고장이 나서 녹화가 됐다 안 됐다 하거든요. 봐야 알겠습니다."

그는 기사가 돌아오면 전화를 해달라고 하고는 보험회사로 전화를 걸었다. 여자 상담원이 인사를 마치기를 기다려 오늘 새벽에 이 지역에서 접수된 사고가 있는지 물었다. 상담원은 상냥한 목소리로 그런 일은 없었다고 대답했다.

"차를 두 대나 견인해 갔다는데 기록이 없어요? 거기 파러웨이보험 맞는 거죠?"

"맞습니다, 고객님. 다시 한번 확인해보시고 연락주시기 바랍니다."

그는 불안해져서 정비업체에 다시 전화를 했다. 사장은 어쨌든 보험회사에서 처리를 해줄 거라면서, 최악의 경우 그가 아주 일부의 비용을 부담하게 될지도 모르지만 큰 문제는 아니다, 빨리 차부터 가지고 오라고 했다. 확인을 해보기 위해 그는 통화 기록을 뒤져서 지난번 우체국 주차장 사건을 처리한 보험회사 직원에게 전화를 걸었다.

"별문제 아닐 거예요. 거기 사는 분은 확실하댔죠? 그럼 조금 기다려보세요."

자신의 일이 아니어서 그런지 직원의 응대는 만족스럽지 않았다.

그는 이번에는 자신의 차 외장 수리를 담당한 보험사 젊은 남자 직원에게 전화를 걸기 전에 '가해자'라고 불릴 사람에게 다시 전화를 했다. 여전히 전화를 받지 않았다. 남자 직원은 신호가 울리자마자 전화를 받았다.

"사고가 잦으시네요, 고객님. 마음이 많이 상하셨겠어요. 그런데 고객님, 가해자를 못 찾아서 자차로 보험 처리가 되더라도 수리비가 많아지면 고객님 내년 보험료가 할증이 될 수 있으세요. 잘 알아보시고 금액이 많지 않으면 자부담으로 처리하는 게 좋으실 거예요."

"이번 사고는 진짜라니까. 지난번 사고가 가짜라는 게 아니고. 차 뒤쪽이 개박살났어요. 이삼백으로는 해결이 안 될 것 같은데. 이러면 경찰에 신고해야 하는 거예요?"

"고객님. 잠시만 더 기다려보시고요. 정 연락이 안 오면 저희 상담원한테 먼저 연락을 주세요. 그럼 오늘도 멋진 운행……"

통화중 전화가 왔다는 신호음이 울리는 걸 알고는 그는 잽싸게 전화를 받았다. 관리실의 기사였다. 기사는 태평한 어조로 사고 낸 사람이 아마 자고 있을 거라고 했다.

"혹시 그 사람들 음주운전으로 그렇게 된 거 아녜요? 보험회사에 신고도 안 되어 있다잖아요. 새벽에 그쪽에서 이런저런 이야기 안 했으면 그 자리에서 해결을 봤을 텐데 그쪽에서 사고낸 사람이 여기 산다, 녹화가 됐다는 바람에 믿고 보낸 거 아녜요? 그 자식 사고 내고 도망갔으면 어떡할 건데?"

기사는 자신에게 차주의 전화번호가 있으니 직접 연락을 해보겠노라고 했다. 그가 빵으로 점심을 때우고 있는 참에 전화가 걸려왔다. 여자였고 당황한 목소리였다. 자신이 차주라고 했다. 이런 사고가 났을 때 어찌해야 하는지 몰라 아는 사람을 불렀는데 아는 사람이 형부라는 것이었고 지금 오고 있다고 했다.

"보험회사에 연락을 하셨나요?"

여자는 그런 것에 관해서는 전혀 모른다고 했다.

"오늘 새벽에 주차장에 계셨던 분인가요? 운전은 누가 했습니까?"

여자는 자신은 잘 모른다고 형부가 오는 대로 조치를 하겠노라고 하고는 전화를 끊었다. 그는 한결 느긋해진 마음으로 차를 끌고 정비업체로 갔다. 사장은 물론이고 차를 수리하던 종업원, 세차하고 왁스칠을 하던 사람들까지 모두 나와서 강강수월래라도 하듯 그의 차를 에워쌌다.

"와우, 이 차 견적 완전 빵빵하게 나오겠는데. 사장님 차를 새 차처럼 싹 바꾸셔도 되겠네요."

그는 이런 경우 폐차를 해도 되냐고 물었다. 그들은 얼굴을 마주보더니 고개를 저었다.

"엔진을 건드린 것도 아닌데요, 뭘. 요새는 차가 잘 나와서 잘 손봐가면서 타면 오십만 킬로도 타요."

"그래도 벌써 얘 나이가 몇 살인데. 사람으로 치면 내 나이 훨씬 넘었을걸?"

"사장님 연식이 얼만데요?"

"나? 여기 사장님하고 동갑이잖아."

"오호, 칠십년식?"

이윽고 여자에게서 다시 전화가 걸려왔다. 보험회사에 정식으로 접수를 했다면서 번호를 알려주었고 연락이 갈 거라고 했다. 그로부터 일사천리로 일이 진행되었다. 그의 차는 수리를 하기 위해 정비 공장으로 갔으며 수리 기간 동안 그가 탈 차로 최신형 렌터카가 배정되었다. 그 비용도 모두 보험회사에서 부담하는 것이었다. 렌터카를 가지고 온 사람은 젊은 여자였고 백화점 종업원의 제복처럼 생긴 옷을 입고 있었으며 말끝마다 '고객님'을 달았다. 그는 여자가 내민 서류에 사인을 하고 나서 특별히 갈 데도 없으면서 신이 나서 차를 몰고 큰길로 나갔다. 크기가 익숙하지 않은 차를 세우다가 주차장 기둥을 받고 말았다. 그가 차를 가지고 정비업체로 가자 사장은 한숨을 쉬면서 렌터카 회사에서 알면 돈을 많이 달라고 할 터이니 자신이 원가만 받고 감쪽같이 손질해놓겠다, 이십만 원만 내라고 했다.

이틀 뒤 저녁 그에게 전화가 걸려왔다. 경찰서였다. 보험회사에서 신고가 들어왔으며 피해자 조사를 해야 하니 경찰서로 나와달라는 것이었다.

"보험 사기 같은 건가요?"

"형사 사건 될 만한 일은 아니고, 사고 낸 운전자를 바꿔서 신고한 거 같아요. 이런 건 보험회사에서 할 일인데 우리한테 의뢰를 하니, 참. 선생님 차 고치는 데는 아무 상관 없어요. 거짓말을 했으니 사고 낸 당사자가 물든지 보험회사에서 먼저 물고 그 사람한테 청구하든지 하겠죠."

조서를 작성하면서 경찰관은 싹싹하게 말했다. 일곱시가 지났는데도 끊임없이 전화벨이 울어댔다. 버스와 승용차가 충돌한 대형 사고가 난 지 얼마 안 되었다고 했다. 버스기사가 피 묻은 옷을 입고 맨발에 슬리퍼를 신은 채 부들부들 떨며 의자에 앉아 있었고, 그의 아내인 듯한 중년 여자가 종이컵에 든 인스턴트커피를 어린아이에게 감기약 먹이듯 마시게 하고 있었다.

"아, 요놈들. 좀만 기다리라니까. 벌써 피자를 시켰네."

경찰관은 서류를 정리하다 말고 문자 메시지를 확인하더니 답장을 보냈다.

"아이들인가요?"

경찰관의 얼굴이 환해졌다.

"연년생으로 아들만 둘인데요. 제 엄마가 일을 나가니까 저희들이 알아서 저녁을 해결하네요."

"좋겠어요. 애들 피자하고 치킨 시켜 먹을 줄 알면 다 큰 거예요. 혼자 놔둬도 돼요."

경찰관은 서류를 그에게 내밀며 지장을 찍게 했다.

"이걸로 끝입니까?"

"만날 되풀이되는 일인데요. 돌아가면 또 돌아오고 돌아가면 또 돌아와요. 선생님은 끝인지 몰라도."

남방

남자를 본 순간, 어디서 본 사람 같다는 생각이 들었다. 비엔티안, 생전 처음 와보는 나라 라오스의 수도하고도 시내 중심가의 여행사 앞에서 우연히 마주친 사람이, 그것도 콧수염까지 기른 남자가 전에 만난 사람일 가능성은 거의 없었다. 하긴 비슷한 연배의 한국 남자라면 비슷하게 살아온 세월의 표정이 겉모습에 나타날 수 있다. 그런데 그 남자의 인상은 그것보다는 더 깊은 곳, 곧 피부 아래의 핏줄과 핏줄을 흐르는 피가 줄 수 있는 친연감을 느끼게 했다. 서울의 대로에서 시간이 남아 어슬렁거리다가 마주쳤다면 군대, 학교, 고향, 성 따위를 물어봤을 수 있을 정도였다.

　그는 여행사 앞에서 오토바이의 시동을 끄고 막 내린 참이었다. 동남아 국가에서 흔히 볼 수 있는 중국산 오토바이가 아니라 라오스에서 자체적으로 생산한 제품이었다. 특이하게도 꼬리의 금속판에 '부품은 한국산'이라는 뜻의 영문 표기를 해놓았다. 오토바이만 가지고 보면 그는 라오스 현지에 살고 있는 사람으로 인식될 법했다. 그런데 그의 차림새가 그런 생각을 간단히 뒤집고도 남았다.

그는 삼사십 년 전 남자들이 가장 선호했던 선글라스 '레이밴'을 끼고 있었다. 워낙 렌즈가 크고 검어서 눈 주변이 온통 가려져 있었고 황금빛 테가 금니처럼 햇빛에 번쩍였다. 털이 성긴 맨다리를 덮고 있는 누런색 반바지 차림에 흙투성이의 짙은 갈색 고무 샌들을 신었고 청색 꽃무늬 프린트의 남방 셔츠를 입고 있었다. 염색을 한 듯 새까맣고 짧은 머리와 중키에 통통한 체구로 동남아 어디서나 쉽게 만날 수 있는 중년 남성 관광객의 전형이라고 할 수 있었다.

하지만 그곳은 라오스였다. 연중 관광하기에 가장 좋다는 건기 시즌의 막바지인 2월 중순이어서 날씨는 좋았지만, 라오스에는 한국의 중년 남성들이 좋아할 만한 게 별로 없었다. 골프장이 많지도 않고 유흥시설이 발달한 것도 아니었으며 공산주의 정권이라 그런지 도박 도시도 없었다.

라오스를 찾아오는 관광객은 대부분 유럽과 미국에서 온 사람들이었다. 아직 때묻지 않은 자연이 남아 있고 독특한 풍습을 가지고 있으면서 그다지 위험하지도 않은 곳이 라오스였다. 무엇보다 관광객을 불러들이는 가장 큰 요인은 싼 물가였다. 나 역시 비엔티안에서 일류로 꼽히는 유명 음식점에서 두 사람의 저녁식사와 맥주 값으로 삼만 낍, 그러니까 사 달러 정도를 지불하고 나온 길이었다. 워낙 싸고 맛있는 저녁을 먹은 터라 숙소로 들어가는 길에 음식점을 소개해준 여행사 사장에게 고맙다는 인사라도 하려고 들른 참이었다.

"어디서 오시는 길이에요?"

말은 내 쪽에서 먼저 붙였다. 이제 막 여행을 시작하는 입장에서 경험이 많아 보이는 그에게 정보를 얻을 수 있을 것 같아서였다.

"아, 저요? 저는 저기 저 남쪽 빡세에서 올라오는 길인데, 거기 참 이름같이 댕기기가 무지하게 빡셉디다. 준비가 없이는 그쪽으로는 안 가는 게 좋을 거요. 그래, 라오스는 언제 들어오셨더랬소? 오늘? 어제? 여기 비엔티안에는 어디어디 가봤어요?"

괜히 말을 걸었다 싶은 생각이 들 정도로 그는 되로 준 말을 말로 갚으며 응해왔다. 나와 황은 간단히 대답하고 그 자리를 벗어나려고 했지만 그는 우리를 쉽게 놓아줄 생각이 없어 보였다. 기왕 그렇게 된 바에 그의 이야기를 즐겁게 들어주는 게 나을 것 같았다.

성이 박이라는 그 남자는 오십 중반의 나이에 삼십여 년간 다니던 직장에서 한 해 전 명예퇴직을 한 참이라고 했다. 오 년 전 수도권에 있는 고층 아파트 한 채를 분양받아 입주했고 거기에는 그의 처와 대학을 졸업하고 집에서 놀고 있는 딸이 살고 있었다. 박은 새로운 사업을 시작하기 전에 직장에서 몸에 밴 중금속 같은 현실 안주적 성향을 씻어내기 위해 동남아 여러 나라를 혼자 여행하는 중이라고 했는데 라오스가 첫번째 국가였다. 혼자여서 친구들을 엄청나게 많이 만났고 관광객이 들어가지 못하는 오지 마을에도 많이 드나들 수 있었다고 했다.

"라오스 사람들은 불교 신자가 구십 프로가 넘거든요. 공산주의 국가라서 병나면 그냥 치료해주지, 교육시켜주지, 나라에서 공짜로 해주는 게 많아요. 그러다보니까 사람들이 참 욕심이 없는데, 나쁘게 말하면 게을러. 의욕이 없다는 거지. 그러니까 가난할 수밖에. 내가 여기 라오스 애들을 만나서 그랬어요. 야, 너희들은 왜 일을 안 하고 만날 놀고만 있냐. 그러니까 걔들이 뭐라고 그러는지 알아요? 일하면 뭐하냐 이거야. 그래 내가 그랬지. 일하면 돈을 번다. 그러니까 걔들이 또 그래. 돈 벌면 뭐하냐. 내가, 돈 벌면 나처럼 자유롭게 여행도 다니고 맛있는 거도 먹고 이렇게 친구도 사귀고 하면서 재미있게 살지 않냐. 그랬더니 그 친구들이 고개를 쳐들고 생글생글 웃으면서, 난 지금도 재미있는데? 행복한데? 왜 일해? 그러는 거야. 나 참 어이가 없어서. 이러니까 이 나라가 발전이 없어요."

라오스에 오기 전 인터넷이며 여행서에서 자료를 찾아본 우리는 라오스가 세계 최빈국에 속하는 나라이기는 하지만 외부 세계, 특히 자본주의와 서구의 가치관으로부터 상대적으로 독립성을 유지하고 있어서 국민들의 행복지수는 세계 어느 나라보다 높은 편이라고 알고 있었다. 외국에서 관심을 가질 만한 자원이나 빼앗아갈 게 별로 없는 라오스는 상대적으로 세계화의 피해를 덜 입고 있었다. 라오스는 농업국가로 식량에서만큼은 어느 정도 자급자족을 이루고 있기도 했다. 하지만 박은 스스로가 부딪쳐 알게 된 것을 우선시하고 일반화하는 전형적인 자기중심적인 논리의 '아저씨 스타일'이었고, 자신이 그렇게 보인다는 걸 모르고 있었다.

"얘들은 또 그렇게 파티를 좋아해. 결혼하고 애가 태어나서 잔치를 하는 거 가지고 내 뭐라고 안 해요. 돌 지나고 두 돌, 세 돌 때도 돌잔치하고 똑같이 파티를 한다고. 애 생일을 빌미로 자기들끼리 모여서 놀라고 그러는 거야. 애만 생일 있나. 식구 수대로 다 생일 있으니까 그때마다 또 모여서 논다고. 집들이도 한 번만 하는 게 아냐. 하고 싶은 만큼 하더라고. 집들이도 애 생일처럼 매년 하는 거야. 내가 어떤 집에 이사 삼 주년 기념으로 파티를 한다고 놀러오라는 초청을 받았어요. 정말 웃기는 인간들이지. 없는 주제에, 참."

듣고만 있기 미안해서 "참 재미있네요" 하고 대꾸를 했다. '이사 삼 주년 기념 집들이'는 약간 웃겼다. 그러자 그는 우리에게 맥주 한잔하러 길 건너 메콩 강변의 포장마차로 가지 않겠느냐고 제의했다. 우리는 겨우 기회를 잡아서 다른 볼일이 있다는 핑계로 그와의 만남을 끝낼 수 있었다.

그가 여행사 앞에 서 있는 것을 의식해 우리는 부러 다른 볼일이 있는 사람처럼 거리를 걸었다. 메콩 강—중국에서 발원하여 국경을 넘은 뒤 1천 5백 킬로미터를 흘러내리는 이 강을 라오스에서는 '메컹(어머니 강)'이라 부르는데, 메콩 강은 '역전앞' '철교다리' 같은 겹말이다—과 나란히 만들어진 도로변에는 여행자를 위한 숙소가 많았다. 강이 바라다보이는 호텔 앞에 '하룻밤 숙박에 삼만 낍부터'라고 써놓은 표지판이 서 있었다. 그 옆에 있는 흰색 호텔은 훨씬 고급스러운 외양을 하고 있었는데, 벽에 '식민지 시대 양식'으로 지어졌음을 강조하는 글자가 날아갈 듯한 필체로 씌어 있었다. 호텔 건너편 도로변에 있는 거대한 나무는 하나의 왕국처럼 보였다. 식민지 시대를 살아내온 게 분명한 나무는 호텔만큼 키가 크면서 가지가 많았다. 가지에는 자그맣고 단단한 잎이 빽빽하게 달려 있었다. 삼손의 머리카락 같은 나뭇가지에 노을빛이 물들고 있었다.

부드러운 바람이 불어드는 가운데 나무 아래에 있던 노점이 불을 켜기 시작했다. 한동안 보지 못했던 카바이드 등불, 플라스틱 함지에 담긴 물고기, 맨흙바닥을 맨발로 걸으며 맥주병을 나르는 가무잡잡한 얼굴의 소년이 갑자기 뭉클한 감상을 불러일으켰다. 이제는 돌아갈 수 없는 어떤 시절, 공간, 인간성에 대한 향수였다. 내 느낌을 짐작했는지 황이 제안했다.

"우리 여기서 맥주나 한잔 더 할까? 냉장고가 없는 걸 보니 시원할 것 같지는 않지만."

그의 말이 맞았다. 껨컹(강 근처)에 즐비하게 늘어선 야외 탁자 앞에 앉아서 마신 라오맥주는, 주인이 설명하는 대로 다국적기업이 자본을 대서 만들고 국제 맥주 콘테스트에서 연속 우승을 차지했건 말건 미지근하고 찝질했다. 하긴 찝질한 오줌 맛을 맥주 본래의 맛으로 알던 시절도 있었다. 카바이드와 암모니아 냄새 나던 시절 이야기를 안주 삼아 지나치게 마신 탓인지, 숙소로 돌아오자마자 서로 코를 골아 잠을 설칠까 걱정하던 소심함은 어디론가 가버리고 정신없이 잠이 들었다.

"비엔티안에는 사원이 정말 많아요. 시간이 없어서 딱 한 군데만 가보시려면 황금탑으로 유명한 탓루앙 사원을 가보세요. 그게 라오스의 상징이기도 하니까요."

다음날 오전, 여행사에 가자 직원은 그렇게 권했다. 무엇보다 탓루앙 근처에 북한에서 직영하는 식당이 있다는 게 구미를 당겼다. 시내 구경도 할 겸 이 킬로미터쯤 되는 거리를 걸어서 가기로 했다. 자전거 대신 오토바이를 단 인력거인 뚝뚝 수십 대가 길거리 곳곳에 서 있고, 노천 카페에는 백인들이 진을 치듯 앉아서 커피를 마시며 스마트폰을 만지작거리거나 책을 읽는 중이었다.

"이상하잖아. 난 이제까지 라오스에서 관광객이라고 하면 백인밖에 못 본 거 같애. 흑인이나 다른 유색인종 아니래도 우리가 많이 관광 가는 동남아나 중국 같은 나라에서 온 사람 봤어?"

나보다는 훨씬 더 많이 외국을 다녀본 경험이 있는, 라오스 여행을 추진한 당사자인 황이 대답했다.

"국민소득 천 달러 언저리의 최빈국에서 해외로 관광을 다닐 사람들이 있을 리 없지. 그런 나라의 부자들도 자기들하고 비슷한 라오스 같은 나라에 관광을 하러 가지는 않을걸. 오히려 구미 쪽의 선진국에 가겠지. 거기서는 유색인이 많으니까 피부 빛깔만 가지고는 관광객인지 주민인지 구분이 잘 안 돼서 안 보이는 것이고."

"우리는 여기서 구분이 될까?"

길에 맞닿은 문전에 물을 뿌리고 비질한 흔적이 아직 남아 있는 식당에 들어가 늦은 아침으로 국수를 주문했다. 국수에 동남아 특유의 작고 매운 고추를 넣고 코끝에 땀이 맺히도록 달게 먹었다. 바쁠 일이 없었다.

"나 이번 여행에서 하루 한 번 이상 감동을 받기로 했는데, 그게 건강에도 무진장 좋고 돈 들이고 시간 들인 보람을 찾을 수 있을 거 같아서 말이야. 나 막 감동받았어. 정말 여기 치킨 누들 수프는 죽여준다. 한국서 먹던 베트남 쌀국수보다 백배는 나아. 한 그릇 더 시키고 싶은 걸 겨우 참았네."

그런 이야기를 하면서 천천히 걸어서 사십여 분, 마침내 탓루앙 사원에 도착했다. 석가모니의 머리카락과 가슴뼈를 소장하고 있다는 거대한 황금빛 탑이 서 있는 사원 앞에 웬만한 축구장이 들어갈 법한 광장이 펼쳐져 있었다. 걸어오며 땀을 흘리는 바람에 목이 마른 탓을 하며 아이스크림을 사 먹었다. 블록으로 포장이 된 광장에는 풀과 나무가 자랄 수 없어서 유리 조각 같은 햇빛이 직하했다 튀어오르고 있었다.

"사진 좀 찍어주시겠어요?"

사원 정문 앞에서 황이 키가 큰 백인에게 영어로 말을 걸며 카메라를 건넸다. 그러고 보니 나와 황이 같이 찍은 사진이 없었다. 서너 차례 여행을 다녔지만 같이 찍은 사진이 단 한 장도 없었던 것은 산악회를 따라간 지리산 종주 등반 때처럼 각자 가진 카메라로 서로를 찍어줄 생각만 했기 때문이었다. 두 사람이 황금탑을 세운 셋타티랏 왕의 동상이 있는 사원 정문 앞에 서자 뒤에서 챙이 큰 모자를 쓴 키 큰 여성이 모습을 드러내며 우리말로 말했다.

"제가 찍어드릴게요. 헤이, 피러!"

백인 남자에게서 카메라를 건네받은 여자는 "자, 스마일, 치이즈!" 하고 사진을 찍었다. 황이 다가가 카메라를 받으며 "아리가또 고자이마스 베리 머치! 그런데 우리가 한국 사람이라는 걸 어떻게 알았어요?" 하자 여자는 관광 가이드를 연상케 하는 명확한 발음으로 "한국 사람은 어디를 가나 표시가 나게 돼 있어요. 특히 아저씨들은" 하고 말했다.

"사진 찍어드릴까요?"

내가 묻자 여자는 "아니요, 됐어요. 피터랑 나는 사실 불륜관계예요" 하면서 칼칼칼 소리 내어 웃더니 남자를 끌고 사원 안으로 사라졌다.

"미인이네. 사연이 있어 보여."

내가 혼잣말을 하며 넋을 놓고 있는 동안 황이 일 달러도 채 안 되는 가격의 입장권을 샀다. 사원 안에는 더워서 그런지 사람이 많지 않았다. 햇빛이 황금빛으로 반사되는 곳은 뜨겁고 눈이 부셔서 잠시도 서 있기가 어려웠다. 이십여 분쯤 탑 주변에서 각자 볼일을 보다 만나기로 했다. 내가 그늘에서 졸다 온 데 비해 황은 새로 산 묵직한 DSLR 카메라에 꽤 많은 사진을 담았다.

"굉장하기는 해도 어째 감동적이지는 않은데. 오늘치 감동 숙제 하려면 빨리 딴 데로 가셔야겠습다."

"어디로? 역시 빨리 감동하기에는 먹는 게 좋지 않을까?"

사원에서 나와 먼지와 더위 속에서 동쪽 대로를 이십여 분 헤매다 막 포기하려고 할 즈음에 북한에서 직영한다는 식당이 나타났다. 식당 간판도 워낙 작은데다 사무용 빌딩처럼 생긴 건물 안이 어두컴컴해서 문을 열었는지 닫았는지도 불분명했다.

운영은 하고 있었다. 자주색 치마, 자주색 깃과 고름을 단 흰 저고리를 입은 종업원이 북한 국기가 그려진 명찰을 달고 서 있었다. 계산대 안쪽으로 꽤 넓은 홀이 있었고 방도 몇 개 있는 듯했다. 홀 중앙에는 큰 텔레비전과 노래방 기계가 있었고 벽에는 백두산 천지 사진이 걸려 있었다.

"어서 오십시오."

어쩐지 연극 대사를 연상케 하는, 콧소리가 약간 섞인 인사말을 들으며 식당 안에 발을 들여놓자 안쪽 식탁에 십여 명의 남자들이 앉아 있는 게 보였다. 사진을 찍어준 여자 말마따나 보는 순간 한국 사람들임을 알아볼 수 있었다. 라오스 곳곳에서 벌어지고 있는 토목건설 공사에 한국 기업들이 참여하고 있다는 말을 들은 기억이 났다. 그런데 무대 가까운 곳 맨 안쪽 식탁에 혼자 앉아 있던 남자가 벌떡 일어나더니 우리를 향해 팔을 흔들며 "여기서 또 만나네, 일로 오세요, 일로!" 하고 외쳐댔다. 우리는 반사적으로 얼굴을 마주보았다. 그러고 보니 오토바이 하나가 밖에 서 있었던 것 같기도 했다.

"아, 일로 오시라니까요! 자리 고를 거 없어요. 여기가 에어컨이 젤 빵빵하게 나와요."

어쩔 수 없다는 생각으로 내키지 않는 발걸음을 옮기는데 모여 앉은 남자들이 아무 말도 하지 않고 우리를 지켜보고 있는 게 느껴졌다. 그들의 식탁에는 냄비와 그릇, 소주병이 즐비하게 놓여 있었다. 우리가 앉자마자 종업원이 다가와 식단을 내밀었다.

"이 집 김치찌개 죽여줘요. 육개장도. 물론 냉면이 최고죠. 완전 백프로 피양냉면이에요."

황은 박의 말에는 전혀 개의치 않고 시간을 들여 음식을 고르고 있었고 나는 오래도록 먹고 싶어했던 평양식 물냉면을 주문했다. 그리고 평양소주와 룡성맥주도 하나씩.

"이 집 사장이 바뀐 지 얼마 안 됐는데, 지난번 사장하고는 많이 달라요. 장사를 잘하는 게 피양의 신임을 얻는 데 최고라는 걸 알고 있다니까. 지난번 사장은 당에 충성만 하면 된다고 음식은 맛도 없으면서 맨날 사상 교육만 하고, 여기 일하는 사람들 괴롭히기만 했다더라고. 일하는 사람들이 신이 나겠어? 그래가지고 실적이 나빠지니까 얄짤없이 짤렸대요. 저기 저 여자만 해도 북한에서 상위 일 퍼센트 안에 드는 무용수 출신이래요. 노래도 끝내주지. 이따가 한번 신청해봐요."

도대체 그 많은 정보를 어디서 왜 뭐하려고 입수했느냐, 라고 묻고 싶었지만 박의 진지한 표정을 보고는 그만둘 수밖에 없었다. 박은 다른 식탁의 남자들과 마찬가지로 삼십 초 간격으로 종업원에게 눈길을 보내고 있었다. 성형수술과는 거리가 먼, 소녀와 처녀의 중간쯤 되는 앳된 용모였다.

"저게 북한 미인들인가. 화장이 좀 진하긴 하네."

식단을 덮고 몸을 의자 뒤로 기댄 황이 말했다.

"여기 한국 여자, 아니 조선 여자가 관광객 말고 몇이나 있겠어? 경쟁률이 무지 높은 거 같은데, 분위기가."

내가 말하자 박이 잽싸게 끼어들었다.

"이런 식당 여기 말고도 많아요. 북경에도 있고 몽골에도 캄보디아에도 어디나 저런 여자들이 나와서 서빙을 하고 있는데 도망갈까봐 엄청 감시를 한다고. 합숙소에 가둬놓고 서로 감시하게 하고 줄기차게 정신 교육시키고. 저 여자들은 지금 영업하는 시간이 오히려 자유 시간이에요. 그러니까 우리가 노래 같은 걸 시켜줘야 저 여자한테도 도움이 되는 거라. 이따 공연할 때 꼭 시키세요, 노래."

냉면은 차진 면발과 시원한 육수 맛이 일품이었다. 룡성맥주에 평양소주를 타서 마신 폭탄주도 좀 쓰디쓰긴 했지만 괜찮았다. 하지만 공연이 시작된 후 남자들이 신청한 종업원의 노래는 마음에 들지 않았다. 어쩌다 텔레비전에서 본, 북한에서 온 공연단의 노래를 텔레비전 바깥에서 훨씬 낮은 수준으로 마지못해 부른다는 인상을 주었다.

동포 여러분 형제 여러분 이렇게 만나니 반갑습니다.
얼싸 안고 좋와 웃음이요, 절싸 안고 좋와 기쁨일세.
어허허 어허허 닐니리야 반갑습니다. 반갑습니다.

동포 여러분 형제 여러분 정다운 그 손목 잡아봅시다.
조국 위한 마음 뜨거우니 통일 만세 날도 멀지 않네.
어허허 어허허 닐니리야 반갑습니다. 반갑습니다.

고개를 좌우로 흔들며 노래를 하는 종업원의 명찰에는 '리계향'이
라는 이름이 씌어 있었다. 얼굴형은 계란형이고 눈매는 서구적으로
갸름했고 콧날이 오뚝했다. 인형 같은 동작을 숙달하기 위해 어린 시
절부터 혹독한 훈련을 받아왔을 것임은 자명했다.
  "저게 사람이야, 앵무새야, 카나리아야. 너무 뻔하구만."
  황이 중얼거렸다. 소리가 들릴 만한 거리가 아닌데도 다른 식탁에
앉은 남자들 중 하나가 우리를 향해 고개를 돌렸다. 그의 눈길에는 비
난의 뜻이 담겨 있었다. 나는 그게 약간 우스웠다. 이 남자, 박씨 아저
씨를 만나면 자꾸 우스운 일이 생기네. 그것도 약간만 우스운 일이.
내 생각을 읽기라도 한 듯, 박이 물었다.
  "신청곡 없어요?"
  나는 없다고 했다. 그러자 박이 무지한 우리를 동정하듯, 자신이 대
신 우리가 좋아할 만한 곡을 신청하겠노라고 했다.
  "아니, 본인이 좋아하시는 걸 하세요. 우리는 어차피 북한 노래는

아는 게 없으니까요."

"여기 밥값에 노래도 포함되어 있어요. 본전 건져가야죠."

그러고 보니 냉면 한 그릇에 팔 유로, 곧 만 원이 넘었다. 국내에서 그 정도 가격의 냉면을 파는 식당이 한두 곳 있지만 라오스에서는 엄청나게 비싼 가격이었다. 대낮부터 개장국을 먹으러 와서 소주병을 도열시켜놓고 종업원들이 노래하는 시간을 기다리고 있던 남자들이 신청한 노래는 꽤 많았다. 나는 박에게 자주 왔느냐고 물었다. 그는 자신도 어제 여행사에 가서 처음 들어서 알았노라고, 열한시에 식당 문을 열자마자 앉아 있다보니 여러 가지를 더 알게 됐다고 했다. 우리가 가겠다고 하자 그는 우리를 따라 일어섰다.

"왜, 더 계시죠."

박은 사실 자신은 노래방 기계를 한국에서 수입해서 임대해주는 사업을 한다, 거기 온 것도 노래방 기계를 들여놓을 수 있는지 타진해보려고 온 것뿐이라고 했다. 물론 오자마자 전혀 가망이 없다는 것을 알았다고도 했다.

"아, 이 노래 제가 아까 신청한 곡입니다. 이거는 듣고 갑시다."

박이 입구 계산대까지 왔다가 갑자기 의자에 주저앉았다. 함께 계산을 해야 하는지 애매모호하긴 했지만 나는 박의 음식 값까지 같이 냈다. 우리 두 사람이 공항에서 합의한 대로 미리 얼마씩 내서 만들어둔 여행 예산은 아직 거의 쓰지 않은 상태였다. 낮술까지 마시고 더위 속을 다시 걸어갈 엄두가 나지 않아 라오스인 종업원에게 뚝뚝을 불러달라고 했다. 뚝뚝이 오기를 기다리며 우리는 리계향이 부르는 노래를 들었다. 백두에서 한라까지, 어쩌고 하는 전형적인 노래가 아닌가 싶었다. 그런데 멜로디가 고조되며 이상한 현상이 일어났다.

잘 있으라 다시 만나요.
잘 가시라 다시 만나요.
목메어 소리칩니다.
안녕히 다시 만나요.

가늘고 높은, 그래서 떨리는 노랫소리에 가벼운 한기와 전율이 느껴졌다. 문득 고개를 돌려보니 박은 눈을 부릅뜨고 노래를 부르고 있는 리계향을 바라보고 있을 뿐이었다. 어쩐지 그의 눈에 물기가 보이는 듯했다. 생각보다 예민한 사람이다 싶었다. 하긴 목메어 소리친다는 대목에서 목이 살짝 멘 나도 별로 다를 게 없었다. 황 역시 고개를 기울인 채 노래에 정신을 쏟고 있었다.
라오스 중부에 있는 관광 도시 방비엥으로 가는 데는 버스로 네 시간 가까이 걸렸다. 실제 거리는 이백여 킬로미터인데 길 사정이 좋지 않아 그 정도 걸리는 게 보통이라고 했다. 우리가 탄 버스는 VIP들이 먼 거리를 이동할 때 타는 특별한 버스라는 의미의 이름을 달기는 했는데 한국 어느 대기업이 통근버스로 쓰던 버스였다. 한국에 있을 때는 짧은 시내 구간만 주행하도록 만들어졌는지 작고 딱딱한 의자는 젖혀지지도 않았다. 버스에서 내린 뒤 뙤약볕 속을 걸어서 숙소까지 가는 데 너무 오래 걸린데다 피로가 겹쳐 숙소에서 그냥 쉬기로 했다. 더위를 식힐 냉방 장치는 아예 없었고 고물 선풍기 하나가 벽에 걸려 있을 뿐이었지만 방 앞뒤로 바람이 통하면서 두 사람이 낮잠을 못 잘 정도로 덥지는 않았다.

해가 기울고 난 뒤, 여행사로 가서 다음날의 일정도 알아보고 저녁
도 먹을 양으로 숙소에서 나왔다. 비엔티안의 여행사 사장의 친척이
운영한다는 여행사에서 다음날 아침부터 저녁까지 메콩 강 지류에서
의 동굴 탐험과 카약킹을 예약했다.

여행사와 숙소 사이의 거리는 식당과 카페, 마사지 가게, 여행사,
자전거 대여소 등 관광객을 상대로 하는 업소로 가득 차 있었다. 저녁
을 먹기 전에 가볍게 마사지를 받기로 했다. 만 낍의 발 마사지부터
오만 낍의 아로마 전신 마사지까지를 두고 고르다가 삼만 낍의 일반
전신 마사지 한 시간짜리를 선택했다. 길을 지나는 사람들이 훤히 들
여다볼 수 있는 유리문 안 바닥에 눕자 소녀들이 마사지를 하러 들어
왔다. 소녀들은 서툰 솜씨로 중년 남자들의 굳은 몸을 주무르면서 조
금이라도 웃을 일이 있으면 까르륵까르륵 웃음을 터뜨렸다. 그게 어
쩌면 수줍음과 민망함을 피하는 방법일지도 몰랐다.

"어, 마사지 이거 진짜 효과 있는데. 감동적이야. 오늘부터 나는 매
일 한 번 이상 마사지 받을 거야. 라오스에서는 이게 최고의 낙일 것
같아."

나 역시 황의 의견에 동의했다.

"다른 업종보다 마사지가 여기 사람들한테 제일 많이 남는 장사 같
네. 많은 투자도 필요 없고 인건비로 많이 가져갈 수 있으니까 좋고.
너무 싸서 미안하다는 건데 그걸 우리가 어떻게 할 수도 없잖아. 내가
할 수 있는 건 마사지를 최대한 많이 받아주는 게 아닐까 싶은데."

"그런데 저것들은 마사지도 안 받고 뭐 하는 거야, 여기까지 와서."

황이 가리킨 쪽에는 카페에 편한 자세로 눕거나 앉은 채 음료수를 마시면서 텔레비전으로 어린이용 애니메이션을 시청하고 있는 백인들이 보였다. 우리는 경쟁과 효율 만능의 시대를 살아내온 한국의 남자들답게 술과 음식을 파는 곳으로 직행했다. 사람이 많은 곳이 맛있는 곳이라는 편견으로 찾다보니 삼거리의 모퉁이에 있는, 사람의 출입이 가장 많은 곳의 노천에 자리를 정할 수 있었다. 라오맥주와 안주겸 요깃거리로 닭고기볶음과 국수를 주문했다.

손님이 백여 명 가까이 앉아 있는 식당에서 중년 남자끼리 온 경우는 우리 말고는 보이지 않았다. 젊은 연인들, 또는 젊은 남자들 서너 명 이상이 함께 와서 각자 좋아하는 방식으로 밤을 보내고 있었다. 라오맥주는 어디에서나 값이 비슷해서 채 일 달러가 되지 않았다. 이것만 봐도 라오스는 얼마나 착한 나라인가. 우리는 각자 두 병째의 라오맥주를 비우면서 라오스가 계속 이런 상태로 세세년년 무궁하기를 빌었다.

"아, 저 사람 또 만나네. 이쪽으로 오는 거 아냐? 우리를 봤나봐."

황이 가리키는 곳을 보니 모자 위에 선글라스를 걸친데다 콧수염이 있어서 마치 일병 계급장을 단 것 같은 느낌의 박이 방비엥 중심가를 관통하는 도로를 걸어오고 있었다.

"어떻게 하나. 모른 척할까?"

하지만 이미 우리를 발견한 박이 뛰다시피 걸음을 빨리해서 다가왔다. 그는 "우와, 반갑습니다, 반가워요" 하고 큰소리로 인사를 하더니 평상처럼 생긴 좌석으로 냉큼 올라앉았다. 그 바람에 옆자리의 젊은 남녀가 자리를 좁혀야 했다.

"야, 두 분 방비엥으로 오실 줄은 몰랐네. 이거 완전 보통 인연이 아닌데."

박은 마지못해 내미는 우리의 손을 잡고 힘차게 흔들어댔다. 한편으로는 북한 식당에서처럼 우리에게 빌붙어서 한 끼를 해결하려는지도 모른다는 의구심으로 떨떠름해지는 기분을 어쩔 수 없었다. 황과 나는 전날 북한 식당에서 나와 뚝뚝을 타고 돌아오는 길에 박을 명퇴한 후 주식으로 퇴직금을 다 날리고 마누라에게 쫓겨난 떠돌이로 결론지었더랬다.

"이쪽 분도 한국에서 오셨죠? 여기도? 아, 여기도? 신혼여행? 와 정말 한국 사람 많네. 오늘 내가 정말 운이 좋은가보다."

박은 우리 주변의 사람들에게 닥치는 대로 인사를 했다. 그러고 보니 우리는 주변에 어느 나라 사람이 얼마나 있는지 확인할 생각조차 없이 앉아 있었다.

"오토바이 타고 여기까지 오셨어요? 혼자 다니다보면 위험하지는 않은가요? 길에서 연료가 떨어진다든가 하는 일도 있을 거고."

내가 예의상 말을 건네자 박은 벌쭉 웃으면서 손을 흔들었다.

"거, 뭐 별거 아닙니다. 내가 왜 수염을 길렀는지 아세요? 이거 기르고 있으면 리오스 사람들이 저를 외국 사람으로 안 봐요. 그래서…… 그래도 제일 견디기 힘든 건 고독이죠."

우리는 잠시 눈길을 교환했다. 나는 재빨리 그에게 맥주를 권했다.

"노래방 사업 하신 지는 오래되셨나요?"

박은 맥주잔을 반쯤 비운 뒤 "크와아, 대낄 시원하다!" 하고는 노래방 기계 임대 사업은 별게 아니고 자신이 지금 하려는 사업이야말로 백 퍼센트 성공할 수밖에 없는 사업이라고 했다. 이 사업으로 라오스와 한국이 같이 발전할 수 있는데, 특히 국민소득이 낮은 라오스에게 큰 수익을 가져다줄 것이며 자신을 떼부자로 만들어줄 것이라고 침을 튀겼다.

"라오스에는 라오스 사람들도 모르는 보물이 세 가지 있어요. 그게 뭔지 맞혀보세요."

나는 그의 퀴즈 상대가 되는 게 싫었다. 그래서 냉담하게 그에게 답을 말하라고 한 뒤 종업원을 불러 맥주를 더 주문했다.

"하나는 석청, 또 하나는 상황버섯, 마지막이 숯이에요. 석청 알아요? 바위나 낭떠러지에서 나는 백 퍼센트 자연산 꿀. 라오스 시골 가면 석청이 무지하게 많아요. 한국 가지고 가설랑은 한국에서 지금 팔리는 티베트 석청이나 나무에서 나는 목청의 십분의 일 값으로도 팔 수 있어요. 라오스 사람들은 석청이 그냥 먹는 거지 돈이 된다고는 생각도 안 한다고. 그걸 돈으로 바꿔서 갖다주면 이 사람들 좋아서 환장할 거라고."

그의 논리는 상황버섯과 숯에도 연장이 되었다. 암과 성인병, 노화 방지 등에 효과가 탁월한 상황버섯은 지금은 러시아산이 국내 시장을 주름잡고 있지만 라오스산 상황버섯이 십분의 일 가격으로 들어가는 순간 끝장난다. 라오스에는 야자나무가 많은데 이걸 숯으로 만들면 완전연소로 연기와 일산화탄소가 거의 발생하지 않는다. 가장 뛰어난 장점은 가격이다. 야자나무숯은 국산 참나무숯의 십분의 일 가격이니 단숨에 국내 시장을 석권한다. 그 돈이 다시 라오스로 돌아오면 여기 사람들은 좋아서 날뛸 것이다.

"품질이 좋다고 반드시 성공한다는 보장은 없죠. 통관이라든가 유통이라든가 공급물량이라든가 하는 문제가 곳곳에 있고. 무엇보다 결정적인 건 이때까지 그 사업을 아무도 안 한 이유가 있을 거라는 거죠."

황의 지적에도 박은 조금도 위축되지 않았다. 내가 오토바이를 사서 라오스 시골 마을을 일일이 돌아다닌 이유가 뭔 줄 아느냐. 바로 충분한 정보와 자료를 얻기 위해서였다. 이제 완벽하게 시장조사가 되었으니 자본과 사업 경험이 있는 사람을 파트너로 삼기만 하면 된다.

"지금 내가 있는 숙소에 보물 세 가지가 다 있어요. 같이 가서 확인해보시죠, 선생님들."

그는 당장 그 자리서 우리를 첫번째 사업 파트너로 삼을 기세였다. 하지만 그때 이미 우리는 각자 세 병 이상의 맥주를 마신 참이었고 감기는 눈을 억지로 달래고 있던 참이었다. 약간 우스운 일은 또 있었다. 우리 주변에 있던 연인들, 친구들끼리 놀러온 듯한 네 중년 여성, 배낭여행으로 태국과 미얀마를 통과해 라오스까지 왔다는 청년이 단 한 사람도 자리를 뜨지 않고 그의 말에 귀를 기울이고 있었다는 것이다. 박은 맥주를 두 잔 마시면서 두 시간을 사업 이야기로 보낸 참이었다. 우리는 정말 엄청나게 미안하지만, 내일 그 보물을 구경하게 해달라고 사정했다. 그가 마지못해 수락하는 순간 나는 재빨리 계산을 했고 숙소로 도망쳤다.

라오스의 진정한 보물은 아이들이다. 다음날 아침 여행사의 버스를 타고 가는 우리를 향해 천진한 표정의 아이들이 손을 흔들고 있었다. 어린 시절 내가 그랬듯 학교에서 선생님이 하라는 대로 따라 하는 손짓이 아니었다. 아이들은 진심으로 우리를, 나를 반기고 있었다. 그 티 없이 깨끗한 표정 앞에 내 가슴은 벅차올랐다.

동굴 탐험은 처음이었다. 몸과 감각으로만 자연을 경험하는 일은 오랜만이었다. 안전장치나 편의시설을 최소화한 게 좋았다. 우리가 동굴에서 나오자 다음 팀이 동굴로 들어가기 위해 준비를 하고 있었다. 몸에 찰싹 달라붙는 검은 수영복에 선글라스를 낀 박을 우리는 몰라볼 뻔했다. 그가 두 팔을 가위처럼 겹치며 요란하게 흔들어대는 바람에 우리는 그를 알아보았고, 그 순간 나는 타이어 튜브에서 떨어져 흙맛이 나는 물을 몇 모금 마셨다. 곧바로 그가 속해 있는 팀이 동굴로 들어갔다.

"그런데 아까 보니까 사업 파트너를 하나 잡은 것 같더만. 옆에 반바지 입은 남자 있었잖아."

황은 여행사에서 차려준 점심을 마다하고 바삐 다음 코스로 이동하면서 빵을 먹는 내게 특유의 관찰력을 과시해 보였다.

"그랬나. 그럼 정말 다행이고. 그 사람보다는 우리한테."

이후에도 그는 계속 우리 뒤를 따라 그날의 일정을 진행했지만 이를 드러내 웃으면서 손을 흔드는 것 말고는 더이상 근접해오지 않았다. 그의 옆에는 똑같은 레이밴 선글라스에 튀어나온 아랫배를 하고 파란색 수영복을 입은 남자가 함께 있었다.

메콩 강 카약킹을 하면서 배에 누워서 올려다본 하늘, 그 고요와 평정은 라오스의 보물이다. 번뇌와 번잡으로부터 떠났다는 느낌, 진정한 자유의 실감, 그게 라오스의 보물이다. 닭이 병아리를 부르며 꼴꼴꼴 하고 내는 소리가 라오스의 보물이다. 보물이지만 흔하고 흔해서 누구나 가질 수 있다. 받아들일 준비가 되어 있다면.

우리는 그날 저녁을 숙소에서 먹기로 했다. 숙소에서도 간단한 식사와 맥주를 팔고 있었다. 우리는 하루 만에 몇십 일 치의 감동을 맛본 상태에서 별다른 말도 없이 저녁을 보냈다. 그날 밤 역시 서로를 탓할 만한 일은 일어나지 않았다. 공동으로 남 탓을 할 일은 있었다. 새벽 세시가 다 되도록 숙소 뒤편의 클럽 두 곳에서는 경쟁적으로 록 음악과 춤곡을 틀어댔다. 이상한 것은 아무도 불평을 하지 않는다는 것이었다. 황이 논평했다.

"저 두 집 사장이 경찰서장한테 배가 터져 죽도록 뭘 먹여놨거나 여기 온 관광객이 우리만 빼고 전부 다 저기서 놀고 있거나 둘 중 하나겠지."

다음날은 종일 버스를 타고 라오스에서 가장 유명한 관광지인 루앙프라방으로 이동하는 일정이었다. 역시 한국의 대기업에서 통근용으로 쓰던 버스의 좌석에 앉아서 여덟 시간이나 가야 했다. 고생을 낙으로 아는 여행자들이 많아서인지 단 하나의 빈자리도 없었다. 중간에 라오스 남녀 네 사람이 배낭을 메고 올라왔을 때는 자그마한 나무의자와 낚시의자가 통로에 놓였다.

방비엥에 올 때보다 훨씬 높은 고개를 두 배 넘는 시간을 들여 넘어야 했다. 해발 천 미터가 넘는 고산지대에서 버스는 냉방 장치를 끄고 문을 연 채 달렸다. 그렇게 하지 않으면 힘이 달려 올라갈 수가 없다는 것이었다.

억새가 고산지대의 특산물이었다. 억새로 집을 짓고 억새로 땔감삼고 토산품을 만들어 팔아서 사는 사람들이 있었다. 그들의 집은 험

산준령에 있어 높았지만 처마는 버스에서 내려다보이도록 낮았다. 담장이 없었고 불이 켜지지 않은 방은 어두워서 누가 있는지 알 수 없었다. 산을 개간해서 바나나 밭으로 만든 곳이 가끔 나타나기는 했지만 먹고살 수 있기나 한지 알 수 없었다.

"옛날 우리 초가집하고 저 억새집하고 다른 점, 뭔지 알겠어?"

나와 비슷하게 막막한 표정을 하고 있던 황이 물었다. 나는 대답하지 않았다.

"초가지붕을 만든 볏짚의 열매인 쌀은 먹을 수가 있지. 억새는 못 먹고."

버스가 정상부의 휴게소 앞에 멈추었다. 먼저 멈춘 버스들이 세 대 서 있었다. 한결같이 한글로 한국 내의 행선지와 소속이 표시되어 있었다. 식당에서 빠르게 쌀국수를 먹고 난 뒤 휴게소 뒤편으로 가자 승객들 수십 명이 뷔페식으로 음식을 담아와 식사를 하고 있었다. 길이 구름보다 높았다.

"박씨도 루앙프라방은 못 오겠다. 하도 고개가 높아서."

"그러게. 이 뜨거운 길을 몇백 킬로미터나 어떻게 달리겠어. 가다가 고장나거나 기름 떨어지거나 산적이라도 만나면 또 어떡하고. 난 무엇보다 외로워서 못 갈 거 같애."

"오토바이는 원래 그래. 한번 올라타면 다른 사람과 대화가 불가능한 거야. 저절로 혼자가 돼. 자신이 선택한 고독, 그게 오토바이의 진정한 재미지."

문득 황이 오토바이를 타본 적이 있다는 생각이 떠올랐다. 그래서 처음에 박과 자연스럽게 어울리게 되었는지도 모른다. 또 나보다 먼저 박에게 냉정한 태도를 가지게 되었는지도.

루앙프라방은 아름다웠다. 사원의 황금빛 탑이 아름다웠고 사원 뒤 뜰에서 노는 어린 수도승들이 아름다웠다. 앞쪽을 흐르는 메콩 강, 뒤쪽을 돌아 흐르는 홍 강이 모두 아름다웠다. 새벽의 탁발 행각도 저녁의 노을도 아름다웠다. 길을 걸을 때 발아래 가볍게 피어오르는 흙먼지, 야시장 노점에서 손님들에게 등을 돌리고 수줍게 밥을 먹고 있는 몽족 여자, 그늘이 깊은 골목 속 찻집의 처녀가 가슴이 아리게 갈 수 없게 된 고향을 떠올리게 만들었다. 길이 없어서 못 가는 게 아니라 그때 그 시절의 나를 찾을 수가 없기 때문이다. 추억 속을 천천히 걸어다니는 기분이었다.

이튿날은 근교의 가볼 만한 데를 찾아나섰다. 관광 명소인 꽝시 폭포는 자전거를 타고 가도 될 거리였다. 볕이 너무 뜨거워서 뚝뚝을 불러 탔다. 라오스 전체에서 가장 유명한 폭포일 텐데도 동네 수영장처럼 쓰는 관광객들이 있었다. 그들은 동해안 바닷가에서처럼 서로를 물속에 집어던지는 놀이를 하고 있었다. 폭포 소리는 젊은 관광객들의 고함과 비명에 비하면 고전음악처럼 느껴졌다.

"이젠 여기도 오염이 되기 시작한 거야. 라오스에 하루라도 일찍 와보기를 잘했어. 다시 올 일이 있을지는 모르겠지만."

폭포 위까지 올라가서 열심히 사진을 찍던 황이 말했다. 폭포보다는 폭포 아래의 주차장에 있는 가게에서 코코넛을 팔던 처녀들이 더 좋았다. 마사지 가게의 소녀들처럼 그녀들도 작은 웃음거리에도 쉽게 웃음을 터뜨렸다. 손님이 없어 무료하던 차였던지 카드게임을 하고 있었는데 그게 또 이삼십 년 전 대학 시절 'MT'를 가서 즐겨 하던 '원

카드'라는 게임이었다. 그 게임을 나도 할 줄 안다는 시늉을 하자 그녀들은 까르르 하고 다시 웃음을 터뜨렸다.

저녁은 메콩 강변에 있는 한국 식당으로 정했다. 힘이 센 청년이 해주는 아로마 마사지를 받고 식당에 도착한 게 메콩 강에 노을이 물드는 시각이었다. 다음날 루앙프라방을 떠나게 될 예정이어서 남은 라오스 돈을 다 써버릴 셈이었다. 다 쓸 수 있을지는 미지수였다. 한국 식당의 음식 값이 다른 데에 비해 약간 비싸기는 했지만 그것만으로는 어림도 없었다.

황은 라면을 주문했고 나는 라오스식 전골을 기다리고 있었다. 라오스의 국화인 독참파꽃이 막대 모양의 줄기에서 불쑥불쑥 피어나 있는 모양을 방심한 채 보고 있는 참이었다. 헐떡거리는 듯한 오토바이 엔진 소리와 함께 "워우, 여기 계셨구만!" 하는 남자의 목소리가 쩌렁쩌렁 울렸다.

박이었다. 헬멧을 벗어 옆구리에 끼고 거침없이 걸어와 앉는 그에게서 땀냄새가 물씬 풍겼다. 선글라스가 가렸던 자리를 제외한 얼굴은 전에 보았을 때보다 훨씬 더 그을린 것처럼 보였다. 목에는 허연 소금기가, 반바지와 셔츠에는 흙과 풀물, 기름때가 배어 있었다. 한마디로 몹시도 고생한 행색이었다. 바로 그 행색 때문에 우리는 그를 반갑게 받아들였다. 그가 오토바이 하나밖에 없는 가난뱅이로 이곳저곳을 떠돌며 걸인 행각을 하는 별 볼 일 없는 남자라고 해도, 분명히 그는 우리가 불가능하리라 여겼던 수백 킬로미터의 고갯길을 돌파해왔다.

박은 라오맥주를 병째 들어서 단숨에 비웠다. 내 앞으로 가져다놓는 냄비를 그의 앞으로 밀자 그는 식기통에서 수저를 뽑아들고는 게 걸스럽게 먹기 시작했다.

"혹시 한식 같은 거 드시고 싶으셔서 여기 오신 건 아니에요? 뭐 시켜드릴까요? 김치찌개나 비빔밥 같은 거……"

박은 쭈억쭈억 하고 소리 내어 씹던 고기를 꿀꺽 삼키고 맥주를 들이켜더니 "아닙니다. 이걸로 충분합니다"라고 했다.

"우리는 오늘밤 가진 게 돈밖에 없어요. 쓸 데도 없으니까 신경쓰지 말고 많이 드세요. 루앙프라방에서 한식 하는 데는 여기밖에 없을 거예요."

내가 황의 눈짓에도 아랑곳하지 않고 끝까지 말하는 것을 듣고 나서 박이 물었다.

"여기 며칠 더 계실 거 아니었나요?"

그 질문에 담긴 그의 기대가 약간 웃겼다.

"우린 여기서 볼장 다 보고 내일 돌아갈 건데요."

황이 대답했다. 차갑게 들렸다. 아니 중립적이라고나 할까. 일방적으로 상대의 의도에 말려들지 않겠다는 정도였다.

"사실 저 이 집에 오면 두 분 만날 수 있을 거 같아서 온 거예요. 참점잖고 말씀도 잘하시고, 제 말도 잘 들어주시고."

전골을 말끔히 비우고 나서 박이 말했다. 황은 자세를 바로 하면서 의자를 약간 뒤로 뺐다. 나는 그 때문에 소리 내어 웃었다.

"우린 박사장님이 찾는 그런 사람 아닌데요. 사업 파트너 같은 거 되어드릴 수 없어요. 월급쟁이들이고요."

식당의 스피커에서 한국에서는 듣기 힘든 노래가 흘러나왔다. 정확히는 듣기 힘들게 된. 밥 딜런의 〈Blowing in the wind〉. 거친 목소리로 밥 딜런이 노래를 부르는 동안 내 머릿속에는 이삼십 년 전 강변 민박집에서 기타를 치며 불렀던 한국말로 번안된 가사가 자막처럼 지나가고 있었다.

얼마나 먼 길을 헤매야 아이들은 어른 되나.
얼마나 먼 바다 건너야 하얀 새는 쉴 수 있나.
얼마나 긴 세월 흘러야 사람들은 자유 얻나.
오 친구야 묻지를 마라.
바람만이 아는 대답을.

그다음 한글 가사는 기억이 나지 않았다. 내 기억과 상관없이 노래는 계속되었다. 비로소 박이 말하고 있는 내용에 관심이 갔다.

"나도 한국에 있는 아파트 팔면 한 삼억은 충분히 받아요. 그거 가지고 라오스 들어와서 일억이면 살기 좋은 땅에다가 정말 끝내주는 집 하나 지을 수 있어요. 내가 다니면서 다 알아봤다니까. 남은 이억 가지고 뭐 하느냐. 일억은 살림살이 장만하고 일하는 사람들, 운전사, 집사, 요리사, 청소부 고용해서 생활을 하는 거지. 돈 얼마 안 들어요. 이 사람들 한 달에 백 불만 주면 간이라도 내놓을 사람들이야. 월급에 다가 식비, 생활비 해봐야 한 달에 천 불이면 뒤집어쓴다고. 일 년이면 만 불, 십 년 써봐야 일억이에요. 그림 같은 저택에 하인들 거느리고 동네 최고 유지 되어서 떵떵거리면서 십 년 사는 데 이억이면 돼. 여기가 바로 천국이라니까. 남는 돈 일억은 혹시 모르니까 만일에 대비해서 저축해놓고 이자 받아먹으면서 살면 되는 거예요. 한국에서

64

아파트 한 채 가지고 있어봐야 뭐해. 거기서 쌀이 나오나 밥이 나오나. 관리비 들지, 늙은 마누라랑 앉아서 싸우기나 하지. 그럴 바에야 망할 놈의 집 팔아서 인생을 바꾸자는 거예요, 나는."

우리 주변에는 아무도 없었다. 그의 말을 들어줄 사람은 우리뿐이었다. 듣지 않을 수도 없었다. 라오스 사람이 그 말을 들었다면 그냥 참고만 있지 않았을 것이다. 라오스에서 오래도록 살아온 사람이라고 해도 그의 말 속에 들어 있는 문제를 지적하지 않기가 힘들었을 것이다.

노래가 끝나고 다른 노래가 시작됐다. 그 역시 한국에서는 듣기 힘들게 된 노래였다. 한 시절을 장악했다가 다른 노래보다 더 쉽게 잊혀버린 노래 중 하나. 〈Ma solitude(나의 고독)〉, 조르주 무스타키. 식당 주인이 대충 몇 년 전쯤 한국을 떠났는지 알 수 있을 것 같았다. 가사는 알 수 없었다.

"그런데 왜 인생을 바꿔야 하는데요? 지금 현재에 무슨 문제가 있나요? 전 그런 거 못 느끼겠는데요."

황이 금연을 하기 위해 산 전자 담배를 뻐끔거리고 나서 말했다. 조금 싸게 사려고 중국산을 샀다고 했다. 가짜 담배에서 연기가 조금 흘러나왔다. 값이 약간 싸서 그런지 연기까지 조금만 나오는 것, 그게 좀 웃겼다.

"아, 뭐 사람마다 다르니까요. 나는 사실 살아오면서 지금처럼 기운이 넘치는 때가 없었어요. 사람답게 사는 거 같고. 그전에는 무슨 조그만 부품 같았어요. 진짜 완제품은 엄청나게 번쩍번쩍 위대하고 훌륭하고, 도저히 흉내낼 수도 없었어요. 나 같은 작은 인간, 부속품은 보이지도 않고 죽거나 살거나 표시도 안 나고……"

"그렇다고 해서 무작정 하나뿐인 집을 팔아치우고 떠난다고 잘된다는 보장이 없죠. 떠날 때도 가족관계부터 삐걱거릴 테고 도착한 데서도 자리잡으려면 현지 주민과 문제가 많을 테고. 물론 많이 알아보고 준비한 분한테야 해당되지 않겠지만."

황의 어조가 날카로워졌다.

"나한테는 해당이 되나? 그런 거 같네."

내 말에도 황은 굳은 표정을 바꾸지 않았다. 박의 목소리가 낮아졌다.

"떠나는 거, 그건 전혀 문제없어요. 요새 한국 여자들 남자를 남자 취급합니까. 전 사실 마누라랑 별거한 지 삼 년 됐어요. 이혼 서류에 도장만 안 찍었지 남남이거든요. 지금 마누라가 딴 남자랑 살고 있다고 해도 상관 안 해요. 사내가 사내구실을 못하니까. 오십 넘고 나서는 새벽에도 잘 서지를 않더라고요. 내가 왜 이런 데까지 와서 죽어라 하고 달리느냐 하면 정말 죽고 싶을 때가 많아서거든요. 고장난 오토바이 끌고 땡볕에서 이삼십 킬로미터 걷다보면 정말 환장하죠. 그런데 한번 그런 개고생 하고 나면 사람이 좀 달라져요. 살고 싶더라고요. 남들처럼 그냥."

말려들지 않으려는 노력도 박처럼 생생하고 격렬한 경험을 한 사람 앞에서는 소용이 없었다. 박을 위해 라오맥주를 더 주문했다. 그런데 박은 원래 주량이 한 병 정도가 고작인 듯싶었다. 그는 대화를 하기 위해, 이야기를 많이 하기 위해 맥주를 잘 마시는 시늉을 한 것뿐이었다. 황은 전자 담배를 손가락으로 돌릴 뿐 말이 없었다. 나 혼자서 술을 따라서 혼자 마셨다. 언제부터인가 음악은 그쳐 있었다.

바람이 바닥에 끌리는 미인의 옷자락처럼 부드럽게 불어왔다. 박은 잔을 든 채 허공을 바라보고 있었다. 선글라스 때문에 덜 탄 눈 주변, 가운데 자리잡은 큰 눈과 짙은 눈썹 때문에 소년처럼 보였다. 태어나면서부터 가난했고 가난을 벗어나기 위해 생각을 많이 하는 소년.

내가 다섯 잔째 맥주를 혼자 마실 때 박이 잔을 마주 들어주었다. 박은 웃고 있었다. 그의 얇은 입술이 떨리는 것 같기도 했다. 아니 워낙 얇은 탓에 그렇게 보이는 것인지도 몰랐다.

"여기 와서 애인이 생겼어요. 비엔티안에 있는 대학생인데 내가 영어를 가르쳐준다고 했더니 그대로 딸려오더라고요. 한국말도 가르쳐줬어요. 그 대신에 그 사람이 나한테 라오스 말을 가르쳐주고. 라오스 말 정말 쉬워. 봐요. 물이 남이거든요. 얼음은 남껀인데 껀이 꽁꽁 얼었다 할 때 꽁하고 비슷하잖아요. 엄마는 어미 모하고 비슷한 메, 아빠는 아비 부하고 통하는 포. 금방 배워요. 숫자 삼은 쌈이고 십은 십이고 삼십은 삼십 똑같애요. 내가 얼마나 영어하고 한국말을 잘 가르쳤는지 지금 전화를 해가지고 보여드릴게요. 이 선불 폰 이만 원 주고 충전해서 한 달째 쓰고 있는데 앞으로 오 년은 더 쓸 거예요. 잠깐만요. 잠깐만, 잠깐만."

박은 장마철에 하늘에서 비를 쏟아붓듯 빠르게 말을 하면서 한 손으로는 작고 검은 전화기를 주머니에서 꺼냈다. 전화를 건 그는 시선을 공중에 둔 채 심각하게 기다렸다. 상대가 전화를 받았는지 그는 낮은 목소리로 무슨 말인가를 했다. 한참 설득하는가 싶었는데 불쑥 전화기를 내게 건네는 것이었다.

"예? 제가 왜요?"

"아무 말이나 하세요. 걔 영어 잘해요."

"저는 영어를 잘 못하는데."

"한국말도 알아들어요. 헬로나 안녕, 해보세요, 빨리."

가만히 있다가는 그의 종잇장 같은 입술이 또 떨릴 것 같아서 나는 시키는 대로 "헬로" 하고 말했다. 그러자 상대편에서 "하우 아아 유. 아이 리브 인 비엔티안. 마이 네임 이즈 너이" 하고 대답해왔다. 나는 얼떨결에 "나이스 투 미츄" 하고 말하곤 상대의 대답을 기다렸다. 그러자 상대는 "하우 아아 유. 마이 네임 이즈 너이" 하고 말했다. 나는 할 말이 없어 "아임 파인" 하고 말았는데 또다시 녹음기를 틀어놓은 것처럼 "하우 아아 유……"가 시작되는 것이었다. 나는 전화기를 박에게 집어던지다시피 하여 넘겼다. 그런데 박은 배구 경기에서 토스를 하듯 전화기를 황에게 건네는 것이었다. 황은 거부를 했지만 결국 전화기를 받아들고 말았다.

"여보세요."

말을 하고 난 뒤 황은 상대의 말을 듣는 듯 가만히 있었다. 조금 뒤 "여보세요" 하고는 또 가만히 있는 것이었다. 그러더니 거칠고 단호하게 전화기를 박에게 주었다. 기대에 찬 얼굴로 황을 바라보고 있다가 전화기를 건네받은 박은 다시 무슨 말인가를 한참인가 했다. 마지막으로 그는 "아이 러브 유" 하고 말했다. 전화기 너머 상대가 "하우 아아 유……"로 응수할지 궁금했다. "너이, 너이, 마이 달링. 아이 러브 유 베리 베리 베리 머치, 너이" 하고 그는 말했다. 절박했다.

왜 힘들지 않았겠는가. 콧수염, 오토바이, 라오스어, 사업…… 그 모두가 그가 라오스에서 겪은 고독을 증명하고 있었다.

그의 눈에서 눈물이 번쩍였다. 그건 어머니 강 메콩의 강변을 밝히는 가로등이 증명하는 사실이었다.

찬미(贊美)

나, 민주..(^.^)올만이예욤
지금 KTX타고 서울가는중
함만나요⌒▽⌒세시에
서울역커피숍에서

　스크린 연습장에 가려고 골프 가방을 챙기는 중에 문자 메시지 수
신음이 들려 꺼내든 전화기에 이런 글자가 찍혀 있었다. 발신번호는
생소했지만 민주라는 이름이 눈에 들어오는 순간 뒤통수가 찌르르했
다. 어릴 때 공짜 좋아하게 생겼다는 소리를 심심찮게 듣게 하던 납작
한 뒤통수를 쓸어내리면서 나는 실소했다. 아니 웃으려고 했지만 그
렇게 되지 않았다. 가늘고 긴 바늘로 가슴 깊은 곳을 찌르는 것 같은
통증이 시작됐다. 찌르는 것만으로 끝이 나지 않을 것이다. 내가 하기
에 따라서 바늘은 낚싯바늘처럼 구부러져 염통을 후빌 수도 있다. 민

주를 마지막으로 만났을 때가 이십 년이 훨씬 넘었는데도 아직까지 나는 민주를, 그 괴물을 전혀 어쩌지 못하고 있었다.

민주는 언제나 나에게는 이질적인 존재였다. 어쩌다 민주가 내 속에 들어온다 한들 소화가 되지 않을 터였고, 내가 민주의 존재 속에 기어든다면 오물을 처리하듯 토해버리거나 백혈구를 풀어 잡아먹게 한 뒤 배설해버릴 것이었다. 위로가 되는 것은 나만 그런 게 아니라는 점이다. 그녀는 나를 포함한 우리, 우리가 공유한 시간 전체에 이질적인 존재였다. 민주에게 우리 모두는 발바닥 아래의 때 같았을 테니까.

"너희는 정말 철이 들지 않을 애들이구나. 내 앞에서 까불 생각 말아. 영원히."

언젠가 민주가 그렇게 말을 하기는 했다. 정확하게는 그렇게 말했다고 상우에게 전해 들었다. 민주가 결혼식을 올리고 나서 대여섯 달 뒤 우연히 시장에서 민주와 마주친 상우는 제 딴에는 진지하게 우리가 민주의 결혼식을 막고자 나름대로 노력을 했다고 변명인지 하소연인지 보고인지를 하고 난 참이었다. 그건 정말 바보 같은 짓이었다. 그따위 말은 하지 말았어야 했다.

민주와 결혼할 상대는 아버지에게 물려받은 재산이 많았을 뿐 다른 건 아무것도 볼 게 없는데다 무식한 남자였다. 민주에게 언제나 괴소문과 악담이 따라다녔듯 결혼과 관련된 악랄한 추문도 당연히 있었다. 민주가 더이상 낙태를 하면 영원히 아이를 가질 수 없다는 의사의 경고에 따라 남자의 아이를 지우지 못해 결혼을 할 수밖에 없게 되었다는 것이었다.

그러나 우리들은—나와 초등학교 동창인 상우, 명식, 진영, 태수는 그런 소문을 믿지 않았다. 소문이 사실이라고 해서 쉽사리 포기할 수도 없었다. 민주에 대한 우리의 감정은 소문 몇 가지로는 흔들리지 않을 정도로 뿌리가 깊었다. 민주를 향한 마음에는 사랑과 증오와 한탄과 슬픔과 유아적인 집착과 맹목적인 욕망이 무지개보다 더 다채로운 빛깔로 섞여 있었다. 게다가 우리는 스무 살이었다.

어떻든 결혼을 막고 싶었다. 우리의 해와 달이자 별인 민주가 나이가 일곱 살 많은 남자에게 하루 세 끼 밥을 해주고 똥 찌꺼기 묻은 속옷 빨래를 해주고 아이를 낳아서 길러주고 부부싸움을 하며 늙어가는 것을 용납할 수 없었다. 포목상을 하는 아버지가 차고에 조랑말 같은 똥차를 모셔두고 있는 명식이 결혼식 당일 예식장 앞 주차장에 하객을 가장하고 그 차를 대놓기로 했다. 기름을 가득 채워놓아야 하는 건 물론이었다. 운전면허증 같은 건 걱정할 것 없다, 걱정한다고 며칠 만에 해결할 수 있는 것도 아니기 때문이다, 오토바이를 탈 수 있는 정도의 운전 실력이면 차를 운전하는 데 큰 문제는 없을 것이라고 결론지었다.

우리는 저녁마다 젖먹이가 딸린 젊은 여자가 새로 문을 연 술집에서 막걸리를 마셨다. 젊은 술집 여주인을 보러 온 게 분명한 아버지의 친구 같은 사람들이 들어와도 일어서지 않았다. 오히려 담배를 꼬나물고 시빗거리를 찾는 눈으로 쏘아봄으로써 자리에 앉지도 못하게 했다. 우리의 결속과 명분은 술자리의 취기와 토론으로 더욱 단단해지고 있었다.

민주는 아버지를 일찍 여의었기 때문에 결혼식장에서 아버지를 대신할 친척과 함께 식장으로 입장하게 되어 있었다. 하지만 민주는 주례와 신랑이 기다리고 있는 식장 가운데로 혼자 걸어 들어가게 될 것이다. 팔짱을 끼고 갈 작은아버지가 없고 오빠도 없으며 민주의 성격이 자질구레한 형식에 구애받지 않아서 그렇다. 어떻든 신부가 식장에 입장하기 전 신부 대기실 주변은 아무도 없는 무방비 상태이다. 우리 중 한 사람이 가서 신부의 손을 잡고 도망쳐 나오기만 하면 된다. 그녀에게 그럴 마음이 있다면. 마음이 있었다면. 있었더라면.

결혼식 전날, 닥쳐온 거사에 대한 불안과 두려움을 이기기 위해 모인 우리는 점심때부터 평소의 몇 배는 더 술을 마셨다. 일주일째 쌓인 피로가 한꺼번에 우리를 덮쳤다. 태수는 낮술에 취해 발광을 하다가 사라져버렸고, 나는 다음날 오전 열시나 되어서 술집 뒷방에서 깨어났다. 명식과 상우, 진영이 정신을 차린 것은 결혼식이 끝난 다음이었다. 나는 눈에 눈곱을 단 채로 허겁지겁 예식장으로 가기는 했지만 그 속에서 벌어지고 있는 성사(盛事)는 철없는 스무 살짜리 남자아이 하나가 범접할 수조차 없는 거대하고 엄숙한 세상의 법임을 실감했을 뿐이었다. 내가 신부 대기실에 가서 민주에게 억지 결혼을 포기하고 나와 같이 딴세상으로 도망가자고 했다면 민주는 깔깔거리며 웃음을 터뜨렸을 게 틀림없었다.

우리는 서로를 비난할 수조차 없었다. 그렇게 민주가 한 남자의 아내가 되는 게 싫었다면 각자가 민주를 찾아가서 결혼을 하지 말라고 애원을 할 수도 있었을 것이지만 민주를 일대일로 접촉한다는 것은 불타는 모닥불 속에 뛰어드는 모기가 되겠다는 것이나 다를 바 없었다. 본능적으로 위험을 나누기 위해 각자가 잠시 모여 우리가 되었던 것뿐이다. 마지막 순간에 우리에서 이탈했다가 몇 달 뒤 군대에 가서 죽은 태수는 그날 행적을 입에 담은 적이 없었다. 그 결과에 대해서는 "후회하지 않는다"고 간단히 말했다고 한다.

그렇게 민주와 우리가 함께했던 한때는 지나갔다. 그런데도 이십 년 만에 날아온 한 통의 문자 메시지에 나는 철없던 그 시절로 돌아가 가슴이 뛰고 침이 마르는 얼뜨기 증세를 보이고 있는 것이다.

나는 골프 가방을 다시 집어넣었다. 아직 한시밖에 되지 않았다. 회사에 간다 한들 반가워할 사람도 없다. 회사는 장인이 창업한 것이었다. 결혼하면서 달랑 공장 하나에 관리직 사원도 없이 주먹구구로 돌아가던 회사에 입사해 십수 년 동안 내 인생의 황금기를 바쳐 연매출 천억짜리 중소기업으로 키워놓았다. 하지만 대한민국에서 기업을 운영하는 사람들 대부분이 그렇듯 장인은 아들에게 회사를 물려주려고 했다.

내게 남은 것은 이혼남이라는 딱지와 베란다 넓은 아파트 하나, 골프나 치러 다니라고 남겨준 승용차 한 대뿐이다. 아파트는 모기지론으로 산 것이라 내 소유가 되려면 멀었고, 리스한 차는 회사에서 언제든지 '고문'인지 '상담역'인지 하는 직함과 함께 도로 회수해갈 수 있다. 위안이 되는 것은 내 지분이던 회사 주식을 가지고 우리 사주 조합, 장인과 처남이 소송까지 벌이며 서로 많이 차지하려고 으르렁거리고 있다는 점이다.

막달리는기차밖으로비가오는군
아,이건청승이다싶으면서도〉〈
기나긴지난세월서로생각하던날이

있어만날때도있넴ㅎㅎㅎ^o^

문장이나 맞춤법이 맞다 안 맞다 하면서도 할 말은 하고 있었다. 민주의 학교 성적이 좋았는지는 잘 모른다. 못한 편은 아니었을 테지만 잘할 필요도 없이 충분히 자신의 존재를 드러내 보였다. 오로지 충격적인 외모로. 적어도 내가 초등학교 사학년 민주와 처음 같은 반이 되었을 때 보기로는 그랬다.

민주의 키는 크지도 작지도 않았다. 민주는 하나하나 뜯어보면 무엇 하나 두드러지지 않은데도 사람들 사이에 있으면 단연 두드러져 보였다. 명화 속의 초상처럼 보는 사람이 자신이 감복할 만한 아름다움을 그림 속에서 스스로 찾아내게 하는 것 같았다. 나는 처음부터 민주 앞에서 무슨 죄라도 지은 듯 불편하고 어쩔 줄 모르게 되어버렸다. 그런 민주에게 가까이 다가갈 기회조차 잡기가 쉽지 않았다.

학교에서 걸어서 한 시간 넘게 걸리던 농촌 마을에 살고 있던 나는 매일 학교를 오가는 동안 민주와 인사를 나누는 연습을 했다. 읍내 한가운데 살고 있는 민주에게는 촌스러운 말투로 깔보이지 않도록 도시풍으로 인사한다. '안녕, 나는 서정우야.' 그럼 민주는 대답하리라. '안녕, 나는 이민주야. 잘 지내고 있니?' 나는 '고마워, 네가 염려해준 덕분에' 하고 대답한다. 그것으로 그만이고 그만이어야 한다. 더이상 대화를 지속해나갈 능력이 없기 때문이다. 하지만 나는 한 번도 민주에게 도시풍의 세련된 인사를 건네지 못했다. 그렇게 시간이 흘러 오월이 되었다.

5월 5일 어린이날 하루 전에는 군 전체의 초등학생이 참가하는 문예대회가 열렸다. 매년 학교 안팎에서 수도 없이 벌어지는 백일장(글짓기), 사생(그림), 서예, 합창, 밴드 등 갖가지 대회에서 가장 권위가 있는 대회였다. 나는 여러 분야에 출전하게 되어 있어서 대회가 열리기 전부터 연습하느라 바빴다. 수업 시간에는 합창 대표로 한 교실에 모여 노래를 연습하고 방과후에는 서예와 그림을 연습한 뒤, 음악실에 모여 밴드 연습을 했다.

글짓기에도 반 대표로 나가기로 되어 있었는데, 그건 연습이라고 특별히 할 것도 없었다. 나의 형과 누나들, 고모, 사촌 형과 사촌 누나, 당숙과 당고모 들까지 모두 글짓기라면 도맡아서 상을 받아왔고 나 역시 다리 밑에서 주워온 자식이 아닌 바에야 우리 집안의 전통을 이어갈 것임을 의심하지 않고 있었다. 그전에 학교 안에서 있었던 몇 번의 백일장에서 두세 차례 상을 받음으로써 스스로의 재능을, 아니 집안의 일원임을 증명해놓은 터였다.

나는 대회 당일 아침, 밴드부용 하모니카, 사생대회용 스케치북과 물감, 서예대회용 붓과 벼루를 싸들고 학교로 갔다. 서예와 그림대회는 읍내 북쪽에 있는 초등학교에서, 합창과 밴드 경연은 읍내 중심가에 있는 극장에서, 마지막으로 글짓기 대회는 읍내가 한눈에 내려다보이는 남산에서 하기로 되어 있었다. 나는 순서가 제일 빠른 합창을 하기 위해 일단 극장으로 갔다. 그다음에는 북쪽에 있는 초등학교로 달려가 서예대회와 그림대회에 참가했다. 그리고 숨을 돌릴 겨를도 없이 다시 극장으로 달려가 밴드 경연대회에 참가했다. 글짓기 백일장이 벌어지고 있는 남산에 도착한 것이 오후 한시쯤 되었다.

글짓기 대회는 오전 열시에 시작해서 오후 두시쯤 끝나게 되어 있었다. 열시에 남산에 모인 오백여 명의 아이들, 즉 읍과 면의 수십 개 초등학교 사학년부터 육학년까지, 반에서 각 두 명씩 나온 대표들은 붉은 도장이 찍힌 원고지를 받고 시제를 받았다. 따뜻하고 밝은 산 위 양지 쪽에 앉아서 쓸 내용을 구상하고 원고를 쓰거나 도시락을 먹고 친구들과 손을 잡고 다니며 한가로운 시간을 보낼 수도 있었다. 하여튼 점심도 제대로 얻어먹지 못하고 이리 뛰고 저리 뛰던 나는 친구가 미리 받아놓은 원고지를 받아들고 한숨을 쉬었다. 시제는 '기차'와 '들판'이었다.

막 연필에 침을 묻혀서 동시를 쓰려고 하는데 우윳빛 피부에 보석 같은 눈동자, 크지도 작지도 않은 발을 잘 닦아서 유리처럼 반짝거리는 가죽구두로 감싼 여학생이 다가왔다. 민주였다.

"얘, 너 글짓기 잘한다며? 나 대신 좀 써줄래?"

나는 이미 삼학년 때에 군 전체 문예대회의 백일장에 출전한 경력이 있었다. 담임선생님이 나를 어떻게 보았는지 사학년 담임선생님과 짜고 사학년 반 대표의 이름으로 출전하게 했다. 심사위원들이 또 내가 쓴 동시를 어떻게 보았는지 장원 바로 아래 등급인 '차상'에 입상했다. 물론 그 상을 받은 사람은 사학년 반 대표였다.

"난 정말 이런 거 하기 싫어. 엄마만 아니었어도 안 나왔을 거야. 담임선생님이 아무리 사정을 했어도……"

민주가 말할 때의 그 노래하는 듯한 목소리와 기품은 공주는 몰라도 동화 『소공녀』에 나오는 귀족의 딸은 충분히 되고도 남았다. 읍내에서 유일한 막걸리양조장의 안주인인 민주의 어머니는 맏딸 민주와 연년생인 삼형제를 같은 학교에 입학시켜놓고 무시로 출입하는 것으로 유명했다. 나는 민주에게서 풍겨오는 어른스러운 향기에 정신이 아찔해졌다.

"네가 아무렇게나 써서 하나 줘. 글씨가 같으면 안 되니까 내가 베껴서 낼게."

나는 이마에서 흘러내리는 거무죽죽한 땀을 닦으며 고개를 끄덕였다. 그러자 민주는 내 손바닥에 단추만한 초콜릿 과자 서너 개를 놓아주고는 정자 쪽으로 뛰어가버렸다. 나는 잠시 생각한 끝에 동시를 썼다.

"들판을 지나가는 저 증기기관차, 논두렁에 앉아서 담배를 피우는 내 할아버지를 닮았다. 긴 곰방대의 끝에서 연기가 흘러나올 때마다 나는 돌아가신 할아버지에 대한 그리움으로 눈물을 흘린다."

그때 내 할아버지는 육순을 헤아리는 정정한 분으로 돌아가시기는 커녕 호랑이를 방불케 하는 위엄으로 집 안팎을 호령하고 계셨다. 상관없었다. 나는 민주에게 그 동시를 건네주었고 남은 시간에 최선을 다해 내 작품을 써서 제출했다.

이틀 뒤인 월요일 아침에 학교에서 조회가 열렸다. 토요일의 각 대회에서 입상한 학생들에 대한 시상이 있었다. 단체상인 합창과 밴드는 모두 입상권에도 들지 못했다. 개인상 각 부문의 수상자가 호명될 때마다 조회단 앞으로 나가서 줄을 섰다. 글짓기와 그림, 서예 부문 장려상 여덟 명에는 내 이름이 들어 있지 않았다. '차하' 세 명에도 내 이름은 들어 있지 않았다. '차상' 두 명에도 내 이름은 들어 있지 않았다. 점점 불안해지기 시작하고 손에 땀이 배었다. 직접 명단을 발표하던 교장선생님은 안경을 고쳐 쓰고는 사방을 둘러보며 "자, 마지막으로 장원이 하나 남았다"고 말했다. 이어 "올 문예대회 각 부문 성적이 평년 수준에 훨씬 미달해서 대단히 실망이 컸다. 다행스럽게도 글짓기 백일장에서 장원이 나와서 내 체면이 섰다. 글짓기에서 장원을 한 학생은 본 교장이 할 수만 있다면 졸업할 때까지 장학금을 주고 싶은데 그런 제도가 없어서 대단히 아쉽다"고 입에 침이 마르도록 칭찬을 했다. 그때까지만 해도 그 엄청난 상이 내 것일 거라는 기대는 별로 없었다.

그런데 "이번에 장원을 차지한 학생은 아직 사학년이다. 앞으로도 몇 번이고 더 학교를 대표하여 학교의 명예를 드높일 시간이 있다는 게 흐뭇하다"고 하는 바람에 내 가슴이 쿵덕쿵덕 뛰기 시작했다. 이윽고 "글짓기 부문 영예의 장원!" 하는 말소리에 이어 삐이이익 하고 스피커에서 귀를 후벼 파는 소음이 울려퍼졌다.

"사학년, 그리고 삼반!"

무슨 미스코리아 심사 결과를 발표하듯 한마디씩 끊어서 말하는 교장선생님이 알미워지기 시작했다. 조회단까지 나갈 길이 아득히 멀어 보였다. 해내야 한다. 주먹을 쥐었다. 안간힘을 다해 발에 힘을 주었다.

"이민주!"

한쪽 구석에서 환호성이 일고 귀를 멍멍하게 하는 박수 소리가 터졌다. 나는 남산을 넘어 뻗쳐오는 아침 햇살에 가로수처럼 길어진 그림자가 괴물 같다는 생각을 하며 겨우 버티고 서 있었다.

"상장! 제십일회 은척군 어린이 문예대회 글짓기 부문 장원……"

내게는 스피커를 통해 우렁우렁 퍼져나오는 그런 말도 제대로 들리지 않았다. "부상으로 공책 서른 권과 연필 열 다스가 전달이 되겠습니다." 사회를 보던 선생님이 말했고 띠로 묶인 공책, 연필 한 무더기를 받아든 민주는 무거워서 그러는지 몸을 휘청거렸다. 지옥 같은 조회가 끝나고 교실로 들어오기 직전, 복도에서 신발을 갈아 신을 때 나는 민주에게 가까이 갈 수 있었다.

"그 공책하고 연필은 나한테 줄 거지?"

숨가쁘게 말하는 나를 민주는 빤히 쳐다보고는 들릴락 말락 한 소리로 말했다.

"생각해볼게."

교실에서 민주는 찬양자들에게 둘러싸여 그 작품을 쓰기 위해 얼마나 고심을 했는가에 대해 토로하고 있었다. 그조차도 아름다웠다. 그 와중에 반장인 명식이 민주의 눈에서 작은 눈물방울을 발견하는 바람에 교실은 일시적으로 공황 상태에 빠져들었다. 이윽고 민주는 띠로 묶인 공책을 풀고 갑에 든 연필을 꺼내더니 자신에게는 필요 없다며 하나씩 아이들에게 나눠주기 시작했다. 저건 내 건데. 나는 책상 아래로 주먹을 감추고 내 물건들이 하나둘씩 남의 손아귀로 사라져가는 것을 지켜보고 있었다. 곧 수업이 시작되는 바람에 그 끔찍한 상황은 진정되었다. 그다음 쉬는 시간, 또 점심시간에 다른 반에서도 소문을 듣고 찾아오는 바람에 더이상 단둘이 만날 시간도 공간도 나지 않았다. 드디어 수업이 끝났다. 민주는 한동네에 사는 아이들에게 둘러싸여 집으로 돌아갔다. 나는 하필 변소 청소 당번이라 따라갈 수가 없었다.

청소가 끝나고 나서 나는 읍내 중심가에 있는 막걸리양조장을 찾아갔다. 성채처럼 거대한 부지에 낡고 오래된 건물이 있었고 읍내 어디에서나 볼 수 있는 엄청나게 높은 굴뚝이 서 있었다. 술이 익는 냄새가 등천을 하는 양조장에는 술을 실어가려는 차와 자전거, 오토바이로 부산했다. 양조장을 굽어볼 수 있는 고풍스러운 양옥 이층집이 양조장 주인의 저택이었다. 생전 처음 눌러보는 초인종, 생전 처음 들어보는 인터폰 소리에 기가 죽긴 했지만 내 공책, 내 연필을 포기할 수는 없었다. 다행히 양조장 주인은 보이지 않았고 안주인은 옷에 밴 땀냄새에 변소 냄새가 보태진 나를 이상하다는 듯이 훑어보았다. 하여튼 생전 처음으로 민주와 단둘이 마주서서 담판을 했다.

"이제 줘. 내 공책, 연필."

"없어."

"없다구? 그게 말이 돼? 되냐고!"

"애들한테 다 줘버렸다니까."

"……그럼 네가 사서라도 줘."

"내가 왜 그래야 하니?"

"네가, 네가, 네가……"

나는 곧 눈물이 터질 것 같아서 말을 이을 수가 없었다.

"너 그렇게 자꾸 억지 쓰고 생트집을 잡으면 선생님한테 이를 거야."

"뭘?"

"동시 네가 대신 써줬다구. 그러면 넌 내년이고 내후년이고 글짓기 대회에는 못 나가게 될걸? 넌 대회에 못 나가면 영원히 공책도 연필도 못 탈 거 아냐."

거기서 나는 말을 잃고 말았다. 어떻든 나는 부정을 저질렀다. 삼학년 때의 전력이 새삼 상기되었다. 상습범으로 몰릴 수도 있었다. 민주는 마지막으로 내게 결정타를 먹였다.

"내가 생각해봤는데, 그 동시 내가 직접 쓴 거 맞아. 우리 할아버지가 올봄에 돌아가셨잖아. 그걸 생각하면서 울면서 썼어."

세상에서 그렇게 아름다운 눈이 있을까. 한 점 부끄럼 없는 듯한 순진무구한 눈으로 나를 똑바로 쳐다보며 민주는 그렇게 말하는 것이었다.

그다음, 또 그다음에도 나는 또다시 각종 문예대회의 글짓기 부문 대표로 백일장에 나갔다. 오로지 백일장에만 집중하기 위해 다른 부문은 포기했다. 하지만 상을 받으려는 욕심에 눈이 멀어 심사위원에게 잘 보이려고만 한 결과 장려상에도 들지 못했다. 그뒤로도 영원히.

민주 역시 백일장에 나왔다. 다른 사람들 보기에는 운이 없어, 내가 보기에는 경악스럽게도 '차상'을 차지했다. 그건 민주가 글짓기 지도 선생님의 손을 잡고 가는 것을 진영이 목격하고 소문을 퍼뜨리기 전의 일이었다. 그 일 전후로 학교 변소 벽이며 후미진 담벼락마다 민주의 이름이 남자들의 이름과 함께 수백 군데 이상 대서특필되었다. 그 무렵 나는 아버지의 손에 이끌려 서울로 전학을 가게 되었다.

생각해보면 그 사건으로 인해 나는 민주가 내뿜는 불길에 직접적이고 치명적인 화상을 입지 않을 수 있게 된 것 같다. 작은 피해를 입고 물러난 이후 언제나 일정한 거리를 유지하게 되었기 때문이다. 언제부터인가 민주에게는 타인의 인생을 휘감아 엉뚱한 것으로 바꿔버리는 불길한 기운이 느껴졌다. 그게 남과 특별히 다른 매력을 지니게 된 사람이 그 매력을 부여한 신에게 치러야 할 대가인지도 모른다.

중학생이 되고서 나는 고향 읍내의 유일한 양조장에 큰불이 났고 민주와 그의 남동생 셋만 남고 부모들은 모두 죽었다는 소문을 들었다. 큰 충격을 받긴 했지만 나는 이미 멀리 떨어져 있다는 생각이 들기도 했다. 몇 달 뒤 서울 구경을 하러 온 진영이 내게 전해준 소식에 의하면 민주는 초등학교에 다니는 세 남동생과 함께 고아원에 들어갔다. 하루아침에 소공녀에서 동생들까지 건사해야 하는 고아원의 천덕꾸러기가 되었지만 민주는 여전히 아름답다고 했다. 고아원의 원장이 수양딸을 삼으려고 했지만 거절했다는 말도 있었다. 중학교에 진학할 때 민주가 졸업한 학교 교사들이 십시일반으로 돈을 모아 학비와 옷, 학용품을 마련해주었고 지나가던 남자들까지 어떤 식으로든 민주에게 도움을 주었다. 거기에는 또한 각각의 추문이 뒤따랐다.

기다리고 있을게.
서울역 대합실 15시.
도착하면 전화 요망.

내 답변 문자 메시지는 내 인생처럼 밍밍하다. 기다린다는 단어를 집어넣을 때는 약간의 떨림이 느껴지기도 했지만, 그건 민주가 아닌 다른 이성 누구에게도 별로 써본 적이 없는 말이라 그랬다.

중학교를 졸업하기 직전, 마지막 겨울방학 때 나는 고향으로 가는 버스를 탔다. 민주를 만날 것이라는 예감으로 가슴이 두근거리고 있었다. 공교롭게도 나와 같은 버스에 상우도 타고 있었다. 누구의 입에서라고 할 것도 없이 민주의 이름이 올랐고 그녀에 관련된 소문이 서로의 입과 귀를 오갔다. 버스가 도착하기까지 한없이 지루할 것 같던

네 시간이 전화 한 통화 하는 것처럼 금방 지나갔다. 이야기가 거듭될수록 서로에 대한 오해와 질투의 감정이 가라앉으면서 동병상련의 감정을 공유할 수 있었다. 버스가 고향의 경계를 넘어섰을 때 상우는 전교 회장의 자격으로 초등학교 동창회를 개최하겠다고 했다. 초등학교를 졸업하지 못하고 전학 간 내게도 도와달라고 했다. 나는 물론 찬성했다. 민주를 만날 수 있는 떳떳한 방법이기에 더욱 그랬다.

나와 같은 생각을 하는 아이들이 많았던지 순식간에 첫번째 동창회 개최 일시와 장소가 잡혔다. 민주의 참석 여부가 동창회의 성패를 결정적으로 좌우할 것임은 분명했다. 전교 회장이었던 상우, 민주와 가장 가까운 곳에 살았지만 한 번도 제대로 인사를 해본 적이 없다는 명식, 그리고 나는 민주와 세 남동생이 있다는 고아원으로 찾아갔다. 고아원은 읍내에서 들판으로 나가는 경계선에 홀로 서 있었다. 눈보라 섞인 북풍이 길쭉한 적벽돌 건물 주변에 휘몰아치고 있는데다 군용 모포를 뒤집어쓴 아이들이 퀭한 눈으로 창밖을 내다보는 것을 알게 되고부터 괜히 왔다 싶은 후회에 사로잡혔다. 우리는 고아처럼 막막한 느낌으로 원장을 만났다.

"그 아이는 왜 찾나?"

비쩍 마르고 키 큰 노인이 돋보기안경 속에서 커다란 눈알을 굴리며 우리를 맞았다. 우리가 동창회 계획을 말하자 노인은 "학생 놈들이 하라는 공부는 안 하고……" 하면서 민주를 그런 불순한 모임에 나가게 할 수 없으니 돌아가라고 했다.

"저희 지금 학생 아닌데요. 고등학교 입학시험은 봤는데 입학하기 전이거든요."

저항해봤지만 소용이 없었다. 노인의 팔등에는 굵은 정맥이 불거졌고 장작을 패다 온 듯 검불이 묻은 붉은 스웨터는 적의에 차 보였다.

"민주는 지금 제 동생들 밥하고 빨래하는 것만으로도 하루가 짧아. 제 밥값을 해야지, 그런 데 가서 노닥거리게 할 수는 없어. 너희도 집에 에미 애비가 있겠지. 대가리에 피도 안 마른 어린것들이 작당해서 떵까떵까 놀라고 이 지랄을 한다는 걸 내가 너희들 집에다 일러주면 집에서 좋아하지는 않을 거다. 너 쥐만한 놈, 이름이 뭐냐? 비쩍 마른 놈, 너는?"

다른 아이들은 몰라도 내 부모는 내가 무슨 일을 하는지 잘 모를 먼 서울에 있었다. 그래서 내 입에서 이런 대꾸가 나왔는지도 모른다.

"사실 우리는 민주한테 아무런 관심 없어요. 지나가는 길에 한번 물어보기나 할라고 온 거니까요. 계속 빨래하고 밥하고 설거지하라고 하세요."

원장은 내 이야기가 다 끝나기도 전에 거무죽죽한 입술을 내민 채 길고 마른 손가락을 뻗어 바깥을 가리켰다. 밖으로 나온 우리는 땅바닥에 침을 뱉었다. 민주와 고아원장에 대한 추문이 근거 없는 것으로 여겨져서 기분이 나쁘지만은 않았다. 거기서 나는 함께 가자는 친구들의 제안을 마다하고 혼자 걸어서 이십여 분 뒤 기차역에 도착했다. 잠을 자려면 친척집에 가면 되었지만 나는 내게 주어진 자유, 기회, 시간을 혼자만 누리고 싶었다. 대합실 긴 의자에 누워 얼마간의 시간을 보낸 뒤 바깥이 완전히 어두워지고 나서 미리 계획이라도 한 것처럼 나는 고아원으로 다시 갔다. 가장 가까운 이웃집과도 백여 미터쯤 떨어져서 덩그렇게 서 있는 고아원 건물의 창 단 한 군데서만 불빛이 흘러나오고 있었다. 다가갈수록 침이 마르고 무릎에 힘이 빠졌다. 나는 이십 미터쯤 떨어진 곳에서 걸음을 멈추었다. 고아원 건물 속에서 누군가 내다보고 있었다면 아무도 오가는 이 없는 황량한 겨울 들판을 가로질러 내가 고아원으로 다가가는 걸 충분히 볼 수 있었을 것이다. 사실 그랬다. 민주가 보고 있었던 것이다. 그녀는 문을 열고 성채 같은 고아원의 안주인이라도 되는 양 당당하게 걸어 나왔다. 등뒤에서 호스처럼 길게 비치던 불빛이 끊어질 무렵, 안에서 뭐라고 하는 원장의 외침이 들렸지만 민주는 한 손을 가볍게 들었다 내림으로써 그 소리를 무시했다. 그녀를 막상 보는 순간, 머릿속에서 주파수가 맞지 않은 라디오에서 나는 소리처럼 쐐애애 하는 소음이 났다.

"오랜만이다. 정우. 너 서정우 맞지? 육학년 일학기 봄에 서울로 전학 간."

민주는 나를 정확하게 기억하고 있었다. 내 목소리가 떨리고 갈라진 채 흘러나왔다.

"잘 있었니? 전학 간 후에도 언제나 네 소식이 궁금했다."

민주는 픽 웃었다.

"너 아까 여기 와서 한 말하고는 많이 다르네? 나한테 전혀 관심 없다면서?"

"그거 들었어? 알잖아, 원장이 하도 개소리를 해서 그런 거."

"상관없어. 너는 왜 다시 왔는데? 아까 거짓말한 거 사과하러?"

그러고 보니 나 스스로도 거기에 왜 다시 갔는지 모르고 있었다. 민주는 모든 것을 파괴하는 활화산 같은 존재였다. 그녀의 화염으로부터 충분히 안전하게 떨어진 곳에서 그림자라도 보며, 간지럽고 애타는 듯 달콤한 느낌을 찾아간 것인지도 몰랐다.

"동창회에는 안 나올 거니? 내일모레인데. 학교에서 열두시에 해."

"내가 그런 유치한 데를 왜 가니? 너희끼리나 열심히 모여서 재미있게 놀아."

"너, 너 오기를 기다리는 애들 많을 거야."

"내가 가면 너희들이 어떻게 할 건데?"

"어떻게 하다니?"

"가면 뭘 해줄 거냐고. 내가 뭘 입고 갈 거 같아? 가서 누구하고 무슨 이야기를 할 수 있을 것 같아?"

너희 중 나와 상대할 자격이 있는 사람이 있느냐. 거기가 내가 있을 만한 곳이냐. 민주는 묻고 있었다. 순간적으로 독가스를 마신 듯 기침이 터져나왔다. 그때 나는 아름다움에는 사람을 다치게 하는 독성이 있다는 것을 깨달았다. 일반 사람과 유별나게 다르게 되는 데는 어떤 대가든 치러야 한다. 그것이 아름다움이라고 하더라도. 유별난 사람과 접촉하는 데에도 대가를 치러야 한다. 나는 도망칠 준비를 했다.

"몰라."

나는 돌아섰다.

"잠깐, 거기 서."

민주가 말했다.

내가 걸음을 멈추자 민주의 차가운 목소리가 다시 들려왔다.

"너 아까 내 질문에 대답 안 했다. 여기 왜 다시 왔는지."

"몰라. 나도 모르겠다고. 미안해. 정말 미안해."

괴로웠다. 뗄 작정으로 주먹을 쥐었다. 그런데 뭔가가 내 손을 잡았

다. 아니 만졌다. 내 몸이 뻣뻣해졌다. 민주가 만진 곳에서 열이 올랐
다. 호되게 얻어맞은 입술처럼 부풀어오르는 것 같았다.

"네가 나를 찾아와줘서 기뻐."

민주는 그렇게 말했다. 더이상 감당할 수 없을 정도로 내 심장 소리
가 커졌을 때 나는 뛰기 시작했다. 내가 먼저 손을 내밀어 잡지 못했
다는 게 부끄러웠다. 나를 압도하고 위협하는 존재에게서 멀어진다는
안도감도 슬며시 찾아들고 있었다. 그것도 부끄러웠다.

학교 졸업한 후 처음 연 동창회는 민주가 오지 않음으로써 초장부
터 파장 분위기였다. 소득도 있었다. 서로 주소와 전화번호를 교환하
고 그때부터 편지와 전화를 주고받게 된 것이다. 그 덕분에 민주에 관
한 소식은 언제나 현재형으로 편지와 전화, 만남의 자리를 통해 활발
하게 교환되었다.

평택오산지나서울다와가네
T_T여기도풍경은옛날그대
로인데반기는사람없기는같
군.흑.._=;;
장소 급변경 남산팔각정으로

서울역이든 남산이든 만나면 맥주라도 한잔하게 될 가능성이 많았
다. 맨정신으로 민주를 마주보고 있을 자신이 없었다. 차를 가지고 가
면 제약이 생긴다. 민주를 세워놓고 대리운전 기사를 부르느니 마느
니 하다가는 그녀가 화를 내고 가버릴 수도 있다. 택시를 타려고 마음

을 먹고 지갑을 보니 현금이 없었다. 카드를 써도 되는 택시를 부를까 하다가 은행으로 걸음을 옮겼다. 별것도 아닌 것을 결정하는 데 시간이 많이 걸리고 생각이 많아졌다. 나이가 들수록 사소한 일에는 이처럼 공을 들이고 큰일은 오는지 가는지도 모르게 살아가게 돼버린다.

동창회 이후 내가 민주에 관해 들었던 소문을 다 합치면 민주와 잠을 잔 남자는 서른 명이 넘었다. 그중 열 명쯤은 이름을 대면 알 만한 읍내 유지들이었다. 주말이나 휴일에 민주가 읍내 거리를 걸을 때 입고 다니는 옷들은 읍내의 고급 양장점에서 맞춘 옷이라고 했다. 길을 걸어가는 민주는 아름다움의 횃불을 든 여신처럼 보였다. 그녀를 여러 번 본 사람이라도 걸음을 멈추고 다시 한번 쳐다보게 하는 힘을 민주는 지니고 있었다.

나는 그런 소식을 들을 때마다 애가 타면서도 두려움을 느꼈다. 민주는 이미 내가 도저히 가까이할 수 없는 사람이 된 것 같았다. 어느 한 사람이 독점할 수 없는 아름다운 여자, 한때 읍내 부잣집의 공주 같은 딸이었다가 고아원에서 동생들과 함께 살고 있는 여고생, 누구에게도 기죽지 않고 어떤 소문에도 개의치 않고 당당하게 세상을 활보하는 청춘. 평범한 사내아이들이나 여자아이들은 민주를 보는 순간, 냄새를 맡고 목소리를 들으면 숭배의 감정을 가질 수밖에 없었다. 하지만 민주는 그 모든 숭배자들 하나하나에 관심이 없었고 신경을 쓰지도 않았다. 노골적인 악의가 느껴지는 추문은 민주를 둘러싼 세상이 민주를 소유하는 방식이었다.

남산가는중에또변심^^;

덕수궁돌담길도걸어보고
뜨거운돌냄비우동도
먹어보고..대한문앞에서
네시에 나지금몹시떨
리네두근두근두근

인터넷이 보편화되기 시작하던 시기에 동창 모임이 인터넷 카페를 매개로 급속하게 활성화되었다. 초등학교 동기들 가운데 몇몇이 열심히 활동하는가 싶더니 첫 오프라인 모임을 한다는 연락이 왔다. 나는 가지 않았다. 민주가 오지 않는다면 갈 이유가 없었다. 몇 번의 모임이 반복되고 으레 있게 마련인 소문이 돌기 시작했다. 기혼자인 동창 누구와 이혼녀인 누가 사귄다거나 여관에서 나오는 것을 봤다거나 하는. 그럼에도 불구하고 그중의 몇몇과 꾸준히 연락을 하고 있었던 것은 민주의 소식을 조금이라도 들을 수 있을까 하는 희망이 있어서였다.

동창회 안에서는 그 누구보다 모임에 아예 나오지도 않는 민주에 관한 소식이 많았다. 그건 카페의 공식적인 게시판에는 언급되지 않는 것이었다. 어떤 경로인지 모르게 민주가 처해 있는 상황은 파악되고 있었다. 대부분 신빙성이 있어 보였다. 또한 누가 전하는지 모르게 우리의 정황이며 연락처가 민주의 손에 들어가기 시작했다. 민주가 누군가에게 관심이 있고 궁금해한다면 그 말을 들은 사람은 절대 당사자에게 발설하지 않을 가능성이 높았다. 그 대상이 자신이 아닌 다음에야. 모두가 모두를 질투하고 있었다.

민주는 결혼식을 올리고 나서 고향 인근의 공업도시로 이사 갔다. 세 남동생을 모두 데리고 가서 대학까지 공부를 하게 했고 그중 하나는 박사학위를 받은 뒤 대학교수가 되었다. 나머지 둘은 공무원이 되었다고 했다. 아들 하나 딸 하나를 낳았다. 아들은 사춘기가 지나면서 아버지의 상습적인 구타에 시달리는 어머니를 대신하여 아버지와 맞서기 시작했다. 혁대를 채찍으로 애용하는 아버지의 취향에 대응하여 집안의 가죽 혁대를 모두 없애버리고 멜빵으로 대체한 것은 딸의 아이디어였다. 결혼하고 나서 십오 년 만에 민주는 일본어 공부를 시작했고 관광 가이드로 나섰다. 외국인, 특히 경주에 오는 일본인 관광객을 안내하는 일을 맡았다. 그중 어떤 사람과 알게 돼 액세서리 수출입을 하는 소규모 무역에 손을 댔다. 돈을 벌기 위해서라기보다는 스스로의 인생에서 제 가치를 찾기 위해서라고 했다. 돈을 어지간히 벌기도 했다. 결혼 이십 년 만에 마침내 이혼했다. 지역 유력자의 부인들과 귀족계를 만들어서 계주가 되었다. 민주의 외모는 여전히 신뢰를 얻는 데 유효했다. 그게 남자든 여자든 간에. 욕심을 부리다가 계가 깨지고 수십억의 빚을 진 채 도망을 쳤다. 한 해 뒤 고향의 강 상류 마을에서 미꾸라지 전문 식당을 운영하다가 체포됐다. 재판을 받고 일 년의 실형을 살았다. 법조계에 관련된 몇몇 동창이 면회를 다녀왔는데 수의를 입고도 민주는 여전히 아찔한 미모를 가지고 있었다고 했다. 출옥한 뒤 연탄불을 피워놓고 자살을 시도했다가 군대 갔다 휴가 온 아들에게 발견되어 살아났다. 편두통과 우울증으로 오래도록 시달렸고, 담석증 때문에 쓸개를 제거하는 수술을 받았다. 그럼에도 불구하고 민주는 변하지 않았다. 내 마음속에서 언제나 그 모습 그대로였다.

또장소변경 서울시립미술관
르누아르 전시중
아앗,내가넘좋아하는화가
보고싶어참을수없네여^^
나지금시골무도회 그림앞

덕수궁과 서울시립미술관은 지척이었다. 나 같은 인간들의 경우 덕
수궁 돌담길은 그렇다 치고 서울시립미술관에는 평생 한 번 갈 일이
없었다. 민주는 모든 걸 수용하게 한다. 르누아르의 〈시골무도회〉?
내가 아는 르누아르의 그림은 〈독서하는 여자〉뿐이다. 여자라고 하
기도 하고 소녀라고도 하는데 어쩐지 민주를 닮은 느낌을 주었기 때
문이다. 미술관 앞에 매표소가 있다. 돈을 내야 하는 모양이다. 미술
관이 그런 데인 줄도 몰랐다. 어지간한 책 한 권을 살 값이다. 이런 돈
아껴서 책 산 적도 없지만.
　두근두근두근두근. 가슴이 걷잡을 수 없이 뛴다. 다른 사람들이 알
까 창피하다. 한심하다. 할 수 없다. 전시장에 들어서자마자 곧바로 〈그
네〉라는 작품이 나타난다. 그네를 탄 여자는 흔들거림 속에서 일순간
멈춰 있고, 여자 맞은편의 남자를 물끄러미 바라보는 건 나무에 기댄
수염 기른 남자다. 여자의 표정은 무슨 말인가를 하려다 참는 것 같지
만 볼의 발그레한 홍조가 모든 말을 대신하고 있는 것 같다. 아름다움
과 인생은 짧고 일회적인 것이라고, 기회를 놓치지 말라고.
　관람객이 가장 많이 모여 있는 그림이 〈시골무도회〉이다. 사람들이

너무 많아서 민주를 찾기가 쉽지 않다. 춤추는 여자는 르누아르의 모델이었다가 나중에 결혼한 알린느 샤리고라고 한다. 아하, 하고 탄성이 튀어나오도록 화사한 색감의 얼굴을 약간 틀고 미소를 짓고 있는 여자가 있다. 어쩐지 마냥 행복해하는 것 같지만은 않다. 즐겁게 춤을 추다가 잠시 그대로 멈춘 사람이 알 만한 슬픔이 숨어 있다. 그 슬픔은 염통을 후벼 파는 괴로움을 수반하는 게 아니라 인생의 무상을 깨달은 사람들이 공유하는 대비(大悲)의 아름다운 슬픔이다. 춤을 추는 상대 남자는 그 기미를 읽고 여자에게서 인생의 비밀을 냄새 맡으려는 듯 눈을 감고 몰입해 있다. 민주는 없다. 여기 없다. 없다.

"야, 정우, 서정우!"

명식이 삼층 난간에 몸을 기대고 아래를 내려다보고 있었다.

"네가 여기 웬일이야?"

"자식아, 너는?"

"그림 보러 왔지. 사람이 나이들면 이런 문화생활도 하면서…… 어, 저기 오는 거 상우랑 진영이냐?"

"맞네. 수철이, 병진이, 동호 저 자식들…… 오늘 서울시립미술관에서 상원초교 이십회 남자 동기놈들 다 모이는 거 아니냐? 재경 동창회에는 한 번도 안 나오는 놈들이."

어지간하면 가버리고 싶었다. 이런 식으로 서로의 얼굴을 보고 싶지 않다. 하지만 민주가 이미 삼층 계단에 모습을 드러내고 있다. 대책 없이 압도된다. 르누아르 그림의 어떤 여성보다 아름답다. 마음이 먼저 무릎을 꿇는다. 만세를 부른다. 사랑스럽다. 사랑하지 않을 수 없다.

재경 상원초등학교 이십회 동창회는 물론이고 재경 상일중 십오회 동창회도 개최가 가능한 상태다. 마당발인 명식이 두 동창회의 회장을 맡고 있고 부회장, 총무까지 각 동창회의 간부만 여덟 명이나 모였다. 낯익은 얼굴이 더 많이 보이는 것으로 봐서 재경 상평고 동창회를 할 수 있을지도 모른다. 관객 중 상당수가 눈길을 보내고 있는데 반드시 민주의 아름다움 때문에 그런 것만은 아닌 것 같다. 민주가 상경하면서 문자 메시지를 보낸 사람들, 민주를 보러 온 사람들이 냄비 속 찌개처럼 바글대서 그럴 것이다. 정작 민주의 곁에는 머리가 반백인 일본인 남자가 회색 양복을 입고 서 있다. 민주는 처음부터 그 남자의 팔짱을 끼고 있던 참이다.

"나, 너희들이 와줘서 정말 기뻐."

수백 번을 머릿속에서 되풀이해서 굴려본 그 문장은 내게는 상투어가 되어버렸지만 그 말을 처음 들었을 때의 정경이 떠오르면서 약간은 흥분된다. 모두 비슷한 생각을 하는 게 분명하다.

민주는 일본에서 두 달 전 결혼식을 올렸고 세계 일주 여행을 하는 길에 남편에게 서울 구경을 시켜주러 왔다고 한다. 남자는 우리말을 거의 하지 못한다. 잘 웃는다. 인상이 선량하다. 민주는 일일이 우리의 이름을 호명하고 직업까지 물어서 알려준다.

"불교미술을 전공한다? 그럼 부군이 대학교수신가?"

진영이 알은체를 한다. 민주에게 눈썹을 찡그리는 듯한, 심혼을 무르녹게 하는 눈웃음이 있는 줄 여태 몰랐다. 하긴 본 적이 없으니까.

"오십 초반에 미리 정년퇴직을 하고 자기 하고 싶은 거 하면서 살아. 한국의 불교 건축이나 불상 같은 게 세상에서 제일 좋대. 표정이 부모님, 조부모님 같고 고향집 같다는 거야. 우리한테 예전에 있던 거, 본적 말고 그게 뭐였지?"

"원적?"

내가 끼어들 수 있었다. 보상으로 간장이 녹아내릴 듯한 윙크를 받았다.

"맞아. 자기 마음의 원적지가 한국이래. 여기서 만년을 보내고 싶을 정도로."

"가이드 하다가 만난 거야?"

"아니. 세 달 전에 길에서 오다가다 눈이 마주쳤는데, 줄기차게 따라오더라고. 내가 고려시대의 수월관음하고 닮았다고 작업을 거는 거야. 뻔하지, 뭐."

남자가 수줍게 웃었다. 무슨 말인지 다 알아듣는 사람처럼.

"그럼 그때까지는 사귀는 사람이…… 없었고?"

"그래, 사내 새끼들이 다 어디 가서 처박혀 있는지 모르겠어. 사내 같은 사내는 더구나. 나는 너무 기다리기만 했어. 자존심 때문에 말도 못하고."

민주는 아름답다. 아름답다. 사무치게 아름답다. 네가 와줘서 기쁘다, 민주. 네가 돌아와줘서, 우리는.

이 인간이 정말

삼십대 후반의 남자는 호텔 식당의 묵직한 마호가니 문을 밀고 들어서서는 망설임 없이 곧바로 여자를 향해 걸어왔다. 여자가 입술에 칠하던 립밤을 핸드백에 얼른 집어넣고 자리에서 일어섰다. 남자는 여자가 자신을 만나러 온 사람임을 확인하고는 장갑을 벗었다. 코트를 벗어 의자에 걸고 자리에 앉는 동작까지 모두 정해진 의례에 따르기라도 하듯 남자는 경직되게 움직였다. 남자는 손님으로 가득한 주변을 살펴본 뒤 모두들 각자의 대화에 바빠 자신에게 관심을 가지는 사람이 없다는 것을 확인하고 이야기를 하기 시작했다.

"좀 황당하셨죠. 저도 이런 상황을 원한 건 아닌데요. 어머니의 요구를 거절할 수 없어서 울며 겨자 먹기로 나와봤습니다. 우왕, 그런데 엄청 미인이시네요. 나오기를 정말 잘했다는 생각이 들어요. 제가 이렇게 아름다운 분을 만날 자격이 있는지 의심이 갈 정도로요. 저, 어머니의 시내 빌딩이랑 지방의 휴경지나 임야 같은 부동산을 관리하는 업체를 맡고 있긴 하지만 거의 백수나 다름없으니까요. 일이 없으면 방안에 틀어박혀 있어서 모르는 사람들은 히키코모리 같은 폐인이 아닌가 의심하기도 하고요. 하하, 제가 자폭을 하네요. 그게 다 그쪽이 너무 아름다우셔서…… 십대, 이십대 아이들처럼 게임 폐인 이런 건 아니고요. 그냥 세상이 복잡하고 엉망이니까 그게 왜 그런지 좀 알아보고 싶어서요. 하나둘 고구마 줄기 같은 걸 끄집어내 당기다보니까 시간이 그렇게 흘렀네요. 벌써 들어서 알고 계셨죠? 안 놀라시는 걸 보니 그런가보네요. 우리 어머니 참 골 때리죠. 아무리 회사 상사라고 해도 그쪽 분처럼 아름답고 당당한 커리어 우먼을 폐인 아들하고 선 보라고 보내고. 이거 뭐 이십세기도 아닌데, 참. 어머니를 대신해서 사과드릴게요. 그냥 하루 저녁 특급 호텔 레스토랑에서 한 끼 먹고 간다 생각하시고요. 웬만한 건 어머니가 미리 준비해뒀을 거니까요. 아, 어머니는 지시만 하고 예약도 계산도 다 어머니 비서가 알아서 했겠지요. 늘 그러니까요. 외국계 회사라도 한국에서 사업하다보면 한국의 고리타분한 상명하복 관계, 뭐 심하게 말하면 군대에서 따까리 사병이 중대장 속옷까지 빨아주는 것같이 한국 비서는 자기가 모시는 상사를 위해서 사적, 공적인 걸 가리지 않고 해줘야 한단 말이죠. 사실 이런 경우는 저도 처음이에요. 이 나이에 어머니가 주선해주는 소개팅에 나오는 사람이 얼마나 되겠어요. 이거 참, 이렇게 혼자서 여자를 상대해보는 게 얼마 만인지 모르겠네요. 그것도 세상에서 다 알아주는 골드 미스이고 엄청 미인이신데…… 아, 떨리네요."

두 사람을 지켜보고 있던 지배인에게 등 떠밀려 다가온 웨이터에게 여자는 메뉴에 대해 낮은 목소리로 몇 가지를 물었다. 이어 여자는 식당의 정식 코스 요리 가운데 'A'로 하겠노라 했고 남자 역시 같은 걸로 달라고 했다. 애피타이저와 수프, 샐러드, 스테이크를 익히는 정도를 고르라는 웨이터에게 여자가 익숙하게 주문을 했고 남자는 모든 것을 여자의 의사에 따르겠다는 의미로 고개를 끄덕거렸다. 마지막으로 여자는 웨이터에게 와인을 추천 받은 뒤 빠르게 그중 하나를 선택했다. 남자는 두 손으로 턱을 부비며 근육을 풀었다. 웨이터가 물러가자 남자는 다시 입을 열었다.

"다른 건 다 고르라고 하면서 소는 어느 나라 걸 먹을지 고르라고는 안 하는군요. 아, 예. 전부 호주산 와규라고요. 여기는 일률적으로 다 그렇게 돼 있군요. 하긴 스테이크는 굳이 한우를 안 써도 되죠. 한우는 우리나라 사람들이 제일 좋아하는 식으로 숯불에 구워서 작게 잘라 먹을 때 맛있으니까. 이런 고급 레스토랑에서야 요새 탈 많고 말 많은 미국 소를 쓰지는 않겠지요. 적어도 쓴다고 공표는 안 할 거예요. 우리나라 한우 산업에서 벤치마킹한 모델이 일본의 와규죠. 원래 일본 전역에서 소가 모여들던 항구도시 고베의 소가 유명했는데, 고베 소 같은 일본 토종 종자하고 유럽의 여러 종자를 교배시켜서 만든 품종이 와규예요. 와규는 흔히 마블링이 좋다고 하죠. 마블링이라는 게 일본 사람들 좋아하는 분홍빛, 그러니까 선홍색 고기에 서리처럼 작은 지방이 촘촘히 박혀서 전체적으로 핑크빛이 나는 걸 말하는 거예요. 정상적으로 넓은 초원에서 뛰어다니면서 풀 뜯어 먹고 되새김질을 하며 자란 건강한 소는 마블링이라는 게 있을 수 없죠. 호주나 미국의 소들은 어릴 때 방목을 하기 때문에 고기에 들어 있는 지방 빛깔이 누래요. 사실 마블링이 잘된 고기라는 건 소 자체가 불건강하다는 거죠. 사람도 운동 안 하고 고칼로리 액상과당 음료에 인스턴트 음식만 먹고 뒹굴뒹굴하면 비만 때문에 살에는 지방이 하얗게 끼고 잘라보면 마블링이 좋게 되겠죠. 당뇨나 고혈압에 심혈관계 질환에 성인병으로 오래 못 살죠. 소는 병들어서 쓰러지기 전에 잡아먹으니까 고기가 그래도 상관없는 거고요. 그런 고기를 먹는 사람 역시 좋은 고기를 먹는다고는 할 수 없는 거예요. 이 식당에서는 마블링 좋은 호주산 와규를 쓴다고 아예 못을 박아놨네요. 이건 원래 호주산 소가 아니고 일본 사람들이 호주에 와규 종자를 보내서 곡물 사료를 먹여서 키운 거예요. 호주의 들판에서 풀 뜯어 먹고 자란 호주산 소가 스테이크로는 알맞죠. 이 레스토랑 쇠고기 스테이크 하나만 해도 논리적으로 아귀가 안 맞는 게, 마블링 좋은 호주산 와규를 숯불에 구워 먹는 게 아니고 스테이크로 한다니 말이죠. 와규든지 블랙 앵거스든지 소는 키워서 먹는 과정 자체가 문제예요. 수십, 수백만 년 동안 풀을 먹도록 진화해온 소한테 곡물 사료를 먹여서 살을 찌운다는 게 말이 안 돼요. 쇠고기 일 킬로그램에 곡물 구 킬로그램이 들어가거든요. 지금도 칠십억 인구의 십 퍼센트 이상이 절대적인 기아에 시달리고 있어요. 하루 세 끼를 못 먹어서 폭동이 일어나고 있잖아요. 선진국이니 뭐니 좀 산다는 나라에서는 그 사람들이 먹을 곡물을 소한테 먹여서 경제적으로 보면 구분의 일, 십일 퍼센트짜리의 형편없는 결과물을 얻은 게 쇠고기란 말이죠. 사료로는 주로 사람들이 먹는 옥수수, 밀, 대두를 먹이니까 배고픈 사람하고 비만 소하고 먹는 거 가지고 피 터지게 싸우는 꼴이거든요. 전 세계적으로 2003년에만 육억칠천만 톤을 사료로 썼는데, 이건 해당 곡물 전체 수확량의 절반이에요."

그는 애피타이저와 와인이 식탁으로 날라져올 때마다 짜증스러운 표정을 지어가며 이야기를 계속했다. 여자는 간간이 와인잔을 입에 댔다 뗄 때마다 고개를 끄덕여 듣고 있다는 표시를 했다. 빵이 나오고 수프에 이어 샐러드가 나왔다. 남자는 품평을 하기 시작했다.

"사람이 먹을 것이든 공산품이든 간에 생산을 하거나 가공을 할 때는 물이 필요하죠. 이렇게 공산품이나 농축산물에 들어가는 물의 총량을 버추얼 워터, 가상수라고 하는데 빵 만드는 밀 일 킬로그램을 생산하는 데 들어가는 가상수가 천백오십 리터라는 거예요. 쇠고기는 만육천, 돼지는 오천구백, 닭은 이천팔백이죠. 그러니까 세계적으로 엄청난 물이 거래되고 있는 거죠. 세계로 이동하는 가상수의 육십칠 퍼센트가 곡물이고 이십삼 퍼센트가 육류, 십 퍼센트만 공산품에 결합되어 있다니까, 여기 이 식탁에 올라와 있는 물의 양만 해도 우리가 목욕을 하고도 남을 정도죠. 특히 면화는 킬로그램당 이만 리터나 된다니까 우리가 입는 옷에도 엄청난 물이 들어가는 거고요."

여자가 간간이 미소를 보이며 빵과 수프, 샐러드를 먹는 데 반해 남자는 순서에 따라 나오는 음식에는 거의 손을 대지 않았다. 그 자신이 열 올려 언급하고 있는 물을 주로 마실 뿐이었다. 물을 비울 때마다 잽싸게 잔을 채우던 웨이터가 찐 새우가 올려진 접시를 가지고 나타났다. 남자는 처음으로 음식에 관심을 표명했다.

"이 왕새우, 정말 먹음직스럽지요. 난 새우가 없으면 사람들이 식당에서 뭘 주문할까 싶어요. 특히 중국 음식은 새우 없이는 상상하기도 어렵잖아요. 돈 많은 서구 사람들이나 신흥 공업국 부자들, 특히 중국하고 인도의 신흥 부자들이 해산물을 먹기 시작하면서 피시플레이션이라는 게 생겼죠. 바다에서 잡는 자연산 새우로는 수요에 턱없이 모자라게 됐거든요. 공급이 필요하니까 당연히 양식이 시작됐지요. 아세요? 전 세계 인구 절반이 쌀을 주식으로 한다는 거? 새우 양식 강국들은 인도나 태국, 중국 같은 쌀 생산 국가하고 많이 겹치는데, 새우 양식장을 그전에 벼를 기르던 논을 개조해서 만들기 때문에 그런 거예요. 농지에다 바닷물을 끌어오거나 논물에 소금을 퍼부어서 새우가 살 만한 염도의 습지로 만들고 어린 새우를 집어넣지요. 새우는 펄쩍펄쩍 잘 뛰어오르잖아요. 뛰어서 도망을 못 치게 둑을 미끄러운 비닐로 덮어요. 둑 중간까지 뛰어올라봐야 거기서 다시 도약을 하지 못하고 도로 미끄러져 내려오게 만드는 거죠. 양식 새우는 제 몸무게의 두 배나 되는 어분 사료를 매일 먹거든요. 처먹고 싸고 처먹고 싸고 하니까 찌꺼기가 바닥에 끈적하게 축적되지요. 게다가 좁은 데서 몰아 키우다보니 서로 부딪치고 하면서 상처도 생기니까 염증이나 다른 바이러스성 질병에 걸리지 않도록 항생제를 퍼부어대죠. 태국에서 전통적인 방식으로 새우 양식을 하면 에이커당 연 이백 킬로그램 정도 생산할 수 있는데, 이딴 식으로 공장 방식의 양식 기술을 적용하면 이백 배는 더 생산할 수 있다는 거예요. 이쯤 되면 농수산물이 아니라 공산품이죠. 이렇게 오로지 돈을 목적으로 새우를 키우다보면 땅은 지독하게 오염이 되고 염분이 축적돼요. 땅이 완전히 죽는 거예요. 새우 양식업자들이 옮겨다니는 곳마다 땅에는 암종 같은 죽음의 흔적이 남지요. 이런 식으로 농지가 없어지면 주변의 가난한 소작농들이 직접적으로 피해를 입어요. 양식업자들은 농사지을 땅을 잃은 소작농을 고용하기보다는 이웃 나라의 불법이민자를 쓰려고 해요. 월

급을 거의 안 줘도, 말 안 들으면 두들겨 패도 되니까요. 먹여주고 재워주고 불법체류자라는 걸 고발만 안 하면 어지간한 착취에도 도망가지 않거든요."

여자는 새우 한 마리의 삼분의 일 정도밖에 먹지 않았다. 세련되게 웃으며 갑각류를 그다지 좋아하지 않아서 그렇다고 말했다. 남자는 예의상 잠깐 듣는 시늉을 하고는 곧바로 자신의 이야기에 돌입했다.

"우리 입맛을 결정하는 건 우리가 아니에요. 태아는 어머니 뱃속에서 십이 주만 되면 맛을 보는 감각기가 생겨요. 어머니가 좋아하는 것, 자주 먹는 것, 특히 향이 강한 마늘 같은 게 첨가된 음식을 먹으면 태아는 양수를 통해서 그걸 맛보는 거예요. 그렇게 뱃속에서 어머니가 먹는 대로 맛을 봐왔던 애는 태어나도 마음대로 제가 먹을 걸 선택할 수가 없죠. 어머니가 애 낳고 처음 먹은 미역국도 그 맛이 젖을 통해서 아기한테 공급돼요. 그러면 그 아기에게 평생토록 지속될 최초의 맛이 각인되어버리죠. 인간이 직립을 하기 시작하면서 여자들은 골반이 좁아지게 됐어요. 아기를 낳다가 아기 머리가 산도에 걸리는 바람에 죽는 아기와 여자 들이 많아졌지요. 여자들은 골반을 다시 키우기보다는 태어날 아기의 머리를 작게 만드는 방향으로 진화를 하기로 결정했죠. 그러다보니까 인간의 아기는 뱃속에서 머리가 미성숙한 상태로 있다가 세상 밖으로 나오면 순식간에 엄청난 속도로 뇌세포를 성장시키게 되죠. 성장에 필요한 에너지를 대려다보니 다른 기능은 포기해야 해요. 그렇게 해서 희생되는 것 가운데 하나가 기억이죠. 어린 시절이 전혀 기억이 나지 않는 건 그 때문이에요. 그렇지만 최초로 숨 쉬는 공기, 최초로 맡은 냄새, 최초로 들었던 소리, 최초로 본

빛처럼 강렬한 체험과 반복되는 것들은 어딘가에 저장이 되는데, 그 걸 각인이라고 하는 거예요. 각인은 기억에는 없지만 무의식중에 남 아서 평생을 따라다니죠. 그러다가 어떤 계기가 되면 불려나와서 기 억을 보조해주거나 감정에 영향을 미치죠. 어릴 때 부모한테 학대를 당했다든가, 배가 고팠는데 먹을 게 공급이 안 됐다든가, 얼어서 뒈질 정도로 추웠는데 돌보는 사람이 없었다든가 하는 식으로 안 좋은 게 각인이 되었으면 나쁜 영향을 끼치죠. 뭐 우리 같은 사람은 상관없죠. 웬만한 사람은 그렇죠. 그러니까 지금 수진씨가 갑각류를 안 좋아한 다고 하는 그 취향은 부모, 특히 어머니 쪽 식성을 물려받은 거예요. 어머니는 또 어머니에게서 물려받은 것일 테고. 못 믿겠으면 댁에 가 서 확인해보세요. 외할머니한테라도."

마침내 메인 요리인 스테이크가 나왔다. 미디엄으로 익혀진 이백 그램의 쇠고기와 아스파라거스, 당근, 옥수수 등이 흰 접시 위에 놓여 있었다. 여자는 미소를 지으며 후추를 갈아서 그릴 자국이 선명한 스 테이크 위에 뿌린 뒤 나이프를 들었고 남자는 다리를 꼰 채 와인을 마 셨다.

"흔히들 호주나 미국에서는 소를 보여줄 때 초원에 느긋하게 앉아 서 되새김질하는 사진을 보여주죠. 틀린 건 아니에요. 그런데 방목만 해서는 사람들이 원하는 돈을 벌지 못해요. 미국에서는 소가 송아지 를 낳으면 젖을 먹이다가 초원에 방목을 해요. 미국은 땅이 넓고 초원 이 많으니까요. 그렇게 해서 육 개월쯤 키운 뒤에는 조금 더 좁은 공 간에서 방목하면서 곡물 사료를 먹이기 시작하죠. 십이 개월이 지나 면 좁은 축사에 가둬요. 그때부터 칼로리가 높은 옥수수를 위주로 한 사료를 집중 투입하죠. 아까도 말했지만 원래 풀을 먹도록 진화해온 소에게 곡물을 먹이면 소화를 제대로 시킬 수가 없겠죠. 설사를 좍좍 해대고 병에 걸리는데 이걸 또 약으로 잡아요. 그러니까 소를 빨리 살 찌워서 팔아먹으려고 곡물을 먹이기 시작하면서 생긴 대표적인 병균 이 O-157이라는 변형 대장균이죠. 이 균이 사람의 몸에 들어오면 급 성신부전증의 원인이 되는 용혈요독증후군이라는 게 나타나고 발작, 졸도, 뇌손상, 실명 같은 질환을 유발한다는 거예요. 워낙 결과가 치 명적이고 전파가 빨라서 문제가 심각하죠. 그런데 O-157이 전파된 경로가 쇠고기를 통해서만은 아니었어요. 시금치, 양상추 같은 채소 에도 오염이 됐어요. 이유가 뭐냐. 소 배설물 때문이죠. 원래 가축 배 설물은 옛날부터 경작지를 비옥하게 하는 거름이 됐던 거예요. 가축 을 키우는 것과 마찬가지로 도축을 할 때도 공장식으로 엄청나게 대 규모로 해버리니까 공장형 대형 농장, 도축장에 계류하고 있는 소들 에게서 통제할 수 없을 정도로 많은 배설물이 쏟아져나와요. 이걸 용 액으로 만들어 공기 중에 뿌리는데, 바람을 타고 똥물이 엄청나게 먼 곳까지 날아가서 무차별적으로 살며시 내려앉죠. 라군(lagoon)이 라고 해서 거대한 배설물 구덩이로도 만드는데, 이거야말로 미국 사 람들 잘 쓰는 욕인 거대한 불쉿(bullshit)이죠. 이런 똥물방울, 똥덩어 리 속을 통과한 야생동물들, 멧돼지든 너구리든 들쥐든 뭐든 간에 그 놈들이 소똥에 포함되어 있는 O-157균을 몸에 묻혀서 채소가 자라 고 있는 밭으로 닥치는 대로 기어다니니까 애먼 채소까지 오염이 되 는 거예요. 그러니까 소고기를 전혀 먹지 않는 채식주의자라고 해서 O-157로부터 안전한 게 아니에요. 자업자득이죠. 고기를 좋아하는 인간들에게 비인도적으로 나고 자라고 죽는 가축들이 복수를 하는 거예요."

여자는 스테이크 역시 삼분의 일도 먹지 않았다. 아스파라거스는 손도 대지 않았다. 여자의 와인이 두 잔째 채워졌다. 여자는 냅킨으로 가볍게 입가를 닦으면서 더이상 먹지 않겠다는 의사표시를 했다. 웨이터가 다가와 여자의 접시를 가져갔다. 남자는 손도 대지 않은 자신의 접시를 가져가게 했다. 잠시 그들 사이에 침묵이 흘렀다. 남자는 등을 반쯤 돌린 채 무슨 이야기인가 떠올리려는 듯 공중으로 눈길을 던졌고 여자는 그런 남자를 남자가 눈치 못 채는 범위에서 주시하다 립밤을 꺼내 입술에 칠했다. 디저트는 구슬을 반으로 나눠놓은 것 같은 아이스크림과 커피였다. 남자는 포탄 장전을 마친 포신을 돌리듯 여자를 향해 얼굴을 돌리고는 입을 열었다.

"아이스크림은 우유로 만들잖아요. 우유라는 건 송아지를 낳은 어미 소에게서 송아지를 떼내고 사람이 가로채서 짜 먹는 거죠. 다른 포유동물이 만든 젖을 중간에 가로채서 먹는 포유동물은 지구상에 인간밖에 없어요. 송아지는 태어나고 나서 한두 시간이면 걸어요. 송아지가 걷기도 전에, 어미 소가 송아지를 제대로 혀로 쓰다듬어보기도 전에 어미 소한테서 송아지를 떼내서 질질 끌고 가죠. 그러면 어미 소 세 마리 중 한 마리는 미쳐버린다고 하지요. 진정시키려면 또 약을 퍼부어야 하고요. 수송아지는 방치해서 굶겨 죽이는 경우가 많아요. 돈이 안 되니까요. 젖소의 대명사로 불리는 게 홀스타인이에요. 한 마리가 평균적으로 한 해 우유 만오천 리터를 생산하는데, 이걸 무게로 치면 자기 체중의 스무 배쯤 돼요. 원래 홀스타인은 제 체중의 열 배인

칠천 리터 정도를 생산하던 종이었어요. 이 소를 고성능 소로 개량하고 고성능 사료를 줘서 최대한 많은 양을 뽑아내도록 설계한 거죠. 이런 소한테 약발이 좋은 성장호르몬 주사가 있어요. rBGH라는 건데 몬산토라는 미국의 농화학농생물학 기업에서 만든 특효약이죠. 이 주사를 맞으면 웬만한 소는 다 우유 공장이 돼요. 쉴 새 없이 젖을 만드니까 뼈가 약해지고 엄청난 크기의 유방 무게를 못 이겨서 제대로 서 있지를 못하죠. 이렇게 신진대사가 한계에 도달하게 만들면서 스트레스로 면역력이 약해지고 다리, 관절, 발톱에 병이 드는 게 반이 넘는데, 전부 다 과체중이 원인이에요. 새끼를 출산해도 기형이 많이 나오고요. 이 주사는 마약 같아서 투여를 중단하면 금단증상이 나타나고 소가 쓰러져서 죽어버려요. 그래서 축산 농가에서는 이 주사를 소의 코카인이라고 부르고요. 이러고도 죽지 않으면 젖을 짜이고 짜이다 오 년 뒤에 완전히 소모돼서 도축장으로 가는 거죠. 이렇게 단일화되고 고성능화된 품종의 젖소가 지금 전 세계 젖소의 칠십 퍼센트 가까이나 돼요. 그러니까 홀스타인 한 종이 전체 우유 시장에서 삼분의 이가 넘게 우유를 생산한다는 거죠. 몇 안 되는 최고의 아빠 소가 세대 전체의 유전체를 결정하게 되고요. 근친교배가 되니까 유전병이 늘지요. 광우병이 왜 늘어났느냐 하면 최고 수소 한 마리에서 나온 후손들이 광우병 병원체에 취약하더라는 거예요. 소만 그런 게 아니죠. 가축을 개량하기 시작한 건 1930년대부터였어요. 소는 우유, 돼지와 닭은 고기, 암탉은 달걀을 많이 생산하는 품종을 가려내서 집중적으로 육성한 거예요. 지금 유럽 돼지의 삼분의 이는 딱 두 품종이에요. 닭은 더 심하죠. 달걀을 낳는 닭은 소의 홀스타인과 마찬가지로 레그

혼이라는 품종이 압도적이죠. 레그혼 품종 만 마리 기본 암탉이 단 삼 세대 만에 이십오억 마리의 조상이 되고, 여기서 일 년에 칠천억 개의 달걀이 나와요. 칠십억 인구 한 사람당 백 개씩 돌아가니까 전 세계의 수요를 충족하고도 남죠. 이 닭들은 그저 알을 낳도록 프로그램이 되어 있어서 병이 들어도 알을 계속 낳아요. 정상적인 닭은 알을 낳고 휴식을 취하는데 이런 고성능 닭은 쓰러져 죽을 때까지 미친 듯이 알만 낳죠. 이런 식으로 돈을 짜내려는 방향으로 육종이니 품종개량이 계속되니까 유전적으로 문제가 생기고 문제를 해결하려고 또 약을 계속 퍼붓게 되는 거예요. 이렇게 해서 약학산업 기업도 돈을 벌고 동물을 공장식으로 사육하는 거대 기업들도 돈을 벌다보니 서로 사이가 좋죠."

여자는 말은 거의 하지 않고 커피잔을 움직여 달각거리는 소리를 냈다. 아이스크림은 거의 다 녹아서 희멀건 물로 변했다. 붉은 빛깔의 앙증맞은 크기의 작은 접시에 촛불이 일렁였다. 웨이터가 다가왔다. 남자는 여자에게 와인을 더 하겠느냐고 묻고 여자가 고개를 끄덕이자 새로운 와인을 주문했다. 웨이터가 새로운 잔과 병을 가지고 와서 병의 코르크를 딴 뒤 남자에게 먼저 와인을 따랐다. 남자는 맛을 본 뒤 고개를 끄덕이고 여자의 잔에 와인이 차는 것을 지켜본 뒤 입을 열었다.

"얼마 전에 양계장에 간 적이 있었어요. 시골에 어머니 땅 사러 갔다가 양계하는 사람을 만났는데 자기 농장하고 사육 시설을 한번 보여주겠다고 해서 간 거였어요. 양계장이 있는 농장 마당에는 양계장하고 파이프로 연결된 높이 오륙 미터쯤 되는 사일로가 두 개 서 있어요. 사료 회사 차가 오면 사일로 맨 위에 있는 뚜껑에 연결된 끈을 당겨 뚜껑을 열고 에어 슬라이더 방식으로 사료를 채우게 되어 있더라고요. 조립식 패널로 지어진 양계장 안으로 들어서면 우주선 에어포켓 같은 공간이 나와요. 벽에는 전기 관련 스위치하고 계기가 달려 있고 소독약 냄새가 물씬 풍기죠. 그렇다고 영화에서 나오는 것처럼 쉭하고 무슨 기체가 분사되는 건 아니고요. 양계장 주인이 바닥에 놓인 세숫대야에 담긴 잿빛 소독액에 구두 바닥을 적셔서 다시 소독을 하라고 하더군요. 내가 뭐라고 묻지도 않았는데 그 사람이 그래요. 자기들이 키우는 육계는 사실 병이 별로 없대요. 알을 낳는 닭, 산란계는 이 년 가까이 한자리에서 키우지만 잡아먹는 닭, 육계는 병아리 때 들여와서 삼십일 일에서 삼십삼 일 정도 키우면 출하를 하거든요. 그러고 나면 청소와 소독을 하고 새로 병아리를 가져오니까 고기로 먹는 닭들은 알 빼먹는 암탉들에 비해서 훨씬 위생적인 환경 속에 살게 되는 거래요. 그 양계장은 한 동 크기가 길이 오십 미터, 너비 십 미터쯤 됐는데, 그 농장에는 비슷한 크기의 시설이 두 개 더 있어서 팔만 마리쯤 키운다더라고요. 닭들이 자라고 있는 안쪽으로 통하는 문을 열었어요. 바닥에 하얗게 날개 달린 굼벵이처럼 꼬물거리는 닭들이 보이더라고요. 마당에서 키우는 재래종 닭처럼 소리도 내지 않고 울지도 않았어요. 이만 마리의 병아리들은 서로 닮은 정도가 아니라 원본 하나의 복제품이에요. 영국에서 개발된 코브 종이라는데 미국의 로스 종과 함께 전 세계 육계의 절반을 차지하는 품종이라더군요. 공중에 걸린 백열등 수십 개에 불이 켜져 있었는데, 더러운 공기 속에서 미세하게 날리는 잔털 때문인지 양계장 내부가 꼭 안개 서린 것처럼 흐릿했어요. 닭들은 공중에 연결된 자동 사료 급여기에서 나오는 모이를 쪼아 먹고 옆에 딸린 가느다란 파이프에서 나오는 물을 먹으면서 하루 이십사 시간 내내 크고 있어요. 닭 냄새 지독한 건 알죠? 겨울이라 그런지 작동을 멈춘 대형 선풍기가 열두 대쯤 있더군요. 닭은 더위에 약해서 삼십 도가 넘는 환경에서는 폐사율이 엄청 높아진대요. 쉽게 말해 더우면 돈이 죽는 거죠. 선풍기는 그럴 때를 대비해서 설치한 거라고 하더군요. 한여름에 선풍기를 내내 돌리다보면 모터가 과열이 되어 불꽃이 튀는데 미세하게 날리던 잔털이 연료가 되어서 불이 쉽게 옮겨 붙어 불이 잘 난대요. 장마철에 어디서 한꺼번에 몇만 마리의 닭이 불에 타 죽었다는 뉴스가 가끔 나오는데, 나는 그때서야 그 이유를 알았어요. 이렇게 좁은 공간에서 공산품 생산하듯 닭을 키우다보니까 병이 많이 생기는데, 이 때문에 물에 항생제를 타서 먹이죠. 법으로 금지를 하니까 예방한다고 하면서 같은 약을 미리 먹여요. 양계장 주인은 자기는 안 그러지만 닭이 빨리 살이 찌도록 항생제와 성장호르몬을 물에 타서 주는 업자들이 많대요. 항생제든 성장호르몬이든 간에 이게 닭고기나 달걀에 함유돼서 사람 몸에 들어가면 사람이 항생제에 내성이 생겨서 무슨 병에 걸렸을 때 치료 효과가 없어요. 성장호르몬 때문에 치킨 좋아하는 아이들이 성조숙증이 오거나 호르몬 실조가 생길 수도 있고요. 하지만 마약 같은 화학약품을 투여해야 빨리 살이 찌고 그게 이윤으로 돌아오니까 멈출 수가 없는 거예요. 돈이, 수익이 사람들한테는 마약인 거죠. 이렇게 단시간에 빨리 살이 찌니까 닭들은 고도 비만에 걸린 사람처럼 헐떡거리다가 이십 퍼센트가량이 심장이나 혈관에 무리가 가서 죽어버리거나 상품성이 떨어지죠. 밖으로 나와서 참고 있던 숨을 내뿜고 나니까 살 것 같더라고요. 토종 닭은 부화하고 나서 육 개월을 키워야 몸무게 1.2킬로그램이 되는데, 이렇게 키우는 육계 수평아리는 삼십삼 일 만에 1.6킬로그램이 돼요. 닭의 자연수명이 얼마인지 아세요? 이십오 년요. 그런데 공장에서 출하하는 수컷 육계는 부화 후 삼십삼 일, 암컷인 산란계는 생후 십오 개월까지 평균 0.042제곱미터의 공간에서 알만 낳다가 죽어요. 0.042제곱미터는 A4용지 한 장의 면적과 비슷하죠. A4용지는 가로 210, 세로 297밀리미터예요."

여자는 더이상 대꾸를 하지 않았다. 고개를 끄덕이는 것도 중단했다. 이따금 와인잔에 입을 갖다대는 것 말고는 별다른 동작을 하지 않았다. 남자의 이야기는 계속되었다. 여자는 휴대전화를 꺼내 문자 메시지를 확인했다.

"성조숙증이라는 단어가 나왔으니 대두 이야기를 해줄게요. 몬산토에서 1980년대에 '라운드업'이라는 제초제를 만들어냈어요. 그리고 콩 종자 중 하나의 유전자를 조작해서 바로 그 라운드업에 내성이 있는 종자를 만들어냈어요. 농부들은 '라운드업 레디'라는 이 종자를 사다가 밭에 심고는 라운드업이라는 농약을 뿌리기만 하면 됐어요. 풀이 농사의 가장 큰 장애물인데 제초제를 뿌리면 콩만 살고 다른 풀은 다 죽어버리니까 생산성이 좋지요. 몬산토는 종자도 팔고 농약도 파니까 이중으로 돈을 벌고요. 그래서 라운드업 레디 콩 같은 몬산토산 유전자변형생물체, 줄여서 지엠오(GMO)라고 하는 종자의 콩이 미국 전체에 무섭게 퍼져나갔어요. 미국에 이어서 아르헨티나, 브라질에까지 경작지가 어마어마하게 넓어졌지요. 그런데 해가 거듭될수록 잡초도 라운드업 제초제에 내성을 가지기 시작했어요. 그래서 어떻게 했느냐. 농약을 더 세게 쳤지요. 그렇지 않아도 농약을 치다가 피부병을 앓거나 쓰러지는 농부들이 속출했는데 농약의 농도를 강화하니까 그런 사례가 더 많아졌고요. 하지만 미국이 아닌 브라질이나 아르헨티나의 농부들의 피해는 훨씬 심했으면서도 거의 알려지지 않았어요. 지구의 허파라는 아마존의 밀림을 불도저로 밀어버리고 끝도 없는 콩밭을 만들어 녹색 황금을 수확하는 사람들의 숫자는 몇백 명 되지도 않아요. 그 사람들은 자신들이 파괴한 아마존에서 몇천 킬로미터 떨어진 대도시의 풀장 있는 집에서 사니까 소작인들이 쓰러져 죽는지 어디 아픈지 별 관심이 없었던 거예요. 그렇게 생산한 콩이 너무 많아서 가격이 떨어지기 시작했죠. 그러니까 지엠오 콩 생산업자들이 정부에 로비를 해서 자신들이 생산한 콩을 두유로 만들어서 가난한 사람들이 사는 지역과 학교에 공급하게 했어요. 콩에는 이소플라본이라는 여성호르몬인 에스트로겐과 비슷한 물질이 있어요. 먹을 게 없는 도시 빈민들이나 학생들이 두유를 많이 먹다보니까 여성호르몬 과다현상이 벌어진 거죠. 특히 어린 여자아이들에게 치명적인 결과가 생겼는데, 세 살짜리가 멘스를 하는 일이 생겼다는 거예요."

여자는 남자의 뒤쪽 벽을 바라보며 무슨 말인가를 하듯 입술을 움찔거리다 남자의 눈을 의식하고는 동작을 멈추었다. 남자의 손목에서 전자시계가 이따금 삑 하는 소리를 냈다. 한 시간에 한 번씩 나는 소리였는데 여자가 그 소리를 의식하는 듯하자 남자의 말소리가 빨라졌다.

"지엠오 농산물이나 식품은 위험성이 검증되지 않았어요. 위험하다는 증거도 없다고 몬산토 같은 데서는 주장하고. 어떤 학자든지 교수든지 지엠오 농산물이나 세계적인 농화학생물 복합기업의 종자나 농약의 피해 사례 연구를 해서 그 결과로 위험성이 분명히 나타났다고 해도 발표를 하기 위해서는 업계에서 왕따가 될 각오를 해야 돼요. 몬산토 같은 회사에서 대학이니 학계에 연구기금이나 발전기금이라는 명목으로 퍼붓는 돈이 어마어마하니까 학계의 영향력 있는 사람들이 그 돈에서 자유로울 수가 없죠. 언론사도 마찬가지예요. 언론재벌들은 광고주가 몬산토 같은 농생물학·농화학기업, 항생제를 생산하는 제약회사, 축산 사육·유통을 장악한 다국적 식품기업들이니까 그 사람들의 잘못이 드러나는 기사를 좋아하지 않죠. 기자나 피디 들이 그런 프로그램을 만들고 보도를 하려면 잘릴 각오해야 하고. 라운드업 레디 콩 사례에서 한 가지 확실해진 건 있죠. 해충이나 제초제에 저항성이 있는 지엠오가 갖고 있는 유전자가 해충과 잡초로 전이되기 쉽다는 거예요. 그러니까 처음 얼마 동안은 지엠오 작물이 잘되지만 몇 년만 지나면 지엠오 작물이 갖고 있는 유전자를 전이받은 슈퍼 잡초와 슈퍼 해충이 나타나서 방제가 더욱 어렵게 되죠. 미국 환경청에서는 십 년도 더 전에 지엠오가 환경에 악영향을 미친다고 공식적으로 인정했지요. 농경을 시작한 신석기 시대부터 수천 년 동안 종자라는 건 전 세계 농민들 거였어요. 그런 종자가 몬산토 같은 몇몇 다국적 기업에 의해서 특허로 사유화되고 독점화되면서 농민들이 다 죽어가고 있어요. 인도 국민의 칠십 퍼센트는 영세농이에요. 인도의 지엠오 종자상은 종자하고 비료, 농약을 사도록 농민들한테 고리사채를 제공해요. 이런 종자들은 물을 많이 필요로 하고 비료도 많이 들어가야 수확량이 늘어나게 되어 있어요. 종자에는 특수한 처리를 해놔서 싹이 한 번밖에 트질 않으니까 매년 새로운 종자를 사야 하고. 해마다 인도에서 삼백만 명이 농약에 중독되고 이십이만 명이 죽는데, 약물로 자살기도를 하는 농민들은 대개 라운드업을 마신다는 거예요. 치사량은 커피 한 잔 정도밖에 안 되는데 먹으면 온몸이 통통 붓고 호흡 곤란에 극심한 구토, 설사가 찾아와서 엄청나게 고통스럽게 죽죠. 죽을 때까지 편하게 해주지를 않는 거예요. 미친놈의 새끼들. 하긴 내 어머니는 그런 대기업들하고 주로 거래하는 회사에서 엄청난 연봉을 받고 있지만."

여자는 눈을 움찔거리다가 들키지 않으려는 듯 자세를 바로 하고 전화기를 다시 확인하고 와인을 마셨다. 남자는 계속했다.

"십 년 전쯤에 인도에 가본 적이 있어요. 인도 동남쪽에 있는 타밀나두 주의 주도인 첸나이라는 데예요. 거기엔 마리나 해변이라고 아주 유명한 해수욕장이 있어요. 인도양의 벵골 만을 따라 펼쳐진 해변 총길이가 십 킬로미터로 세계에서 두번째로 길어요. 우리나라에서 여름에 피서객이 제일 많이 몰리는 부산 해운대의 여덟 배예요. 이 해변의 백사장을 따라 좌우로 대학과 시에서 운영하는 풀, 수족관 같은 게 늘어서 있어요. 첸나이는 한겨울인 시월에도 평균기온이 십오 도 이상이에요. 한여름인 사월에서 유월까지는 한낮 온도가 사십 도를 넘는다더라고요. 매일 밤마다 수만에서 수십만 명씩 집 없는 사람들이 해변에 몰려들지요. 햇볕이 뜨겁게 내리쬐는 한낮에는 먹을 것을 찾아 도심으로 들어가 구걸을 하거나 시장 생선가게 같은 데서 일을 해주고 그 대가로 생선을 얻기도 한대요. 이 사람들은 피부가 아프리카 사람보다 더 까맣고 키가 작은 드라비다 족이라는데, 드라비다 족은 원래 아리아 족보다 먼저 인도에 정착해서 살던 종족이에요. 이 사람들은 카스트에조차 들어가지 않는 불가촉천민이 많고 일정한 주소가 없어서 인구 통계에서도 제외되기 일쑤지요. 백사장에 모여든 사람들은 해가 뜰 때까지 잠을 자요. 문제는 아침에 일어나서 배설을 할 때예요. 시 당국에서 화장실을 설치해주는 것도 아니고 해변에 즐비한 최고급 호텔과 콘도미니엄을 이용할 수 있는 것도 아니니까 뭐 그냥 각자 알아서 해결하고 있지요. 이들이 흩어지고 난 뒤 해변에는 관광객이며 수학여행단 등등을 싣고 온 버스들이 와서 사람들을 내려놔요. 수백, 수천 명의 사람들이 지난밤 그곳에서 자고 간 수만, 수십만 사람들의 잠자리를 밟으며 파도가 밀려오는 바다로 가지요. 바다에 가까이 갈수록 바닷물이 쓸고 간 덕분에 백사장은 깨끗해요. 바다에 도착하면 남자애들은 서로를 들어서 파도 속에 던져넣기도 하고 바다에 뛰어들어 물싸움을 벌이기도 하지요. 나이든 관광객들은 멀찌감치 서서 그런 젊은 애들을 구경하고 있어요. 그런데 가만히 살펴보면 파도 위에 무엇인가 떠 있는 게 보여요. 그건 파도의 머리에서 황금색 꽃송이처럼 둥둥 떠 있으면서 파도하고 같이 왔다갔다하고 있지요. 똥이에요. 파도가 밀려오면 똥도 밀려오고 파도가 물러가면 똥도 물러가죠. 물놀이를 하던 학생들이 물 밖으로 걸어나와요. 운이 없으면 걔들 발이며 신발 바닥에 파도 밑에 깔려서 움직이는 끈적한 똥이 묻죠. 바닷물이 짜서 부패가 되지 않아 그런지 냄새는 나지 않더라고요. 파도는 밀려오고 또 밀려가요. 황금색 똥다발은 사시사철 가리지 않고 흰 파도의 머리를 장식하지요. 그곳이 집 없고 헐벗은 수십만 명의 사람들이 담요 한 장 없이 백사장에서 자기에 충분히 따뜻한 곳인 한은. 2006년에 십일억 인도 인구 중 삼억의 사람들이 비인간적인 빈

곤 속에 살았다는데, 인도의 인구가 2015년에는 중국을 추월할 거래
요. 지금도 인터넷으로 언제 어디서나 세계 인구 시계에 접속할 수 있
는데, 2011년 10월 31일에 전 세계의 인구가 칠십억 명을 돌파했어
요. 그중 절반 이상이 농촌에 살고, 일 달러 미만으로 하루를 살아가
야 하는 사람이 구억 명이라는 거예요."

여자는 하품을 했다. 핸드백에서 립밤을 꺼내 입술에 바른 뒤 도로
집어넣었다. 그러고는 주변을 둘러보았다. 레스토랑을 채우고 있던
대부분의 손님은 식사를 마치고 나가고 없었다. 남자는 눈을 찡그렸
다. 조금 취한 듯 말투가 느려졌다.

"뭐 심심하신 거 같은데 다른 나라의 다른 이야기를 해보지요. 남
아메리카 말고 아프리카의 에티오피아에서 있었던 일인데. 세계식량
기구, 줄여서 에프에이오(FAO)에서 운영하는 기아구호 센터에서 출
산을 한 산모는 일정 기간 동안 우유를 무상으로 공급받는다더만요.
구호 센터에서 집으로 돌아갈 때는 분유를 지급하고. 아기도 먹고 산
모도 먹게 말이지. 그런데 집에 갔다가 다시 온 산모는 대부분이 그전
처럼 극심한 영양실조 상태로 돌아가 있고 아기는 죽고 없는 경우가
많더래. 지급한 분유를 어떻게 했느냐고 물으면 남편에게 주었다고
한다는 거지. 그러면서 하는 말이…… 애는 다시 낳으면 되지만 남편
은 죽으면 안 되니까요. 남편은 하나뿐이잖아요. 그러더라고. 여자들
이란 참."

그가 말을 하는 동안 여자는 간간이 입술을 앞으로 내밀었다가 벌
리고 옆으로 펴는 행동을 반복하고 있었다. 휴대전화의 메시지를 확
인하고 립밤을 바르고 와인을 마시는 등등의 동작도 다양해지고 빨

라졌다. 남자는 그런 여자를 잠시 바라보다 가늘게 눈을 떴다. 작아진 동공에서 빛이 반짝였다. 느물느물 그는 말을 이어갔다.

"작년에 중국 최초로 경제특구가 된 센젠이라는 도시에 갔는데 중심가에 워아이훼라는 지하 오층, 지상 십오층의 건물이 있어요. 빌딩 한가운데가 비어 있는 선큰 가든 설계의 원통형 건물이지. 각층마다 이백 미터쯤 되는 길이의 복도로 연결된 방이 한 스무 개쯤 있어요. 가운데의 빈 공간에는 공중줄타기 같은 고난도의 서커스 공연이 펼쳐지고 있는데 추락할 경우 별다른 보호 장치가 없다는 게 훨씬 더 짜릿한 느낌을 주지. 내가 갔을 때까지는 추락사고가 한 번도 나지 않았다니까 확률이 점점 높아져가는 거야. 복도에는 소음과 매연이 없는 전동차가 다니면서 방으로 갈 손님들을 실어 나르고 있어. 거긴 기업형 매춘업소야. 중국 정부에서야 절대로 그런 데가 없다고 하지만. 거기에는 중국말로 샤오지에(小姐)라고 부르는 아가씨 삼천 명이 상시 대기하고 있어. 그 업체를 운영하는 게 라오반(老板)인데 나이트클럽, 디스코텍, 단란주점(가라오케), 대형 사우나처럼 대규모 자금이 필요한 업소를 돈벌이가 될 만한 장소에 열고 고수익을 올리는 사람들을 그렇게 말하지. 뒤를 봐주는 고위관리하고 관계가 좋아야 가능한 사업이야. 라오반은 고객에게 장소를 제공하고 술과 담배, 음식을 몇 배의 이익을 남기고 팔 뿐이지, 매춘에 직접 관여하지는 않아서 법적으로도 안전하지……요. 내가 왜 이런 자살골 같은 이야기를 하는지 모르겠네. 이야기를 하다보면 알아지겠지. 그때 나는 센젠에 중요한 업무가 있어 출장을 간 게 아니고 그냥 심심해서 관광차 핑계를 만들어 간 건데, 암튼 우리 자랑스러운 어머니가 소개해준 현지 기업

사장한테서 접대를 받으러 간 거였어. 사장 말고도 거기 오랫동안 살아와서 현지 사정을 잘 아는 사람이, 웃기게도 나하고 동명이인인 사람이 하나 있었는데 그 사람이 우리를 그리로 안내한 거야. 우리가 들어간 방은 육층에 있는 대형 룸인데 전통 혼례식장처럼 중국 사람들이 좋아하는 붉은빛과 황금빛으로 도배를 했더라고. 우리가 앉자마자 문이 열리더니 보랏빛 치파오(旗袍)를 입은 마미가 들어왔어. 마미는 영어 'Mommy'에서 파생한 단어라고, 1990년대에 중국 정부의 매춘 단속이 강화된 뒤에 등장한 신종 직업이라고 동명이인이 사전 설명을 해줘. 마미는 라오반한테 월급을 받는 게 아니라 업소의 샤오지에를 책임지고 관리하면서 샤오지에가 얼마나 수입을 올리냐에 비례해서 수입이 결정돼. 워아이훠에는 마미만 사백 명이 있대네. 공안원이 단속을 하러 들이닥치면 마미는 샤오지에와 친구 사이라고 둘러대면 되니까 마미도 완전 안전빵 장사지……요. 샤오지에가 한꺼번에 열 명이 들어오대. 우리는 세 사람인데. 근데 금방 이해가 돼. 마미가 데리고 있는 에이스라는 애들인데도 그중에서 각자 하나밖에 고를 수가 없었으니까. 난 거기서 아가씨하고 잘 생각이 없으니까 세번째 만에 쉽게 하나를 골랐어. 처음에 온 애들이 그래도 제일 나은 것 같은데, 들어올수록 후진 애들이라고 동명이인이 그러더라고. 뒤로 갈수록 샤오지에들 화장도 진해지고 옷이며 장신구도 싸구려 티가 나. 열번째 그룹이 들어와도 돈 내는 쑹 사장이 못 골라요. 결국 쑹 사장이 처음에 들어왔던 에이스 애들 다시 오라고 해가지고 억지로 샤오지에 하나를 고르더구만. 쑹 사장도 거기서 뭘 어쩔 생각은 없었나보던데. 그 사람한테는 여대생 첩, 얼나이라고 부르는 여자까지 있으니까.

거기선 여자들이 치장을 하기 위해 명품 백과 옷, 구두를 필요로 하고 남자는 사회생활을 잘하기 위해 얼나이를 둬. 섹스 때문에 필요해서가 아니라 얼나이가 신분의 상징이기 때문이라더만. 다른 사업가, 고위관리 들이 전부 얼나이가 있기 때문에 그 사람들한테 무시당하지 않으려면 얼나이를 둬야 한다네. 얼나이 하나에 들어가는 돈만 해도 연간 오만 위안쯤이라니까 웬만한 공무원 연봉보다 많이 들겠지. 고위관리들이 라오반 같은 부류하고 결탁하고 부패하는 이유가 얼나이 때문이라는 말도 있으니까. 쑹 사장이 걔들, 그 나이에 공장에서 종일 노동을 해봤자 한 달에 천 위안이나 벌까 말까 하는데 거기에서는 한 달에 오천 위안도 거뜬히 번다고 하더라고. 근무도 밤에만 잠시 와서 하면 되니까 아이들이 제 발로 찾아오는 거라 잘만 고르면 진흙 속에서 진주를 고를 수 있다나. 그래도 모르니까 아까 자기가 나눠준 안전투(安全套), 콘돔을 그렇게 말하는데, 꼭 챙기라고 하더만. 마미가 손뼉을 치니까 악단이 들어오고 남녀 복무원들이 위스키랑 맥주, 산해진미 안주를 들고 와 삽시간에 상을 그득 채워. 그런데 아까부터 이게 무슨 냄새냐고, 돼지우리에서 나는 냄새가 자꾸 난다고 쑹 사장이 그래. 그 사람은 타이완 농촌 출신이라서 실제로 돼지를 키워본 적이 있다나 뭐라나. 다른 샤오지에들도 코를 싸쥐더라고. 내가 고른 샤오지에가 범인이야. 눈을 깜박깜박하는데 꼭 어린 암탉 같더라고. 시골에서 온 지 며칠 되지 않아서 아직 기둥서방, 지터우(鷄頭)도 없다고 마미가 자랑을 해. 갓 낳은 달걀처럼 새 거니까 신선할 때 얼른 먹으라고, 캬, 발상의 전환인 거지."

여자는 입술로 글자를 쓰듯 천천히 열었다 닫고는 대놓고 하품을 했다. 확실히 여자는 지겨워하고 있었고 그것을 감추려 하지 않았다. 남자는 몸을 떨다가 바로 세웠다. 어색한 웃음을 지으며 다시 입을 열었다.

"참 아름다우시네요. 어머니한테 얘기 들었던 그쪽 나이가 믿어지지 않네요. 그런데 이때까지 남자친구 하나 없었어요? 그렇게 예쁜데도? 전문직에 돈도 잘 벌고. 난 정말 궁금한 게, 그렇게 빠진 거 하나도 없는 여자들이 남자를 계속 우습게 알면서 살다가 결혼도 못하고 하면 남자 생각 날 때 어떻게 하나 하는 거야. 호스트바 같은 데를 가나, 아님 자체적으로 해결하나……"

여자의 눈가에 다시 경련이 일었다. 하지만 남자가 그 사실을 눈치채는 것을 꺼리는 듯 여자는 핸드백에서 콤팩트를 꺼내면서 표정을 감추었다. 남자도 자신의 실수를 깨닫고 화제를 돌렸다.

"통계가 나온 김에 말을 하자면 남자가 여자보다 여섯 배 더 자주 벼락에 맞는다더라고. 그게 대부분이 날벼락. 밤에는 벼락 맞으러 다닐 일이 없으니까."

여자는 아무런 반응이 없었다. 남자는 다시 말했다.

"이런저런 숫자를 어떻게 다 외우고 사냐고? 심심해서. 할 일 없어서. 그런데 나한테 뭐 할 말 없어요? 내 말에 전혀 관심이 없는 건가?"

여자는 침묵했다. 마치 이어폰으로 음악을 듣는 사람처럼 시선은 공중을 향해 있었고 입술은 가사를 따라하는 것처럼 벌렸다 오므렸다 했다. 콤팩트 속에 비친 얼굴을 세세하게 살피는 여자를 보며 남자는 입을 달싹이다 종내 다물었다. 두 사람 사이에 처음으로 긴 침묵이 흘렀다. 남자는 남아 있는 와인을 모두 비운 뒤 침묵을 깼다.

"처음 데이트하는 자리에서 기후 변화나 온실가스, 화석연료 고갈에 대해 열나게 이야기하는 남자는 다음 데이트를 신청해서 응낙을 받을 확률이 제로라더만. 빵, 영, 떡, 씨팔."

여자는 새로 립밤을 칠한 입술을 오므렸다 닫았다를 몇 번 하다 대답했다.

"맞아요. 그건 백 퍼센트 정확하게 알고 계시네요."

남자는 장갑을 집어들어 손가락을 하나하나 끼우면서 말했다.

"솔직하게 말씀해주셔서 감사드릴게요."

여자는 별다른 억양의 변화 없이 말했다.

"오늘 여러 가지로 많이 배웠어요. 부회장님께는 제가 저녁 잘 먹고 즐겁게 보냈다고 말씀 드릴게요. 저 정리할 게 있어서 그러니까 먼저 가시겠어요?"

남자는 여자의 립밤을 가리키며 "그거 자꾸 칠하는 거 중독이라던데. 거기다 중독성 물질을 넣었대. 그 성분 중에는 입술 조직을 괴사시키는 것도 있다더라고" 하고는 자리를 떠났다.

남자가 가고 난 뒤 여자는 길게 한숨을 내뿜은 뒤 언제부터인가 되풀이해서 말해온 듯한 문장을 발음했다.

"됐다 새끼야, 제발 그만 좀 해라."

유희(有喜)

관아 안마당에는 마흔 명가량의 사람이 둘러서 있었지만 침 삼키는 소리가 들릴 정도로 조용했다. 소리 내어 침을 삼키는 사람도 없었다. 기원은 마당을 두리번거리다 잎이 누렇게 물든 회화나무 아래로 걸어가 아이 얼굴만한 기와 조각을 집어들었다. 성큼성큼 걸어 무릎을 꿇은 유희에게 다가갔다. 구월 열나흗날, 동쪽 새재에서 불어온 바람이 갓이 부서져 달아난 유희의 머리를 흩날리게 했다.

이미 혹독한 구타를 당해 온몸에 유혈이 번져 있는 것과 달리 유희의 얼굴은 머리 위 하늘처럼 깨끗했다. 흰 얼굴에 강직해 보이는 눈매, 바로 선 코, 붉은 입술, 그 모두가 묶이기 전과 다름이 없었다. 유희의 무심한 표정이 기원을 더욱 자극했다.

"네 주둥아리를 원망해라."

기원은 들고 있던 기와 조각으로 유희의 입을 내리쳤다. 퍽, 하고 입술과 앞니가 함께 짓이겨졌다. 유희는 이미 기진한 듯 체념한 듯 혹은 고통을 초탈한 듯 비명 하나 없었다. 기원은 유희의 턱을 왼손으로 받쳐들었다. 유희의 맑은 눈이 핏발이 선 기원의 눈을 들여다보고 있었다. 기원은 다시 기와 조각으로 유희의 입을 내리찍었다. 한 번, 두 번, 세 번, 네 번, 다섯 번. 입에서 튄 피가 유희의 턱수염을 물들이고 옷을 적셨다. 기원의 손과 옷에도 유희의 피가 튀었다.

마지막으로 기원은 손을 높이 들었다가 무릎을 굽히며 기와 조각으로 유희의 머리를 내리찍었다. 기와 조각이 산산이 부서져 흩어졌다. 마침내 유희의 몸이 빈 자루처럼 천천히 허물어져내렸다. 기원은 그제야 손목을 풀며 주위를 돌아보았다. 기원의 입가에 거품이 일어 있었다. 관자놀이에는 힘줄처럼 핏줄이 솟아올랐다. 이마에서는 무럭무럭 김이 솟고 있었다. 아직도 이를 가는지 뿌드득, 하는 소리가 씰룩거리는 입술 사이로 새어나왔다. 피 묻은 손이 부들부들 떨리고 있었다. 기원이 융복을 입고 있지 않았던들 시정 파락호가 무력한 백성을 묶어놓고 잔혹하게 두들겨 패는 모습과 다를 바 없었다. 그건 십칠 년 전 스물여덟 살 때 문과에 장원급제를 한 수재의 모습이 아니었다. 광인이나 다름없었다. 복수의 집념에 눈이 먼 광인.

기원의 직함은 종2품 충청 감사이자 의병을 모집하는 사명을 띤 소모사(召募使 : 지방에 병란이 터졌을 때 그 지방의 향병을 모집하기 위해 임금이 임시로 임명한 관직)이지만 복수군(復讐軍)의 별장이기도 했다. 한 해 전, 임금이 병조에 명을 내려 왜적에게 부모, 형제, 처자를 잃은 사람을 모집하여 복수군이라는 이름의 군대를 편성하게 했으나 막상 왕명이 시행된 것은 일곱 달 전인 정유년 이월 열사흗날이었다. 이날 최초로 회맹한 분의복수군(奮義復讐軍) 가운데 부모가 왜군에게 죽은 사람은 김기원 · 홍영순 · 조순 등의 사대부와 종친 90여 명을 비롯 7백여 명이었다.

복수군의 대오에 든 이들이라면 복수심이 일반 백성들보다 훨씬 더 강렬할 것 같았지만 복수를 하러 나선 적이 없었다. 이들이 가장 많이 한 일은 민간의 소를 징발해 잡아먹은 것이었다. 그래서 '복수군의 원수는 왜적이 아니라 바로 소다'라는 말이 나오기까지 했다. 복수군은 백성을 데려다 군병을 만드는가 하면 민가의 양식을 긁어다가 군량으로 먹었다. 그래서 백성들은 복수군이 나타났다고 하면 거미떼처럼 흩어져 달아나는 형편이었다.

아버지인 형선이 목사를 지내다 왜군에게 죽은 연고에다가 비슷한 처지의 사람 가운데 높은 벼슬을 하고 있던 터라 기원은 복수군의 장수가 되었다. 그때부터 충청도 일대를 다니며 임무를 수행했다. 하지만 다른 일은 몰라도 복수군의 장수로서 왜군과 싸우는 일은 단 한 번도 하지 않았다. 삼도수군통제사가 기원에게 편지를 보내서 "복수장이 부모의 복수를 할 생각은 하지 않고 있으니 부끄럽지도 않은가?"라고 꾸지람을 할 정도였다. 그런 그의 행적을 유희는 통렬하게 비판했다.

"공은 당대의 명문가에서 태어난 명사이다. 공이 복수장이 되었다는 소문을 들은 나는 공이 아버지의 원수를 갚기 위해 금방 왜적을 토벌하러 나서리라고 믿었다. 그런데 복수장은 가는 곳마다 기첩을 끼고 술에 취해 노래하며 낮을 밤으로 삼고 있으니, 어찌 명사로서, 아버지를 적에게 잃은 사람으로서의 태도라고 할 수 있겠는가."

특히 가는 곳마다 기첩을 끼고 술에 취해 놀았다는 말이 기원의 약

점을 정통으로 찔렀다. 평시라면 지방의 관장이 관기를 가까이하는 것이 큰 문제가 아니었으나 기원은 아버지의 복수를 해야 할 복수군의 장수였고 때는 비상시인 전시였다.

기원은 유희가 한 말을 전해 듣고 복수의 칼을 갈기 시작했다. 기원의 조부와 아버지의 묘가 대산에 있었고 조부를 입향조로 하여 그의 자손들이 큰 세력을 이루고 있었다. 조상의 뼈가 묻힌 대산에서 그런 언사를 퍼뜨리고 다닌다는 자는 삼도수군통제사커녕 고을 구실아치도 못 되는 백두의 선비라고 했다. 종 4품인 대산 군수 이봉이 데리고 다니는 권속, 그중에서도 한 다리 건너인 생질이 채유희였다.

유희가 기원에게 무슨 원한이 있거나 사감이 있어서 그런 말을 한건 결코 아니었다. 유희는 기원과 일면식도 없었다. 임진년에 왜군이 쳐들어오지만 않았더라면 기원이라는 이름을 평생 듣지 않고 살았을지도 몰랐다. 질시를 하는 것도 아니고 험담을 하자는 것도 아니었다. 있는 그대로, 느낀 대로, 곧이곧대로인 기질상 할 만한 말을 했을 뿐이었다.

유희의 집은 중종반정 때 정국공신으로 녹훈된 증조 채수가 낙향하여 만년을 유유자적하며 보낸 새재 남쪽 향리에 있었다. 수는 과거에 연속 세 번 장원을 차지하여 벼슬길에 들어선 뒤로, 감사와 참판을 역임하고 증직으로 종1품 좌찬성이 제수된 일세의 명사였다.

수는 세 아들을 두었는데 후손들 가운데 진사 생원시는 물론 문과에 합격한 이들이 스무 명이 넘었다. 유희의 조부 역시 과거를 거쳐 형조판서를 역임했다. 하지만 유희는 과거에 응시하지 않았다. 관리로 현달하여 가문을 빛내는 건 다른 종형제들로도 충분하다고 생각했다. 형인 유부가 뛰어난 재행(才行)으로 지방관의 추천을 받아 얻게 된 찰방 벼슬을 몇 달 만에 내던지고, 계곡에 정자를 짓고 누워 산림 속의 한사를 자처하고 사는 것과 마찬가지로 출세에는 관심이 없었다. 유희는 만년의 증조부처럼 문학에 뜻을 두었다. 틀린 것을 지적하고 바른 것을 지지하는 데 거리낌이 없었으며 의지가 굳은 사람이라는 주위의 평가를 받고 있었다.

유희가 서른다섯 살 되던 임진년 사월 열사흗날, 왜군의 병선 7백여 척이 부산포에 이르렀다. 다음날 왜군 선발대인 1만 8천 병력이 부산성을 공격하여 성을 빼앗았다. 이튿날 동래부에서 부사와 군민이 왜군들과 맞서 끝까지 싸우다 죽었다. 사월 열여드렛날에는 왜군 2만 2천 병력이 부산에, 1만 1천 병력이 김해에 상륙했다. 부산과 동래를 함락시킨 선발대는 양산을 거쳐 청도, 대구에까지 밀고 올라왔다.

사월 열이렛날, 동래가 함락되기 전에 도망친 경상좌수사 권홍이 왜군이 침공한 사실을 보고하자 조정에서는 신립을 도순변사, 이일을 순변사, 김여물을 종사관으로 임명하여 왜군 침공에 대비하는 한편, 김성일을 경상우도 초유사로 삼아 민심을 수습하고 항전을 독려하도록 했다. 북상하는 왜군을 막기 위해 일에게는 중로인 새재 방면을, 김극량과 변기 등에게는 죽령과 추풍령을 방비하게 하였고 도체찰사 (都體察使) 류성룡으로 하여금 순변사 일을 응원하도록 하였다.

유희가 살고 있는 상주와 함창의 지방군은 제승방략(制勝方略: 감사가 각 고을에 통첩을 보내 소속 군대를 거느리고 목적지에 집결하게 하여 한성에서 오는 순변사를 기다려 지휘를 받는 전략)의 전략에 따라 네 부대로 나누어 대구로 진군했다. 맨 처음 출발한 김준신의 초운군은 금호에서, 목사 김해와 함창 현감 이국필이 인솔하는 수천 명은 석전에서, 판관 권길이 이끄는 군대는 고령에서 노숙하며 순변사를 기다렸다.

목사와 현감이 이끄는 군대가 석전에 도착할 무렵 피란민들이 산골짜기에서 군사를 보고 반갑게 달려왔다. 그 모습을 본 군사들 사이에 "왜적이 잠복해서 우리 군대의 길을 끊으려 한다"는 소문이 삽시간에 퍼졌다. 이어 한 군졸이 피란민 한 사람의 목을 베어 높이 들어올리면서 "이 자가 왜적의 척후다!"라고 외쳤다. 그러자 목사와 현감이 겁에 질려서 말을 달려 도망치기 시작했다. 그 뒤를 따라 군사들이 무기와 식량을 모두 던져버리고 일시에 흩어졌다.

준신의 초운군은 후속 부대가 따라오지 않는 것을 이상하게 여기면서 대구 방향으로 나아갔는데, 대구에서 피란민이 빠져나오는 것을 보고 왜적이 벌써 대구를 함락시켜서 저토록 많은 사람이 나오는가 싶어 놀란 군사들이 병장기를 버리고 도망치는 게 전날 석전에서의 도망질 못지않은 난장판을 연출했다. 판관 길이 이끄는 삼운군 역시 고령에서 똑같은 모양으로 싸우지도 않은 채 무너져 퇴각했다. 군량이 길에 깔렸고 말도 버린 채 도망갔지만 그걸 가지고 가려는 사람조차 없었다.

목사 해는 상주로 돌아와 처자와 권속을 먼저 깊숙한 산골짜기로 보내고 자신도 교외의 은밀한 숲에 몸을 숨겼다. 아전과 관속 등도 모두 앞다투어 도망하여 성문은 모두 열리고 오가는 사람 하나 없이 적막하기까지 했다.

전란이 발발한 지 열흘 만인 사월 스무사흗날에 순변사 일이 팔십

여 명의 군사를 이끌고 상주 성안에 들어왔다. 원래 일이 한양에서 정
예병 삼백 명을 거느리고 가려고 병조에서 군사로 골라놓은 명단을
보니 시정의 백도(白徒: 군사 훈련을 받지 않은 장정)·서리·유생이
절반을 차지했다. 이들에게 모이라고 하자 유생들은 과거를 보러 오
라는 줄 알고 시권을 가지고 나왔고 아전들은 병역을 면하려고 하소
연을 하러 뜰에 모여 와글거렸으니, 사흘이 되도록 일이 떠나지를 못
했다. 할 수 없이 일이 먼저 떠나오고 별장이 나중에 군대를 편성해서
따라오기로 했다.

　일은 성안에 목사는 물론 군사가 단 하나도 없다 하여 혼자 성을 지
키고 있던 판관 길을 베어버리려다가 백성을 불러모으면 용서하겠다
고 했다. 길이 창고를 열어서 곡식을 나누어준다면서 산골짜기를 돌
아다니며 알리게 한 내용은 이러했다.

　"한양에서 대장군이 성에 들어오셔서 진을 치고 머물고 있다. 대구
에서 패전한 건 왜적 때문이 아니라 아군끼리 오인하여 도망친 것이
며, 왜적은 밀양에 머물며 더이상 올라오지 않을 것이다."

　그리하여 백성들이 다시 성안으로 모여들었고 여기서 군사로 충원
한 숫자도 수백 명이었다. 갑자기 군대를 편성했으니 가장 시급한 일
이 훈련이었다.

　이때 왜군은 사월 스무나흗날에 이미 상주에서 백여 리 떨어진 선
산까지 진군해 있었다. 개령 사는 어느 사람이 이를 보고는 왜군이 가
까이 왔다고 말하자 일은 "이는 필시 군심을 동요시키려는 수작이다"
라고 하여 죽이려 했다. 그 사람이 "소인이 무슨 나쁜 생각으로 그러
한 거짓을 아뢰겠습니까? 내일 아침까지 왜적이 오지 않으면 소인의

죄를 다스려주십시오"라고 하자, 다음날 아침까지 기다렸다가 군사들이 보는 앞에서 본보기로 목을 잘라버렸다. 이어 조반을 먹고 모든 군사를 성 바깥 북천가에 데리고 나가서 훈련을 실시했다. 한성에서 거느리고 온 군관과 사수 들은 교관이 되었고, 새로 모집한 8백여 명으로 하여금 줄을 맞추어 서게 하고 진중에 대장기를 꽂아놓게 하였다. 일은 갑옷을 입고 말을 타고 서 있었고 종사관 윤섬, 박호, 이경류와 찰방 이종무 등이 일의 뒤에서 서 있었다.

이때 정체불명의 사람들이 남쪽의 숲 사이를 배회하면서 유심히 바라보다가 돌아가버렸으나 이를 본 사람들은 아침에 죽은 개령 사람 생각이 나서 입을 열지 못했다. 조금 있다가 성안 여러 곳에서 화염이 치솟아오르기 시작했다. 일이 비로소 군관 한 사람을 시켜 진상을 알아오라고 명령했다. 군관이 역졸 두 사람과 성을 향해 떠났는데, 다리 아래 숨어 있던 왜군 몇이 조총으로 군관을 저격했다. 이어 말에서 떨어진 군관에게 달려가 목을 베어가지고 유유히 사라져버렸다. 이를 보고 우리 군사들이 크게 동요하고 있는데 왜군의 주력 부대가 공격을 가하기 시작했다.

1만 6천 명에 달하는 왜군은 먼저 최대 사정거리 4백 보, 유효 사정거리 1백 보에서 일각에 수십 발을 쏠 수 있는 십여 자루의 조총으로 총탄을 퍼부어댔다. 총알에 맞은 사람이 그 자리에서 쓰러져버리자 군사들은 귀신에 홀린 듯 두려움에 떨었다. 활로 응전을 했지만 화살에 맞은 왜군은 하나도 없었다. 군사들의 사기가 급격하게 떨어져 뒤로 물러서는 차에, 귀신 탈을 쓰고 몸에 얼룩덜룩 색칠을 한 적병과 금홍색 갑옷과 투구로 치장한 적장이 덤벼들면서 백병전이 시작되었다. 일이 "나가서 싸우라"고 명령했지만 나가는 사람은 몇 되지 않고 도망치는 자가 훨씬 많았다. 일이 고삐를 잡고 하늘을 우러러 길게 한 숨을 불어내는데 적이 그를 향하여 몰려들었다.

한양에서 온 사수들만이 가까이 오는 적을 쓰러뜨리고 있었다. 문관 종사관 섬이 적의 팔을 베고 호가 적의 창을 찍으면 길이 목을 베었다. 역시 같은 문관인 종무와 경류도 앞을 다투어 가까이 오는 적을 맞아 싸웠다. 그러자 도망치던 군사들이 되돌아와 합세하여 싸우기 시작했다. 피비린내가 진동하면서 잠시 적세가 누그러졌다.

일은 대로하여 머리카락이 하늘을 향해 곤두선 채 북쪽의 오랑캐를 격멸하던 그 자세로 적진에 뛰어들어 좌우로 사람과 말을 가리지 않고 한 칼에 베었다. 그러다 칼이 굽어버리자 북쪽의 퇴로를 찾았다.

일이 달아나기 전에 섬과 호에게 "그대들도 나를 따르라"고 하자 섬이 그 자리에 주저앉아 "살아서 간들 장차 무슨 면목으로 주상을 뵈오려 하십니까? 남아로서 이런 때에 나라를 위해 싸우다 죽으면 족합니다" 하고는 적진에 뛰어들어 힘을 다해 싸우다 죽었다. 경류는 원래 조방장 기의 종사관이었는데, 기의 소재를 몰라 일시 상주의 진중에 있다 일이 달아난 뒤에 비분강개하여 싸우다 장렬하게 전사했다. 종무는 일이 달아난 것을 알고는 말에서 내린 뒤 의관을 바로 하고 종에게 부채를 주며 "나는 의로움에 죽으니 너는 이것을 집에 가지고 가서 내 죽음을 알리라"고 한 다음, 힘이 다할 때까지 싸우다 죽었다. 길은 이름을 옷깃에 써놓고 종에게 "내가 죽거든 이것을 표식으로 내 시신을 찾으라"고 했으며, 부하들에게 "나는 나라를 위해 죽으니 너희는 나를 위하여 죽도록 하라. 우리 상하가 충성을 다하여 죽는다면 세상에 부끄러울 것이 없으리라"고 했다. 호장 박결은 길이 전사한 뒤 피하자고 하는 사람을 뿌리치고 최후까지 싸우다 죽었다. 홍문관 부수찬인 호는 가까스로 혈로를 뚫어 북쪽의 산중에 들어가서는 따르던 부하들을 향해 "내가 십팔 세에 장원 등과를 하여 나라의 두터운 은혜를 받았거늘 오늘날 장수와 군사를 잃었으니 장차 무슨 면목으로 임금을 뵙겠는가" 하고는 혀를 깨물어 죽었으니, 불과 스물두 살의 나이였다. 그나마 살아남은 군사들은 서쪽의 산중으로 옷도 제대로 입지 못하고 벌거숭이로 도망쳐 갔는데, 창에 찔리거나 탄환에 맞아 유혈이 낭자하고 몰골이 참혹하여 차마 눈 뜨고 볼 수 없었다.

일은 북쪽으로 도망치다가 계속 왜군이 쫓아오자 말을 버리고 뛰어서 달아났다. 이어서 머리를 풀어헤치고 장수의 표식이 되는 옷을 모두 벗어버린 채 알몸으로 도망쳐, 문경에 이르러서야 패배의 전말을 조정에 보고했다.

그로부터 불과 며칠 뒤인 사월 그믐날, 임금은 도성을 버리고 북으로 파천했다. 도망하는 임금과 신하를 붙잡기 위해 통곡하던 백성들은 임금이 떠나고 난 뒤 폭도로 변했다. 성난 백성들은 궁궐과 공사 노비 문서가 있던 형조, 장례원에 불을 질렀다. 개성에서는 왕의 가마에 돌이 날아들었다. 임금은 국경을 넘어 요동으로 도망가려다 신료들의 만류로 의주에 주저앉았다.

"그대들이 내게 조선 땅에서 갈 만한 곳을 일러주면 요동으로는 가지 않겠다."

임금이 하는 말을 들을 수 있었던, 임금을 따라온 신하들은 수십 명에 불과했다. 임금이 도망치는 속도가 워낙 빨라서이기도 했고, 신하들 역시 자신과 가솔이 살길을 찾아 각자 따로 도망친 경우가 많아서였다. 그리하여 왜군은 부산 상륙 후 두 달도 채 못 되는 기간에 조선의 대부분을 장악하게 되었다.

유희는 왜군이 쳐들어온다는 소식을 듣고 형과 함께 노모를 모시고 가솔을 거느려 피란을 갔다. 왜군의 발길이 미치지 않는 깊고 험준한 골짜기마다 백성들이 가득 차 있었다.

산속 마을 인가를 빌려 처소를 마련한 뒤에는 양식 마련이 가장 큰일이 되었다. 소금이며 간장, 채소는 산속 마을에 살고 있던 사람에게 피륙을 주고 사거나 얻어먹었다. 밤에 몰래 산 아래 마을로 나가서 쌀을 가져오기도 하고 양곡이 넉넉한 이웃 고을에 가서 장리로 곡식을 빌려오기도 하며 겨우겨우 살아가고 있었다.

어느 날 왜군의 발길이 미치지 않은 화령현에서 목사가 진휼미를 나누어준다는 소문이 돌았다. 진휼미를 얻으러 화령현 창고 앞에 모인 사람들은 사족만 해도 사십여 명, 전체 수백 명이나 되었다. 유희도 거기에 끼었다. 감관이라는 자가 제 물건을 아끼기라도 하는 양 좋은 양곡은 감춰두고 오래되어 썩어버린 양곡을 내주었다. 그나마 돌 섞인 현미를 조금이라도 받은 사람은 열에 하나에 불과했고 날이 저물자 문이 닫혀버렸다. 백성들은 울고 아우성을 치다 지쳐서 돌아갔다. 그런 식으로 몇 번이나 사람들이 모여들었다 흩어지기를 반복했다.

"왜적이 주현에 그득하게 들어차니 백성들은 모두 발붙일 곳을 잃고 깊은 산골짜기로 들어간 지 벌써 한 달이 넘었습니다. 우리 고을 네 현 가운데 오직 이 현만이 아직 적변을 치르지 않아서 곡식의 여분이 남아 있고, 또 온 경내의 백성들이 진휼미에만 의지해서 밥을 끓일

수 있는 형편이지요. 비록 저 곡식을 남겨놓는다 한들 왜적이 쳐들어
오면 모조리 빼앗겨버릴 게 아니겠습니까. 차라리 백성에게 나눠주는
것이 훌륭한 계책이건만 공도를 돌보지 않으며 나라의 혜택을 더럽히
고 있으니 참으로 그 심사를 알기 어렵습니다."

원래는 상주에 살다 문경 땅 노동으로 피란해 왔다는 조정이 말을
하자 모두 고개를 끄덕였다. 모두들 감관과 목사를 증오하는 눈빛이
눈에 그득했다.

어떻든 뜻있는 사족들이 한자리에 모이는 계기가 되었다. 칠월에
상주 남서쪽의 외남, 공성, 청리 등지에서 1천 5백 명의 의병이 활동
하며 왜군에 맞서 싸운 정황이 전해졌다. 대장인 김사종이 이끄는 의
병은 단시일에 왜군 수백을 죽이는 전적을 거두었는데, 승리로 군기
가 해이해지면서 왜군이 본격적으로 공세를 가해오자 패배하고 말았
다. 문과 급제자인 정경세는 아버지의 상을 당해 시묘중에 전란을 맞
아 의병에 가담했다가 적탄을 맞아 겨우 목숨을 보전했다. 하지만 그
의 어머니와 아우가 왜군에 죽는 참변을 겪고 천신만고 끝에 인근의
안전한 곳으로 옮아왔다고 했다. 정문숙이 한양에서 전해진 통문 소
식을 꺼냈다.

"과거에 하자가 없는 자로 왜놈의 머리 셋 이상을 벤 사람에게는
무과 급제를 내리고 노비는 양민이 되게 하여준다 합니다."

나이든 선비 이홍도가 말을 받았다.

"방어사와 조방장의 장계에 영남 지방 수령들은 거의 다 성을 버리
고 도망쳤으나 상주 목사만은 홀로 고립무원의 성을 죽기로 지켰다고
하여 주상께서 목사에게 포상을 무겁게 하신다 합디다. 목사는 왜적

이 고을에 들이닥치기 전에 도망질부터 했는데 어찌 장계를 그리 써서 임금을 속인단 말입니까."

함창에서 온 이축이 소매를 걷어붙였다. 축은 피란을 할 때 부모를 한꺼번에 등에 업고 단숨에 천 길이 넘는 산봉우리까지 치달려갔다는 장사였다.

"이런 썩어빠진 관장이 꼬리를 말고 숨어 있으면서 병아리 눈물처럼 찔끔찔끔 주는 진휼미만 바라보고 있다가 왜적이 쳐들어오기라도 하면 개죽음을 맞을 수밖에 없겠습니다. 이대로는 도저히 안 되겠소. 사냥이라도 해야겠습니다. 고사리를 꺾고 버섯이라도 따자는 말입니다."

신중한 권종경이 손을 저었다.

"그런 식으로 변통해봐야 얼마나 가겠는가. 차라리 산척(山尺: 산에 살며 사냥이나 약초 채집을 하는 사람)을 우리 편으로 끌어들이는 것이 나을 것이네."

이경달이 설명했다.

"산척 수십 인이 며칠 전 다섯 남자와 두 여자를 잡았는데, 이들이 왜적과 내통하고 우리의 사정을 왜적에게 은밀하게 알리는 일을 하였다는 연유로 목을 베어 징계하였다 하니 이 아니 통쾌한 일이겠습니까?"

정이 주먹을 부르쥐고 한 걸음 앞으로 나서서 역설했다.

"제 종복이 고향에 다녀오면서 얻어온 통문을 보니, 지금 성내에는 불과 이삼십 명의 왜적이 있을 뿐이라고 합니다. 며칠 안에 낙서촌에 모여서 왜적을 치러 가자는 말이 있었습니다. 고향 동네에도 왜구가 쳐들어와서 집집마다 불을 지르고 분탕질을 했는데, 대부분이 돌아가고 나서 대여섯 명이 남아 있기에 마을 사람들 수십 명이 덤벼들어 몽둥이로 때려 죽여서는 땅에 묻어버렸답니다. 우리 각자가 거느린 식솔만 해도 수백 명은 되지 않습니까. 저들이 아무리 번갯불처럼 빠른 총과 날카로운 칼을 가졌다 한들 한 놈을 다섯 명 열 명이 둘러싼다면 맨주먹으로도 쉽게 죽일 수 있을 것입니다."

비로소 유희가 입을 열었다.

"스무 명을 수백 명이 쳐부수는 이 일이 성공만 하면 성안 창고에 쌓여 있을 양곡을 확보하게 될 것이니 굶주림으로 죽을 일은 없을 것입니다. 원수인 왜군과 죽기 살기로 싸워보는 편이 나오지도 않을 썩은 쌀을 기다리며 며칠을 새우잠 자는 것보다는 훨씬 낫지요. 여러분의 의견은 어떠하십니까?"

뭇사람들이 양식 이야기가 나오자 귀를 기울이고는 고개를 끄덕거렸다. 유희는 왜군을 공격하자는 데 동의한 여러 사람과 함께 상주 성 탈환전의 전초 기지가 될 낙서촌에 결집할 일자를 확정했다. 이어 집으로 달려가서 이 사실을 알렸다.

이틀 뒤 새벽, 유희는 서둘러 낙서촌으로 향했다. 혈기 방장한 종제 유종과 몸놀림이 빠른 조카 천서 등도 함께였다. 그런데 낙서촌이 가까워오는 동안 단 한 사람도 왕래하는 사람을 만날 수 없었다. 알고 보니 말을 꺼낸 정만 삼십여 명의 집안 사람과 종을 이끌고 왔을 뿐 다른 사람들은 거의 오지 않았다. 허탈하게 거사를 포기하고 돌아가는 길에 유희는 평소 존경하던 선비 홍도를 찾아갔다. 자세한 경위를 이야기한 뒤에 유희는 마음 깊이 품고 있던 계획을 이야기했다.

"이렇게 지리멸렬하여 중구난방으로 다니다가는 아무것도 안 되겠습니다. 차제에 근왕을 할 의군을 일으켜야 합니다. 굶어 죽으나 유행병에 걸려 죽으나 왜적의 칼에 죽으나 죽기는 매일반 아니겠습니까. 장차 의군의 힘으로 성안의 창고에서 양식을 실어올 수도 있고 초유사에게 고하여 관곡을 군량미로 얻을 수도 있을 것입니다. 이도 저도 안 된다 해도 단 하나의 왜적이라도 죽이면 이 나라 사직은 물론이고 우리의 식솔들, 늙은 양친과 아이들이 살아남을 수 있는 기회가 생겨날 것입니다."

홍도가 길게 탄식했다.

"허허, 그걸 누가 모르겠는가. 그렇지만 우리가 언제 한번 창칼을 잡아본 적이 있던가, 습진을 해본 적이 있는가. 장수 없이 오합지졸로 목에 핏대를 세워 소리치며 나가봤자 밥 한 끼 먹을 시간도 안 되어 죽음을 맞을 걸세. 또한 조총과 예도를 지닌 왜적에게 활과 도끼로라도 맞설 손발이 필요한 법이거늘. 지금은 이도 저도 아니 될 일일세."

유희가 역설했다.

"제게는 청주에 사는 외숙이 있으십니다. 연세는 일흔에 가깝지만 왕실의 지친이시고 젊은 시절 과거에 뜻을 두지 않고 무예를 연마한 데다 무략이 절인한 분으로 평판이 자자합니다. 이미 청주에서 무예가 뛰어난 산척 수십 인을 모아서 조련하여 왜적을 무찌를 계획을 하고 계십니다. 충의심과 기개가 천하에 짝이 없는 분이니 마땅히 의군의 장수가 되실 수 있을 것입니다."

홍도는 이미 산척을 모아들여 조련을 하고 있다는 말에 반색을 했다. 여러 곳에서 피란 온 여러 부류의 사람을 마음으로부터 복속시키고 단결하게 하기에 타지 사람이고 나이가 많은 그가 적절한 인물 같다고도 했다. 하지만 먼저 당사자의 의향을 물어보는 게 좋겠다고 하여 유희는 그길로 집에 가서 노모와 형에게 사정을 이야기했다. 형은 자신은 집에서 효를 다할 터이니 너는 밖에 나가서 충성을 다하라고 손을 굳게 잡아주었다.

유희는 노모와 형에게 절을 하고 작별을 고한 뒤에 댓바람에 청주를 향해 떠났다. 혹 왜군과 마주칠지도 몰라 숲길, 산길을 통해 최대한 길을 재촉하여 사흘 만에 청주에 도착했다. 외숙 봉을 만나 절을 하고 나자 일시에 긴장이 풀리면서 통곡이 쏟아졌다. 놀란 봉이 유희를 부축해 일어나게 했다.

유희는 홍도가 말한 대로 왜군이 횡행하는 상주와 함창 인근에서 의군을 일으키려 하니 대장이 되어달라고 간곡하게 청했다. 봉은 저간의 정황과 왜군의 동태, 거기에 있는 사람들의 면면에 대해 묻고는 곰곰이 생각에 잠겼다. 저녁이 되어 밥을 먹고 나서 잠을 청하기까지 봉은 대답이 없었다. 이튿날 새벽, 가부간에 유희는 집을 향해 떠나기로 결심했다.

새벽에 닭 우는 소리가 들리는가 싶었을 때 봉이 유희를 흔들어 깨웠다. 갑옷을 입고 환도와 투구를 서안에 얹은 채 엄숙하게 앉아 있는 봉은 전장에서 막 돌아온 장수처럼 보였다. 유희는 자신이 문약한 서생일 뿐임을 절감했다.

"속히 길을 떠나거라. 가서 거기에 있는 사족들에게 내가 기꺼이 임금과 나라, 이 땅의 생령을 위해 죽을 각오로 의거를 시작하려 한다고 말씀드려라. 또한 의군이 왜적과 맞서 싸울 것임을 통문으로 널리 알려서 뜻있는 사람들을 모으도록 해라."

유희는 기운이 부쩍 나서 힘차게 고향을 향해 떠났다. 유희를 맞은 홍도는 천군만마를 얻은 듯 기뻐했다.

"내가 이미 몇 사람에게 통지해서 의군을 일으킬 대략의 계획을 세워두었네. 이제 장마가 지나갔으니 왜적들이 이 골짜기까지 쳐들어올 날도 머지않았을 걸세. 하루라도 빨리 의군을 일으켜서 힘을 모으는 것이 곧 우리를 우리가 지키고 살아남을 수 있는 유일한 방책일세. 은척의 황령사는 왜적들이 다니는 길에서도 멀고 사방이 산으로 막혀서 공격해오는 적을 막기도 쉬우며 적의 종적을 살피기에도 좋은 곳이라 의군의 본진으로 삼기에 적격일세. 이제 장군의 말씀대로 통문을 써서 사방에 돌려 충의지사를 모으세."

유희가 다급하게 붓을 달려 통문의 초를 잡았다. 홍도가 힘을 합쳐 통문을 완성했다. 곧 수십 벌의 통문이 사방으로 전해지기 시작했다.

"슬프도다! 하늘이 무심하여 이를 검게 물들인 야만스러운 왜구가 우리 강토를 침범해와서 늙고 어린 사람을 가리지 않고 도륙하고 수많은 성과 진을 휩쓸어버리니, 팔방이 무너지며 수령들은 흩어졌고 임금께서는 파천을 하셨습니다. 자고로 화란의 참혹함이 이와 같은 때가 없었습니다. 충신과 지사의 통분함이 이를 데 없으며 임금께서 내리신 애통한 교지를 보고 울지 않는 사람을 어찌 신민이라 할 수 있겠습니까? (…) 지금 우리들은 비록 포의의 몸이지만 의관을 갖추어 입는 선비들이며 벼슬을 지낸 조상의 후예인즉 나라와 성쇠를 같이해야 할 줄 압니다. (…)

슬프도다! 군신의 윤리가 하늘과 땅이 뒤바뀔 수 없는 것처럼 움직일 수 없는 것이라고 한다면, 우리 신민된 자가 임금이 몽진을 하고 나라가 존망의 때에 다다랐을 때 홀로 산중에 숨어서 엎드려 있기만 해서 되겠습니까? 혹 하늘이 화를 주지 않는다고 해도 사직과 산하가 다 왜구의 수중에 들어간다면 유학을 숭상하는 사람으로서 장차 어찌 살아갈 수 있을까요? 결코 왜구와는 이 천지간에 함께 살아갈 수 없을 것이며 후일 지하에서 우리의 조상을 뵈올 낯도 없을 것입니다. 이 얼마나 부끄러운 일이겠습니까?

저 유희 등은 일개의 천한 백성으로서 지극히 우둔하고 어리석어서 이 시국을 어찌해볼 수 없는 것은 잘 알고 있습니다. 그러나 떳떳한 양심과 분연한 마음이 격동함에 능력도 생각지 못하고 장차 여러 군자들과 모여 앉을 계획을 하였습니다. 문무의 신하된 분이나 나이드신 유생들은 서로 동지에게 알리고 자제를 거느리셔서 칠월 스무닷샛 날에 은척 황령사로 모여주시면 천만다행이겠습니다. (…)"

유희가 의병을 일으키기 위해 동분서주하는 동안 목사 해는 화령현의 창곡을 임의로 끌어냈다 하여 감관의 목을 잘랐다. 이방도 자신의 뜻을 따르지 않는다고 하여 죽여버렸다. 무과 급제자 정문경이 상주에 군대가 없어 다른 고을에 가서 왜병의 목 여럿을 베고 온 것을 두고 관할을 멋대로 이탈했다 하여 곤장을 쳤다. 백성들이 가지고 있던 양곡과 물건을 빼앗아 자신이 거처하는 곳에 산더미처럼 쌓아놓고 제 맘대로 쓰고 있었다. 감사도 목사와 마찬가지로 몸을 안전한 곳에 숨기고 자신의 거처를 알지 못하도록 조치했다. 이처럼 모든 수령이 흩어져 숨어 있는 형편이었다.

한편 성일이 초유사로 남쪽에서 왜군을 극력 방어하고 곽재우, 정인홍 등이 곳곳에서 의병을 일으켰다. 이들 덕분에 남쪽 지역은 길이 모두 통했으나 서북 지역은 왜군이 여전히 횡행하며 약탈을 자행하고 있었다. 그나마 무사하던 마을에도 왜군이 들어왔고, 그때마다 피란 민들은 산 위에 올라가 있다가 왜군이 물러난 뒤에 집으로 돌아오는 생활을 반복하고 있었다.

이윽고 뜻을 굳힌 봉이 유희를 앞세우고 궁수 이십여 명과 함께 은척 황령사에 도착했다. 이에 인근 사족들도 호응하여 한날 한곳에 모이니 사족이 사십여 인, 군사는 청주 출신 궁수를 합하여 오십여 인이었다. 그리하여 함창의 의병인 창의군(昌義軍)의 진용이 이루어졌다.

모인 사람들 모두가 봉을 주장으로 추대하기로 뜻을 모았다. 선봉장인 중위장에 축을, 김식과 송광국과 정을 좌막(佐幕: 참모), 천서에게 기록을 담당케 하되 정도 겸하도록 했다. 경세가 이러한 정황을 글로 써서 모았다. 후일 공문을 만들어서 조정에 전할 작정이었다.

논의가 끝난 뒤에 주장 봉이 북향하여 두 번을 절한 뒤에 오래도록 통곡했다. 이어 군왕을 위해 왜적을 토멸하고 원수를 갚을 것을 해와 달에 걸어 맹세했다. 그런 다음 모든 사람들이 북향하여 절하고 나서 주장에게 절을 했다. 주장이 엄숙하게 말했다.

"나라의 욕됨이 이 지경에 이르렀으니 오늘의 맹세에는 죽음이 있을 뿐, 변심하여 더럽힘이 없도록 하라."

모두 그렇게 하겠노라고 굳은 목소리로 응답했다. 이어서 세 장의 군율을 세웠다.

"적과 부닥쳐서 먼저 물러서는 자는 목을 자른다. 후사를 기약하고 물러서기를 꾀한 자는 목을 자른다. 명령을 어긴 자, 시기를 놓치게 한 자, 터무니없는 소리로 민심을 현혹한 자는 목을 자른다."

창의군은 군사가 적은 까닭에 정면 대결을 할 수 없어 매복과 기습을 전술로 삼았다. 팔월 초이렛날에 송원에서 매복하여 왜군 여섯을 사살하고 화통, 철환, 화약을 노획했다. 동짓달 초여드렛날 선봉장 축이 이끄는 오십여 정병이 당교에 있는 왜군을 야습하여 열다섯 명을 죽이고 짐 실은 우마차 열일곱 필을 빼앗았다. 같은 달 여러 차례 당교의 왜군을 야습하여 왜병의 목 십여 급을 베고 백여 명을 사살했다. 이때 아군의 화살에 맞은 자는 수를 알 수 없이 많았고 빼앗은 우마도 많았다. 해가 바뀌어 계사년에 당교를 야습하여 목 하나를 베었고 많은 적을 사살했다. 특히 이월 열이렛날에는 정병 사십여 명이 모곡 앞에 매복하고 있다가 적병 서른여섯 명을 발견하고 땅에 마름쇠를 깔아서 진군을 늦춘 뒤에, 아침부터 오후까지 약 여덟 시간 동안 이십 리를 추적하여 섬멸했다. 이틀 뒤, 축이 열다섯 명의 군사를 거느리고 당교를 습격하여 적병의 머리 둘을 노획했다가 하나를 빼앗겼다. 이처럼 교전 십수 차례에 머리를 벤 것만 칠십여 급이고 사상자는 헤아릴 수 없었다.

일찍이 상주 목사 해와 앞서거니 뒤서거니 하며 살기 위해 산속으로 도망쳤던 함창 현감 국필은 의병이 왜군의 목을 베거나 사살한 군공을 자신의 것으로 하려고 무진 애를 썼다. 이때에는 군졸들도 관군으로 공적에 오르기보다는 의병에 들어가는 편을 택했고 관군이 되면 사기가 떨어져서 제 역할을 하지 못했다. 지방 수령은 특별히 할 일이 없이 군량과 무기만 준비해서 의병이 왕성하게 활동할 수 있도록 지원하는 역할만 하고 있었다. 이런 판국이니 국필이 제 뜻대로 할 수 없는 건 당연했다. 그러자 국필은 의병의 군기를 수선해주지 못하도록 관내의 백성에게 명령하는가 하면, 사족 집안에 있는 활과 화살을 거두어들이도록 했다. 거기다 초유사 성일에게 "이른바 창의장이라는 봉이 젊은 서생들을 거느리고 의병을 사칭하며 관군을 의병으로 삼아 관군이 포획한 왜적의 수급을 자신들의 공적으로 하며 현감으로 하여금 손을 쓸 수 없게 한다"고 보고했다. 이에 성일이 "의병진에서 모집한 관군은 원래 있던 곳으로 돌려보내라"고 명령했다. 성일은 좌막 정의 처숙이었으므로 정이 직접 성일에게 가서 사실을 보고하니, 성일이 두 고을과 의병 모두 상주판관 정기룡의 지휘를 받도록 조치했다. 이어 무기와 군량을 내주자 이를 받은 창의군은 모두들 좋아 날뛰었다. 유희는 전투에 직접 가담하지는 못했지만 군량과 무기를 구하기 위해 동료들과 청주와 공주 등을 오가며 동분서주했다.

의주로 피란 간 임금이 명나라에 파병 요청을 하자 명나라에서는 섣달에 4만 5천 병력의 동정군(東征軍)을 보냈고, 이듬해 정초에 조명 연합군이 평양성을 공격, 탈환함으로써 전세를 역전시켰다. 조명 연합군이 실지를 수복하며 내려오기 시작하자 의병은 관군과 힘을 합하여 연합군에게 말먹이와 땔감, 숙박을 할 임시 가옥을 제공하게 되었다.

삼월에 목사 해가 화령현에서 왜군과 맞닥뜨려 부자가 함께 죽었다는 소식이 전해졌다. 아울러 각지의 소모관들에게는 의병 가운데 군사였던 자를 데리고 각기 고을로 돌아가 명군을 지원하라는 명령도 전달되었으므로 의병은 금명간에 다 흩어지게 되었다. 창의군 역시 진중에 군량이 없어 헤어지게 된 상황이라 사월 하순에 상소문을 작성하여 의병을 일으키게 된 전말과 그동안의 행적과 군공을 정서한 뒤 임금이 있는 행재소로 보내기로 했다.

왜란이 일어난 지 일 년이 지난 계사년 오월에 명군의 호송대 십여 명이 먼저 당교에 도달했다. 봉이 유희와 의병 십여 명을 데리고 당교로 가서 호송사 일행을 만났다. 필담으로 진행된 대화에서 호송사는 시종 거만한 태도로 접대가 소홀하여 현감을 잡아들였다. 자신들이 온다는 소식을 듣고 이미 왜군은 멀찌감치 물러가고 없을 것이라고 했다. 큰소리를 친 호송사가 탐문을 하러 말을 타고 남쪽으로 갔다가 걸어서 돌아오는데, 함창 인근에 이르러 갑자기 매복하고 있던 왜군이 포위 공격을 감행했다. 의병들이 이를 보고 달려가 있는 힘을 다해 싸우다 호송사를 데리고 전장을 탈출해 나왔다. 호송사가 눈물을 흘리며 "오늘 우리가 살아난 것은 장군의 은혜이니 감사함이 골수에 맺혀 말할 바를 모르겠습니다"라고 했다.

오월 열흘날, 드디어 왜군이 상주에서 철수했다. 강화회담이 계속되는 동안 왜군은 남쪽 바닷가에서 진을 치고 머물러 있었으며 전쟁은 소강상태로 들어갔다. 명나라 군대를 먹여 살리는 일도 큰 부담이었다. '명군은 참빗, 왜군은 얼레빗'이라는 말이 돌 정도로 명군이 가는 곳에는 남아나는 것이 없어 백성들은 이리저리 피해 다녔다.

살아남기 위한 전쟁은 이제 시작이었다. 사족의 경우 피란중에 노복들이 다 흩어지거나 죽고 자식들은 차례로 역병으로 죽었으며 부부가 걸인이 되어 수척한 모습으로 길거리를 떠도는 것이 흔한 풍경이었다. 굶거나 병에 걸려 죽어 넘어진 사람들로 길이 막히고 살아남은 사람들도 귀신 같은 형용으로 물만 마시고 있었다. 농사를 거의 짓지 못해 스물다섯 마지기에서 겨우 보리 두 가마니를 수확했는데, 그나마 다른 밭에 비해서는 많은 편이라고 했다. 양민들은 도둑으로 변했고, 도둑은 잡히면 가차 없이 극형에 처해졌다.

행재소에 가져간 경세의 상소문에 의해 의병장 봉의 군공이 인정되어 주부 벼슬이 제수되었다. 가을에는 옥천 군수의 직첩이 내려왔다. 한 사람이 고을의 관장이 되면 그에 딸린 식구들은 굶어 죽을 염려는 하지 않아도 될 것이었다. 유희에게는 선택의 여지가 없었다. 봉을 따라 옥천으로 갔다.

집에 돌아온 사람들이 다시 농사를 짓기 시작하고 병화가 적었던 호남에서 생산된 양곡이 전국으로 나눠지면서 최악의 기아 사태는 면하게 되었다. 병신년에는 기록적인 풍년이 들어 전쟁 동안 무명 한 필에 쌀 두 말이던 것이 스무 배인 한 섬이 되었다. 이해에 봉은 대산 군수로 자리를 옮겼고 유희도 봉을 따라갔다.

봉은 유희에게 대산의 선비들과 함께 남아도는 양곡 천여 석을 기부받게 했다. 이 사실을 조정에 보고하고 호조의 문부(文簿)에 기록하여 뒷날 명나라 군사의 군량에 보태려고 했던 것이다. 한편 이 양곡의 관리를 할 사람으로 대산 사람 김기남과 유희를 지명하여 유사(有司)로 삼았다.

이듬해 정유년에 강화회담이 결렬되고 왜군이 일제히 북상하면서 다시 전쟁이 시작되었다. 전주성과 남원을 함락시킨 왜군이 충청도 전의현까지 쳐들어왔을 때 소모사 겸 감사, 복수장인 기원은 지척인 이산에 있었다. 왜군이 가까이 온다는 소문을 듣자마자 진지를 버리고 날쌔게 도망하여 충주 땅 깊숙한 곳으로 들어갔다. 감사의 도망질은 목사나 현감에 비할 바가 아니어서 질풍노도처럼 빨랐다. 대산의 의병장이면서 기원의 종제인 영원은 부모를 잃은 원수를 갚기 위해 목숨을 걸고 싸워 옥천에서 왜군 스물네 명을 참살한 것으로 명성을 떨쳤다. 소리 소문 없이 도망친 복수장과 비교될 수밖에 없었다.

직산 싸움에서 명군에게 패한 왜군이 영남으로 완전히 물러나자 기원은 비로소 남하하기 시작하여 대산으로 들어왔다. 고향인 대산에서 그가 제일 먼저 한 일은 남이 모아놓은 양곡을 빼앗아 제 군사에게 먹이려고 한 것이었다. 기원은 먼저 군관을 보내 창고를 열게 하였으나, 기남이 이는 호조에서 관리하는 곡식이라며 문을 열어주지 않았다. 이때 유희가 곁에 있다가 무심결에 군관에게 말했다.

"창고의 양곡을 반드시 사용하려고 한다면 드리겠습니다. 다만 체문(帖文: 고을 수령이 향교 유생에게 유시하던 문서) 한 장을 받아서 뒷날의 증거로 삼아야 하겠습니다."

그러자 군관이 벌컥 화를 내면서 돌아가버렸다. 군관이 일러바치는 말을 들은 기원은 유희의 이름이 나오자마자 급히 종제인 기형을 불러서는 건장한 군졸 삼십여 명을 이끌고 관아로 향하게 했다. 대산 군수는 마침 자리를 비운 상태였고 문은 닫혀 있었다. 군사들이 문을 때려 부수고 기세등등하게 난입하자 아전과 관속 들조차 모두 도망쳐버렸다.

융복을 떨쳐입은 복수장이 보무당당하게 안으로 들어왔다. 그는 다른 사람도 아닌 유희의 이름만을 외쳐 불렀다. 유희가 자신을 찾느냐고 나서자 불문곡직 끌어내더니 뜰에 무릎을 꿇리고 잡아 묶게 했다. 이어서 형을 가하려 하니 유희가 조용히 말했다.

"무슨 죄로 나를 죽이려 하는 것입니까? 한마디 말이나 하고 죽겠습니다."

기원이 동헌 마루 위 교의에 높직하게 올라앉아 말했다.

"그 나이 처먹도록 진사 생원커녕 초시 합격도 하지 못하고 외숙에게나 빌붙어서 목숨을 부지하고 있는 놈이, 감히 충청 감사에 소모사이며 복수장인 나에게, 무슨 명백한 문서를 만들어 바치고서 창고의 공량(公糧)을 먹이라고 한단 말이냐. 네 주제를 모르고 내가 어떤 사람인지 모르는 게 너의 씻을 수 없는 죄요, 맞아 죽을 죄다."

기원은 군사에게 활을 가져오게 하더니 활의 양쪽 끝을 부러뜨렸다. 그러더니 마당에 내려와서는 활의 큰 쪽으로 유희의 온몸을 힘껏 난타하기 시작했다. 유희가 "공은 나를 모르십니까? 나는 공과 고조의 친족이 되는데 어찌 차마 이렇게 하십니까?" 하고 부르짖었다. 기원이 더욱 화를 냈다.

"내 고조가 한갓 벌레 같은 네놈하고 어찌 상관이 있겠느냐? 죽기 전에 요망한 말로 나를 현혹하려 해도 소용이 없다. 조상까지 들어서 나를 욕보이려 하니 때려 죽여도 시원치 않을 놈이로다."

기원은 마당을 두리번거리다 잎이 누렇게 물들어가는 회화나무 아래로 걸어가 사람 얼굴만한 기와 조각을 집어들었다. 성큼성큼 걸어 무릎을 꿇은 채 포박된 유희에게 다가가 기와 조각으로 유희의 입을 내리찍기 시작했다. 유희가 빈 곡식 자루처럼 힘없이 쓰러졌다. 유희가 어린 시절을 보낸 새재의 남쪽에서 불어온 바람이 유희의 머리를 가볍게 흩날리게 했다. 가을 하늘은 푸르고 맑아서 모든 게 다 비춰질 듯했다.

유희가 기절하자 기원은 유희를 형틀에 올려 다시 묶게 했다. 이어

명령했다.

"난리를 겪고 나니 기강이 해이해져서 이런 미친놈이 나오는구나. 이런 놈을 놔두었다가는 사람들마다 조정을 존경할 줄 모르게 될 것이니 한 놈을 징치하여 백 사람에게 본을 보이련다. 군량의 지출은 군율에 관계되니 마땅히 더 엄히 다스릴 수밖에 없다. 일개 유사로서 사명을 능멸함이 이에 이르렀으니 조짐을 자라게 하면 안 될 것이다. 이놈에게 중곤 오십 대를 가하되 만일 헐장(歇杖: 장형에서 사정을 봐주어 때리는 시늉만 하는 것)이 될작시면 행형하는 자를 그 열 배의 수만큼 때려 다스리리라. 이놈을 죽도록 쳐라!"

군졸 두 사람이 나오면서 "네이!" 하고 크게 대답했다. 이어 기절해 있는 유희의 아랫도리를 벗겨내리고는 손에 침을 뱉은 뒤 곤장을 잡고 유희의 마르고 작은 볼기를 치기 시작했다. 숫자를 세는 소리가 스물을 넘자 유희의 볼기는 찰떡처럼 짓이겨져 원래의 형체를 알아볼 수 없게 되었다. 그때부터 곤장이 허리와 다리를 오르내리며 내리쳐졌다. 처음에는 꿈틀거리던 유희의 몸도 더이상 움직이지 않았다. 기원은 여전히 독이 올라 시퍼런 얼굴로 그 광경을 지켜보고 있었다. "쉰이요!" 소리가 나자 기원이 손을 들어 형벌을 멈추게 했다.

"저놈을 끌어내어서 길에 갖다버려라!"

"니에이이이!"

대답 소리가 유난히 길게 들렸다. 형틀에서 유희를 풀어서 내린 군졸 둘이 양쪽에서 유희의 팔 하나씩을 잡고 질질 끌어다가 관아 대문 밖에 패대기질쳤다. 군졸들이 관아로 들어가고 나서 문을 닫자 소리 없이 수백 명의 사람들이 모여들었다.

유희의 얼굴은 부어올라서 알아볼 수 없었다. 흰 이마에 엉겨붙은 핏자국이 선명했다. 유희의 몸에 손을 대 살아 있나를 살피려던 사람이 깜짝 놀라며 뒤로 물러섰다. 유희의 입에서 피가 솟아올랐다. 피는 한 자 앞까지 뿜어져나갔다. 햇빛은 밝고도 맑았다. 그 햇빛 속으로 다시 한번 더 피가 길게 뿜어졌다. 그것으로 그만이었다. 유희는 죽었다.

유희가 죽은 지 두 달도 채 되지 않은 정유년 동짓달 여드레, 기원은 내직 가운데서도 요직인 성균관 대사성에 제수되었다. 이십 일 뒤에 청요직의 핵심 부서인 사간원의 대사간이 되었다. 같은 날 경세가 사간이 되었다.

"신은 아버지를 왜적에 잃어 복수군 별장의 명을 받았으나 단 한 명의 적도 죽인 적이 없어 공과 사의 복수심과 울분을 풀어준 게 없습니다. 또 처사를 제대로 하지 못하여 큰 물의를 일으켰으니, 신의 죄가 매우 큽니다."

기원은 대사간을 제수 받은 뒤 죽을 죄를 짓지 않은 선비 유희를, 죽일 권한이 없는 자신이 죽였다고 조정에서 나쁜 여론이 조성되자 자리에서 물러나겠다는 상소를 올리며 이렇게 언명했다. 며칠 뒤 어머니와 아우를 왜적에 잃은 바 있는 경세 또한 복수군에서 제대로 역할을 하지 못한 죄로 스스로 물러날 것을 청했다. 임금은 기원을 사퇴하게 하고 경세는 유임시켰다. 유희는 죽었다.

몇 달 뒤 무술년 삼월, 기원이 승정원 좌부승지에 제수되었다. 이때 장령 이근이 아뢰었다.

"좌부승지 기원은 원수를 갚아야 할 명분을 지니고 있는 몸이면서도 조금도 애통, 박절해하는 마음이 없었습니다. 감사가 되어서는 첩을 데려왔고 소모사가 되어서는 무고한 선비를 장살하기까지 하는 등 원수를 갚는 의리는 아예 생각지도 않았습니다. 그의 처신과 행동에 대해서 사람들이 모두 침을 뱉고 욕을 하였으며, 자신도 청의(淸議)에 버림을 받은 줄 알고 외지에 나가 숨어 있은 지 오래되었습니다. 그런데 이번에 본직에 제수되니 물정을 해괴하게 여기지 않는 이가 없으니, 파직을 명하소서."

임금이 "아뢴 대로 하라"고 했다. 하지만 같은 날 기원은 승지에 임명되었다. 그믐달에는 병조참의가 되었다.

유희가 죽은 뒤 일 년 반이 지나, 열다섯 살의 소년 덕일이 임금의 행차에 징을 울리며 뛰어들어 아비의 죽음이 억울하다는 소장을 제출했다. 일단 옥에 가두었으나 사연이 허위가 아니면 임금의 위엄을 범한 죄를 용서한다는 율문에 따라 방면했다. 기원에 대해 달리 조치가 없었으나 덕일을 방면하라는 전교가 내려졌다.

"사신(史臣)은 논한다. 기원은 소모하는 임무를 받았으나 사람을 죽이는 일은 그가 마음대로 할 일이 아닌데 감히 사사로운 유감으로 유희를 죽였으니 왕법으로 말하면 기원은 사형을 받아야 마땅할 것이다. 『춘추좌전』에 '아비가 죄 없이 주살을 당하면 자식이 복수하는 것이 옳다'고 하였다. 유희는 이미 죄 없이 죽음을 당하였으니 덕일이 원수와 한 하늘 밑에 사는 것을 치욕으로 여겨 원수의 가슴에 칼을 꽂는다 하더라도 옳을 것이다. 해당 관리가 적시에 기원의 죄를 바로잡지 못하고 또 유희의 억울함도 다스리지 못하였다. 끝내 덕일이 효성을 바쳐 원수를 갚은 의리가 천하 후세에 드러나지 못하게 하고 방자하게 함부로 사람을 죽인 자는 죄를 면하게 하였으니, 어찌 형전의 시행이 대단히 잘못되었다 하지 않겠는가."

실록은 이렇게 기록했다. 유희는 이미 죽었다.

"기원이 그 아비의 죽음을 애통히 여겨 아비의 원수를 갚으려고 한다면 피눈물을 흘리면서 복수군의 선봉이 되어 목숨을 바쳤어야 합니다. 그는 천성이 또 혼매하고 망령되어 살인을 무척 많이 하였는데 이 때문에 크게 민심을 잃어 듣고 보는 자마다 이를 갈며 침을 뱉고 욕하지 않은 이가 없었습니다. 설령 유희가 도에 지나치게 말을 했다손 치더라도 의기롭고 격한 서생의 말로 보고 이해할 수도 있었을 것입니다. 그리고 유희가 법률상 사형에 해당되는 죄를 범했다 하더라도 보호받을 수 있는 공신의 자손으로서 죄가 감등되어야 합니다. 그런데도 기원은 감히 사사로운 분노로 유희를 죽인 다음에야 통쾌하게 여겼으니 남모르게 사람을 해치고 거리낌 없이 법을 멸시한 행위에 대해서 어떠하다 해야 하겠습니까. 유희가 의병에 앞장선 것은 기원이 분명히 아는 바이며 기원 역시 유희로 인해 부모의 원수를 조금이나마 갚게 되었다고 하겠습니다. 기원이 유희에게 덕을 본 것이 이러한데도 유희를 죽이고 말았으니 기원이 어찌 유희의 원수가 될 뿐이겠습니까. 지하에 있는 자기 아비에게도 원수 같은 자식이 되는 것을 면치 못할 것입니다."

유희가 억울하게 죽었음을 호소하는 영남 유생들의 상소문이다. 그로부터 오 년 전에 유희는 이미 죽었다.

기원은 임인년(1602년)에 좌승지, 이듬해에 예조참의가 되었다. 이때에도 기원은, 아비가 왜적에게 죽었는데 충청 감사이자 복수군의 장수가 되어 원수를 갚을 의리는 생각하지 않고 기첩을 많이 거느리고 죄 없는 선비를 장살하고 인심을 잃어, 온 도민에게 비난을 받았다는 실록의 논평이 있었다. 삼 년 뒤 기원은 순천 군수로 부임하면서 법으로 정해진 이외의 권속을 지나치게 거느리고 간 죄로 파직당했다.

장원급제의 경력이 있는 기원은 춘추관 동지사로서 『선조실록』 편찬에도 참여했다. 그렇지만 실록에 있는 자신의 기록을 지우거나 좋게 만들지 못했다. 기원은 광해군이 등극한 이후 대사간, 예조참판을 거쳐 도승지가 되었다. 계축년(1613년) 삼월, 기원이 죽고 난 뒤의 졸기에는 "성품이 이술(異術)을 좋아하고 첩을 많이 두었는데, 이것이 그의 단점이었다"고 기록되어 있다. 십구 년 전 유희는 죽었다.

죄 없이 맞아 죽은 지 백여 년 만에 유희에게 장례원 판결사의 벼슬이 증직되었다. 유희, 백골이 진토가 되었으나 떠도는 넋이라도 있었는가. 허울밖에 없는 벼슬이라도 작은 기쁨이 되었던가. 죽은 사람은 죽은 사람, 유희.

유희(有喜)……

외투

아버지의 외투를 발견한 건 아버지가 죽고 난 뒤 병실을 정리하면서였다. 문이 비틀어져 잘 열리지 않는 합성목 옷장 속에 병원에 입원했을 때 입고 온 회색 여름 양복과 와이셔츠, 하늘빛 실크 넥타이와 함께 들어 있었다. 외투는 짙은 갈색이었고 무거워 보였다. 보이기만 그랬을 뿐 옷감이 얇고 길이가 짧아 오버코트라기보다는 봄가을에 입는 톱코트에 가까웠다. 아버지는 두 가지를 구별하지 않았고 구별할 사람도 아니었다. 어쨌든 외투는 아버지가 입원했던 초가을 날씨에 입고 다니기에는 어울리지 않았다.

아버지는 평소에도 유난히 한기를 잘 탔다. 한여름에도 요 깔고 이불을 덮어야 쉽게 잠이 드는 체질이었다. 실제로는 담요가 젖을 정도로 땀을 많이 흘렸다. 유년기에 전쟁이 터졌고 전쟁이 터진 이후 청년기에 이르기까지 얼어 죽지 않은 게 다행일 만큼 헐벗은 겨울을 지냈기 때문이라고 했다. 그러나 아버지 또래의 사람들이 모두 아버지처럼 조금만 기온이 내려가도 손발이 오그라질 정도로 추위를 심하게 타는 게 아니고 보면 꼭 어린 시절의 험난한 경험 때문이라고만 할 수는 없었다. 아버지는 한여름에 반바지조차 입지 않았고 러닝셔츠도 꼭 소매가 있는 것을 입었다. 그런 아버지에게 외투는 한여름을 제외한 연중 대부분의 시간에 방한복이자 평상복이었고 레인코트이면서 예복이었다.

병원 옷장 속의 외투가 아버지에게 몇 번째 외투인지 나는 짐작조차 할 수 없었다. 내가 태어나기 전부터 아버지에게 외투가 있었던 건 확실했다. 아버지는 외투를 입을 나이가 되고 외투를 살 수 있는 형편이 되었을 때 최단 시간 내에 외투를 장만했을 것이다. 그러므로 근 사십 년은 되었을 아버지의 외투 역사에서 내가 분명하게 아는 사실은 아버지가 거의 언제나 외투를 입고 있었다는 것이었다. 아니 입었다기보다는 함께 뒹굴며 살았다고 하는 편이 나을 것 같다.

아버지는 남달리 긴 팔에 허리가 짧았다. 그래서 그런지 아버지의 외투는 소매며 아랫단이 쉽게 닳았다. 팔이 자주 스치는 옆구리에는 보풀이 일어나 있었고 이음매 여기저기 실밥이 풀려 있기 일쑤였다.

마지막 외투의 단춧구멍도 실밥이 풀려 있었다. 정상부에 장미 무늬가 돋을새김된 구리 단추는 값이 나가지 않으면서도 희귀한 골동품처럼 보였다. 때에 전 외투가 세탁을 해야 할 형편인 것처럼 한때 반짝거렸을 단추들 역시 백내장에 걸린 눈처럼 흐릿했다.

아버지는 외투에 몇 번 구멍을 내고 세탁소로 가져가서 전문가의 손을 거치며 수선비로 꽤 많은 돈을 지불한 뒤 담배를 끊었다. 반드시 그 일 때문에 금연했다고 할 수는 없지만 그렇지 않을 거라고 말하기 어려운 것이, 좋게 말하면 검소하고 나쁘게 말하면 인색한 아버지의 성정 때문이다. 하지만 세탁을 하기 위해서 외투를 세탁소에 가져간 적이 있는지는 알 수 없었다. 집에서 혼자 빨래를 했는지도.

영안실로 들어서자 오빠의 세 자식을 제 자식처럼 맡아 키우다시피 한 셋째 고모의 울음소리가 가장 먼저 들려왔다. 친정 조카들 때문에 이웃집으로 이사를 올 정도로 헌신적이었던 셋째 고모에게는 자식이 없었는데, 그 때문인지 더욱 많은 정을 조카들에게 퍼부었다. 첫째와 둘째 고모는 통곡을 하며 흐느끼고 있었고 누구보다 눈물이 많은 셋째 고모는 울면서도 틈틈이 장례 절차를 준비하고 있었다. 이모들은 멀찌감치 모여 앉아 이따금 고모들의 장대한 추모의 무대를 넘겨다보며 "어떡하니, 우리 언니, 불쌍해서 어떡해" 하는 말만 되풀이했다.

나는 아버지의 외투를 들고 영전으로 똑바로 걸어갔다. 고모들의 울음소리가 고속도로에서 건너편 차선의 자동차가 다가올 때의 소음처럼 높아졌다. 장의회사 직원이 무슨 말을 했지만 무슨 말인지 알아들을 수 없었다. 영정 속의 아버지는 사십대 초반쯤의 모습으로 영정 사진으로 쓰기에는 너무 젊어 보였다. 외투를 입은 아버지는 웃고 있었다. 좀처럼 웃어본 적이 없는 아버지의 사진 가운데서 어떻게 그런 사진을 찾아냈는지, 누가 가져왔는지 알 길이 없었다. 영정사진과 나 사이에 제물처럼 외투를 놓고 상주로서 첫번째 절을 했다.

"그 옷, 화장터 가거든 태워버려라."

두 고모가 의논이라도 한 듯 아버지의 외투를 가리키며 말했다. 그게 상례라는 것이었다. 죽은 사람은 죽은 사람, 그의 흔적을 깨끗이 없애는 게 살아남은 사람들의 삶을 간명하고 편하게 해준다고 했다.

"놔둬라. 오빠가 제일 좋아하던 옷인데."

셋째 고모가 다른 논리를 폈다. 자신을 위해 산 적이 없고, 자신의 소유물도 많지 않았던 아버지의 흔적이 얼마나 되느냐는 것이었다. 그중에서도 외투는 아버지를 상징하는 것이면서 아버지에게서 떨어져나온 죽은 세포가 냄새든 비듬이든 때든 뭐든 가장 많이 깃든 것이니 쉽게 없앨 수 없다는 이야기였다. 어느 쪽도 잘못된 것처럼 느껴지지 않았다. 어느 한쪽이 반대편의 논리를 제압할 만큼 옳다고 할 수도 없었다. 이럴 때 마땅히 판결을 해줄 수 있는 존재, 어머니는 이백 킬로미터쯤 떨어진 산간마을의 요양병원에 누워 있었다. 이승에서 가장 가까운 사이인 남편과 자식 사이에 낡은 외투를 두고 무슨 일이 벌어지고 있는지 인지할 수 없는 상태였다. 아마도 어머니는 아버지가 이승에 남기고 간 몇 가지 가운데 외투를 제외한 대부분의 것—돈으로 환원될 수 있는 것은 모두 소진하고 나서 눈을 감을 것이었다. 어머니는 사십대 중반에 치매가 발병했다. 그로부터 이십여 년간 내게 어머니는 죽은 사람이나 다름없었고, 어머니가 입원한 병원에 한식에 무덤 가듯 몇 년에 한 번 갈까 말까 했다. 아버지가 자신이 가지고 있는 대부분의 재산을 돈으로 바꾸어 어머니가 입원한 병원에 맡긴 뒤 찍었을 사진이 영정으로 만들어져 있었다.

나는 내게 물려준 것이 없다 해서 아버지를 원망하지는 않는다. 하지만 나는 아버지와 다르게 행동할 것이다. 생명의 본성에 충실하자면 유전자 증식의 역할이 끝난 배우자보다는 자신의 유전자를 영구히 지속시킬 자식에게 힘을 쏟는 게 논리적이다. 아버지는 그런 평범한 가치관에 역행한 삶을 살았다. 내가 생명의 당위적 논리에 찬성해서 내 삶의 방향을 자식들에게 헌신하는 쪽으로 바꾸겠다는 건 아니었다. 나는 아버지처럼 유별나게 보이는 게 싫을 뿐이었다. 장례가 끝나고 난 뒤 나는 아버지의 외투를 옷장 가장 깊숙한 곳에 집어넣었다.

아버지의 장례식 뒤 얼마 남지 않은 가을은 눈 깜짝할 사이에 지나갔다. 아침저녁으로 한기가 느껴지기 시작한 어느 날 나는 옷장에서 외투를 꺼냈다. 내게는 아버지의 외투처럼 외투의 본질에 가까운 외투가 없었다. 내가 아버지에게 물려받은 몇 가지 안 되는 것 가운데 하나가 실용주의 유전자였고, 그 유전자는 내게 죽은 아버지의 물건이라도 쓸 만한 것이면 거리낌 없이 쓰라고 충동질했다.

남태평양 폴리네시아의 어느 부족은 망자의 장례가 끝난 뒤 자식들이 망자의 살과 뼈를 나눠먹는 풍습을 가지고 있었다. 이 때문에 망자의 뇌 속에 들어 있는 바이러스에 감염되어 인간광우병과 흡사한 '쿠루'라는 치명적인 질병에 걸렸고 이를 목격한 서구의 선원과 선교사들이 식인종이 있다는 소문을 퍼뜨렸다고도 한다. 이 때문에 원한을 가지게 된 것은 아니겠지만 파푸아뉴기니의 톨라이 부족은 1878년 영국의 감리교 선교단 소속 선교사와 교사를 잡아먹어버렸다. 그러고 나서 여러 명의 부족민이 살해되고 마을이 불태워지는 보복을 당했다. 톨라이 부족 수천 명은 129년 뒤 추모식을 열고 조상의 잘못에 대해 사과했다. 선원과 선교사의 후손들이 사과하지는 않은 것 같다.

아버지의 외투는 아버지의 피와 살이 아니고 내게는 아버지의 외투를 돌아가며 입을 남자 형제가 없었다. 아버지는 죽었지만 아버지의 유전자가 나로 하여금 세상에 남아 있는 것처럼 아버지의 외투를 입음으로써 아버지의 삶이, 생각이 어땠는지 조금이라도 알 수 있을 것 같았다. 인정하고 싶지는 않았지만 결국 나는 아버지를 좋아한 것 같다. 자식을 두고 오로지 배우자에게만 헌신하는 남자를 짝사랑한 것이다.

그런데 꺼내놓은 외투가 좀 이상했다. 소맷단과 아랫단의 솔기가 더 많이 터진 것 같았고 곰팡이의 균사를 확대해놓은 것처럼 실뿌리처럼 생긴 잿빛 실밥이 어디에 숨어 있었는가 싶게 수백 가닥이 뻗어나와 있었다. 나는 실밥을 잘라버리려다가 그냥 그대로 두었다. 실밥역시 외투의 일부를 구성하는 물질인데 실밥이 없어져버리면 외투의실체가 줄어드는 것이나 마찬가지였기 때문이다. 실밥을 솔기 안으로집어넣어 엉성하게나마 꿰매고 나서 외투를 입었다. 의외로 착 붙는느낌이었다. 몸무게가 가벼워진 늙은 부모를 업은 아들의 심정을 알것 같았다.

외투를 입고 밖으로 나서자 사람들이 모두 나를 쳐다보는 것 같다. 유행이 한참 지난 외투를 입고 있다고 해서 주목받을 이유는 없었다. 또 외투라는 게 유행과는 별 상관없이 저마다 필요하면 입는 옷인데다 오래될수록 멋이 드는 종류의 물건이 아닌가. 에이징이라는 말은 오디오나 가구에만 쓸 건 아니다. 생각은 그랬지만 지하철역 앞에서 선글라스를 하나 샀다. 아무래도 사람들의 시선을 의식하는 내 눈빛을 사람들이 알아챌까봐 부담스러웠다.

지하철 안에서 가만히 보니 사람들은 저마다 외투를 입고 있었다. 내가 입은 것처럼 진짜 외투 같은 외투도 있지만 점퍼나 파카, 재킷, 두루마기도 외투 역할을 하고 있었던 것이다. 나이가 젊을수록 외투를 입은 경우는 많지 않았다. 오히려 하나 남은 셔츠마저 없는 것처럼 보이게 디자인한 옷도 있었다. 나의 외투는 이런저런 외투 사이에 섞여 더이상 주목을 받지 않게 된 듯했다.

집으로 돌아올 때는 비가 내렸다. 빗물은 외투에 쉽게 스며들어 부드러운 견직 안감까지 흠뻑 적셨다. 오히려 입지 않는 편이 추위를 덜 느낄 수 있을 듯했다. 중간에 우산을 사면서 벗어보려고 했지만 무거울 대로 무거워진 외투는 몸에 찰싹 달라붙어 쉽게 팔을 뺄 수도 없었다.

집에 돌아와서 격투에 가까운 과정을 거친 끝에 외투를 벗어 실내 건조대에 널었다. 외투에서 수분이 증발하면서 외투가 원래 가지고 있던 냄새가 나기 시작했다. 나는 코에 신경을 집중했다. 신장암이었던 아버지가 죽기 전 풍겼던 지린 냄새는 별로 느껴지지 않았다. 약간은 시큼하고 뭔가 발효된 듯한, 기분이 나쁘지 않은 냄새가 났다. 마르는 동안 외투는 어쩐지 번질거리는 느낌이었고 힘이 넘치는 것처럼 보였다. 외투를 옷장에 넣지 않고 스무 벌쯤의 옷이 걸려 있는 행거에 걸었다.

한밤중에 눈을 떴다. 어둠 속에서 뭔가 움직이는 것 같아서였다. 도둑인가 싶어 발소리를 죽이고 거실로 나와 빠르게 스위치를 올렸다. 웬만한 도둑이라면 깜짝 놀라 튀어 달아날 정도로 불빛은 사납게 거실을 밝혔다. 하지만 사람은 없었다. 뭔가 다녀간 것 같긴 했다. 좁은 거실에는 사람이 숨을 공간이 없었다. 문들은 단단히 잠겨 있었다. 방문 뒤나 화장실에도 아무런 흔적이 없었다.

방으로 발길을 돌리려다보니 행거 맨 앞자리에 걸린 외투가 눈에 띄었다. 실밥이 다시 튀어나와 있었다. 실로 꿰맨 자리를 따라 줄지어 비어져나왔는데 나무의 실뿌리를 연상시킬 정도로 많았다. 외투는 전보다 더 커지고 새옷 같은 느낌을 주었다. 기분이 나빠졌다. 뻔뻔스럽고 혈기 넘치는 장년의 바람둥이에게 잘 어울릴 옷처럼 보였다. 외투 곁에 있던 옷들은 왠지 후줄근하고 구겨진 것이 원정군 병사에게 흠씬 두들겨 맞거나 약탈을 당한 시골 농부 같았다.

다음날 다리미를 꺼내 외투를 다렸다. 다리미의 온도를 최대로 높여 실밥이 있는 부분을 집중적으로 왕복했다. 실밥 끄트머리가 타면서 노린내가 났다. 땀까지 흘려가면서 다리고 나자 외투는 조금 수굿해진 것처럼 보였다. 다리미질을 한 효과로 빳빳하게 깃이 섰다.

외투를 입고 집 밖으로 나서자 어쩐지 의기양양한 기분이 들었다. 너절한 옷을 입은 평민들 위에 군림하는 귀족의 심정을 알 것 같았다. 아버지가 왜 외투를 좋아했는지, 한사코 입고 다녔는지 알 것도 같았다.

비슷한 일이 반복되면서 외투를 입는 날이 점점 많아졌다. 보름쯤 지나자 외투 근처에 걸려 있던 옷들은 완전히 헌옷 행색이 되어버렸다. 반면 외투는 더이상 다림질을 하지 않았는데도 늘 새 지폐처럼 빳빳했고 윤이 났다. 실밥은 더욱 무성해져서 사람으로 치면 젊은 사람 못지않게 정정한 노인의 백발처럼 보였다. 어쩐지 밉살스러울 때도 있었지만 나는 외투에 마음을 완전히 빼앗기고 있었다.

어머니가 입원해 있는 노인요양병원에 가기 위해 차를 운전해서 길을 나섰을 때 전날 밤 강설량은 오 센티미터 정도였다. 도로는 물이 배어든 한지처럼 젖어 있는데다 간간이 내렸다 그쳤다를 반복하는 눈으로 시야가 좋지 않았다. 개통한 지 오래되지 않은 왕복 4차선 국도에는 차가 거의 없었다. 도로의 중앙선에 가드레일이 쳐져 있었고 제설차가 한 번 지나가고 난 뒤 도로 중앙선과 양쪽으로 밀쳐졌다 얼어붙은 눈으로 편도 2차선 도로는 1.5차선 정도로 줄어들어 있는 참이었다.

얕은 고개를 넘어서자 내리막길이 나왔다. 오백 미터쯤 앞 사거리에 신호등이 있었고 신호등 앞에 버스 한 대가 좌회전 신호를 깜박이며 서 있었다. 좌회전을 하기 전에 대기할 수 있는 차선이 마련되어 있었지만 버스는 차선에 완전히 들어가 있지 않았다. 중앙선 근처에 쌓여 있는 눈 때문이었다. 지역 곳곳을 운행하는 시내버스였다. 내가 이 동네 사정을 잘 안다. 또 지역에서는 이렇게 해도 된다는 느낌을 주도록 버스는 1차로를 절반쯤 막은 채 서 있었다.

신호는 녹색이었고 버스 말고 다른 차량은 눈에 띄지 않았으므로 나는 속도를 줄일 생각이 없었다. 규정 속도는 팔십 킬로미터였지만 눈이 내렸으므로 십 퍼센트쯤 감속한 속도로 차는 네거리로 달려내려갔다. 그런데 차가 네거리에 거의 다 이르렀을 무렵 갑자기 버스 오른편으로 맞은편 차로에서 좌회전을 한 차가 고개를 내밀었다. 버스 때문에 시야가 가려 맞은편에서 오는 차를 인지하지 못하고 무심코 좌회전한 게 분명했다. 그 차의 운전자 역시 그 지역 사람이었고 지역 사정을 잘 알고 있었으며 도로에 차가 없을 때는 신호에 관계없이 하고 싶은 대로 해온 사람임이 분명했다.

나는 브레이크 위에 발을 얹었다. 하지만 길은 눈과 눈 녹은 물로 미끄러웠다. 급브레이크를 밟는다면 차가 미끄러져 좌우의 버스나 가드레일에 충돌하거나 전복될 수도 있었다. 맞은편 차의 운전자 역시 당황한 빛이 역력했다. 발이 머뭇거리는 사이 왼손은 이미 경적을 누르고 있었지만 경적이 차에 닥친 위험을 줄여줄 가능성은 전혀 없었다. 더이상 결정을 미룰 수는 없었다. 그대로 달려가면 상대 차의 조수석을 그대로 들이받을 확률은 백 퍼센트였다. 그렇게 되면 맞은편 낡은 승용차의 조수석에 앉아 있는 붉은 점퍼 차림에 갈색으로 염색한 파마머리의 육십대 여자는 치명상을 면치 못할 것이었다. 측면이 약하게 마련인 승용차를 내 지프가 정면으로 받으면 내 차나 나 역시 성하지 못하겠지만 안전벨트와 에어백의 도움으로 상대 차보다는 훨씬 위험이 낮을 것이다. 그렇다고 하더라도 알면서 충돌을 방치할 수는 없었다. 설령 내 차가 전복되고 상대 차가 무사히 빠져나가는 한이 있어도 결론은 브레이크를 밟는 것이었다. 발에 힘이 들어갔다. 이 모든 상황이 불과 0.5초도 안 되는 사이에 벌어졌다.

발바닥에 드드드드드 하는 ABS브레이크 특유의 반응이 전해져왔다. 그토록 급히 브레이크를 밟은 적이 없었기 때문에 반응 역시 격렬했다. 발바닥에 최대한 힘을 주고 버텼다. 하지만 사고를 피할 수는 없을 듯했다. 그때 내 의지와는 상관없이, 발에만 온 힘을 집중하고 있는 나로서는 불가능하도록 유연하고 빠르게 내 손아귀 속에 들어 있던 운전대가 왼쪽으로 반 바퀴쯤 돌아갔다가 다시 돌아왔다. 그 덕분에 좌회전하는 승용차의 후미가 스칠 듯하면서 두 차는 충돌을 모면하고 갈라질 수 있었다. 네거리를 지나쳐서 거울을 통해 보니 아직 버스는 황색 신호를 껌벅거리며 좌회전 신호를 기다리고 있는 중이었다. 좌회전한 차는 어디로 갔는지 보이지 않았다.

차를 세웠다. 심장이 격렬하게 쿵쾅거렸다. 머리 가죽이 뇌와 분리

되고 그 사이로 별이 뜨고 지는 것 같은 느낌이 들었다. 간발의 차이로 죽을 수도 있는 누군가 살았다. 다칠 수도 있는 내게 아무 일도 일어나지 않았다. 내가 잘못하지 않았지만 일어난 사고로 내가 죽거나 다칠 수 있다. 고의는 아니지만 내가 누군가를 죽음에 이르게 할 수 있다. 사고를 모면했다는 게 내 인생에 어떤 보탬이 되는 것도 아니다. 재산으로 쌓이는 것은 물론 아니다. 자동차보험의 보험료가 올라가지 않은 것만큼의 이익과 비슷하다. 그것을 과연 이익이라고 말할 수 있을까. 하지만 달라진 건 있었다. 네거리를 통과하기 전의 나와 통과하고 난 다음의 나는, 짧은 순간을 경험하기 이전과 이후의 나는 완연히 다른 존재였다.

결정적인 순간 누가 내 손을 움직여 사고를 모면하게 했는가. 어떤 기계보다 정확하게, 어떤 계산기보다 정교하게 꼭 필요한 만큼만 운전대를 돌리고 금방 제자리에 돌려놓음으로써 전복과 사고를 모두 모면하게 한 존재는 누구인가. 확률의 신은 아닐 것이다. 나는 주변을 살펴보았다. 하늘을 보고 아득한 들판을 바라보았다. 마침내 나를 감싸고 있는 외투를 발견했다.

외투의 아랫자락은 내 허벅지와 무릎을 단단히 감싸고 있었다. 소매는 스판덱스 천으로 만든 와이셔츠처럼 두 팔에 찰싹 달라붙어 있는 상태였다. 허연 실밥이 내 육체를 단단히 조이고 있었다.

"엄마, 이 옷 아빠 오바인데, 기억나요?"

어머니는 허공을 바라보고만 있었다. 내가 얼굴을 가져다대고 말을 해도 반응이 없었다.

"오늘 이 코트가 나를 살려줬어요."

어머니는 여전히 천장을 보고 누워 있었고 나는 오는 동안 겪은 일을 이야기했다. 교통사고 뒤에 병원에 찾아온 보험회사 직원에게 이야기를 하듯 하나도 빼놓지 않고 자세하게 말했다. 보험회사 직원이라면 코웃음을 쳤을지도 모르는 감상적인 기분, 어쩌면 상상에 불과할지도 모르는 외투의 활약에 대해서는 더욱더 세세하고 길게 오래도록 늘어놓았다. 뼈만 남은 어머니의 손을 잡고 한 시간이 넘게 오로지 그것만 이야기했다.

"이제 이 옷은 내 옷이 되었어. 아빠도 좋아하실 거야. 하늘나라에서도 내가 사는 걸 볼 수 있을 테니까. 그런데 말야, 하늘과 땅에 사는 사람들끼리는 공평하지 못해. 하늘나라에서는 땅에서 일어나는 일을 볼 수 있는데 땅에서는 그렇지 못하니까."

말을 하다 말고 나는 놀랐다. 어머니의 눈에서 눈물이 흘러내리고 있었다. 두 줄기 눈물이 양쪽 귀 옆으로 길을 냈다. 내 말을 알아들어서인지 아닌지, 그저 생리현상에 불과한지 알 수 없었다.

이제 외투는 나와 거의 함께 붙어 있다. 내가 끼고 사는지 외투가 나를 끼고 사는지 모르겠다. 나는 가끔 혼자 있을 때 웃는다. 외투를 다른 옷과 멀찌감치 떼어서 걸어놓을 생각을 하면 웃음이 나온다. 배고파할 외투, 밤새 다른 옷을 괴롭히며 실밥을 뽑아내야 함에도 가까이하기엔 너무 먼 당신들, 옷장 속에 고이 모셔진 주름 많은 시골 농부와 볼이 붉은 그의 아내와 어린 자식 같은 촌스러운 옷들을 생각하면 웃지 않을 수 없다. 사실인지 아닌지는 모르지만 나는 그렇게 믿는다.

외투를 입은 채 약오른 외투를 생각하면서 웃던 내게 아내가 미러리스 카메라를 들이댄 적이 있다. 그 사진이 내 영정사진으로 쓰일지도 모른다. 아버지의 유전자를 물려받은 내 아이가 며칠 전부터 아내의 뱃속에서 발길질을 하기 시작했다.

홀린 영혼

초등학교 오학년이 되어 나는 난생처음으로 부반장이 되었다. 이전까지 반장, 부반장은커녕 학급 간부 역할도 해보지 못한 내가 반 아이들의 비밀투표로 선출되는 부반장이 된 데는 담임선생의 영향력이 결정적으로 작용했다. 그는 투표를 하기 전 부반장 후보로 직접 나를 추천하고 노골적으로 내게 투표할 것을 종용했다. 담임이 나를 눈여겨본 이유는 그가 내 아버지의 술친구였기 때문이다.

초등학교에 입학한 이후 사 년 동안 반장을 지냈고 오학년이 되어서도 어렵지 않게 반장이 된 정영호는 담임의 비호를 받는 부반장을 대놓고 견제했다. 반장이 있는 한 부반장은 할 일이 거의 없었다. 얼떨떨한 상태로 눈치를 보며 지내던 어느 날, 종례가 끝나고 반장의 구령에 따라 인사를 마친 뒤에 담임이 "오세호, 이리 나와!" 하고 나를 불렀다. 그는 교탁 속에서 하얀 면 보자기로 싼 도시락을 꺼내 내게 주면서 "이거 우리집에 갖다줘라" 하고 말했다. 그게 그가 담임을 맡은 반의 부반장이 할 일인 듯싶었다. 영호는 담임 모르게 내게 한껏 눈을 부라렸다. 나는 담임의 도시락을 책가방에 집어넣고 교실을 빠져나왔다. 담임은 자전거를 타고 교문을 나서고 있었는데 다른 교사들 두엇도 함께였다. 내 아버지의 단골 술집인 기차역 앞 식당에 가서 술을 마실 게 분명했다.

실상 나는 담임의 집이 정확히 어딘지 몰랐다. 학교에서 일 킬로미터쯤 떨어진 읍내 북쪽, 새로 지은 집이 많은 신흥주택가에 살고 있다는 정도만 알고 있었다. 나는 읍내에서 사 킬로미터쯤 떨어진 농촌에서 태어나 자랐고 신흥주택가는 물론 기와집이 많고 오일장이 열리는 가축시장 거리, 상설시장이 있는 중앙시장 거리도 몇 차례밖에 가지 않았다. 초등학교에 입학하면서 집과 학교 사이의 길을 익힌 뒤 사 년 내내 그 길만 왔다갔다한 셈이었다.

마을 아이들 사이에서는 읍내 중심부에 있는 극장에 갔다가 비슷한 또래의 아이들에게 얻어맞고 주머니까지 털리고 온 이야기가 되풀이되고 있었다. 이야기를 듣다보면 정말로 실감이 나서 내가 코피로 얼굴을 온통 붉게 칠갑한 채 울면서 저녁 어스름에 돌아오기라도 하는 양 서럽고 가슴이 조이기도 했다. 이야기의 결론은 그 무서운 읍내에 되도록 가지 말고, 가야 한다면 세 명 이상 무리를 지어 갈 것이며, 읍내에서 우리 마을 근처로 놀러오는 아이들이 있다면 반드시 보복을 해야 한다는 것이었다. 하지만 읍내에 사는 아이들은 우리 동네 근처에 올 생각을 하지 않았다.

향교 마을을 지나 읍내 중심부로 들어가는 도로를 따라 중앙시장이 있는 거리로 접어들면서 나는 긴장하기 시작했다. 읍내 중심부에는 시장 상인들이 설립한 초등학교가 있었다. 물론 중앙시장 거리는 그 학교에 다니는 아이들이 장악하고 있었는데 다른 학교 아이들이 통과하는 것을 그냥 보아넘기는 법이 없다고 했다. 그들에게 바칠 돈이나 물품이 없다면 두들겨맞는 것은 물론이고, 들어온 입구까지 발길에 채어 땅바닥을 굴러나오게 된다는 것이었다.

나는 최대한 빠르게 걸어서 시장을 통과하려 했으나 곧바로 사나운 파수견 같은 아이들의 눈에 띄고 말았다. 그들은 이를 드러내고 나를 쫓아오기 시작했다. 나는 죽을힘을 다해 뛰어 달아났다. 다행스럽게도 읍내 아이들은 오래도록 뛰는 걸 좋아하지 않았다. 자기네 영역 밖으로 내가 물러난 것을 확인한 뒤에 저희끼리 만족스러운 웃음을 주고받으며 돌아가버렸다. 나는 가방을 들고 뛰었으면서도 빈손으로 따라온 그들을 따돌렸다는 데 자긍심을 느꼈다. 하지만 그 아이들을 다시 만나면 무사히 빠져나올 자신이 없었다. 결국 중앙과 동쪽, 서쪽에 있는 다른 학교 아이들이 있을 법한 모든 장소를 우회해 읍내 밖으로 드넓게 펼쳐진 들판을 걸어서 가야 했다.

초봄이어서 바람이 찼다. 흙먼지가 눈에 들어가서 손으로 비벼 닦아내느라 한참을 지체했고 이대로 집에 가고 싶다는 생각에 걸음이 늦춰졌다. 담임이 살고 있을 것으로 짐작되는 신흥주택가에 도착한 때는 어둠이 내리기 시작한 무렵이었다.

내가 태어나 살아온 농촌과 읍내 신흥주택가 골목은 달라도 너무 달랐다. 골목은 시멘트 블록으로 쌓은 담으로 반듯하게 구획되어 있었고 크든 작든 집집마다 대문이 달려 있었다. 대부분 닫혀 있는 그 문을 두드려 담임의 집이 어디인지 물어볼 용기가 나지 않았다. 지나

가는 사람들이 거의 없는 대신 저녁을 짓는지 밥 냄새가 골목을 채우고 있었다. 된장찌개 냄새에 목이 메어왔다. 도시락 심부름만 아니었다면 나는 식구들과 따뜻한 방에 둘러앉아 저녁 밥상을 마주하고 있을 것이었다. 도시락 심부름이 이렇게 어려운 일이라는 걸 알았다면 한사코 부반장을 마다했을 것이다. 그렇게 어찌할 줄 모르고 바람 부는 골목에 서 있을 때 자전거를 탄 내 또래의 아이가 나타나 찌릉, 하고 종을 울렸다.

"야, 너 낙남 다니는 놈 아니야? 여기까지 뭐하러 왔냐?"

읍내 아이에게 제대로 걸렸다 싶었다. 도망갈까 생각해봤지만 자전거를 타고 있는 상대라면 몇 걸음 가지도 못해 잡힐 게 뻔했다. 아이는 자전거를 타고도 다리가 땅에 닿을 만큼 키가 컸다. 얼굴은 희었고 상고머리를 했으며 목에 갈색 머플러를 두르고 있었다. 자전거는 아동용이 아닌 어른들이 타는 날렵한 형태의 새것이면서 세련돼 보였다. 자전거가 아니라도 그 아이는 왕자처럼 귀티가 났다. 그러자 반사적으로 내가 더 거지처럼 여겨지는 것이었다. 그런데 어딘지 인상이 낯익었다.

"대답해봐, 이 자식아. 낙남 다니는 놈이 여기까지 왜 왔냐고."

그리고 보니 아이의 높고 갈라지는 목소리 또한 왠지 들어본 것처럼 느껴졌다. 곧 이천 명쯤 되는 낙남의 일원일 수 있었다. 내가 말없이 아이를 쳐다보는 동안 가능성은 점점 현실이 되었다.

"너, 귀머거리야? 벙어리야?"

아이는 엄지와 새끼손가락으로 제 귀와 입을 가리키며 웃었다. 그게 왜 웃을 일인지는 알 수 없었다.

"나도 낙남 다닌다."

아이가 말길을 터주고서야 나는 겨우 입을 뗄 수 있었다.

"몇 학년인데?"

"오학년."

"나도 오학년인데. 이 동네 살아?"

"그래. 이 동네로 이사 온 지 몇 달 됐다. 그게 아니라도 나는 원래 매일 읍내를 한 바퀴 돈다."

나는 봄날의 샘물처럼 희망이 솟아나는 것을 느꼈다. 아이는 그런 나의 변화를 눈치챈 듯 내게 몸을 기울였다. 귀가 발갛고 이뻤다.

"나 도시락 심부름 때문에 담임 집 찾고 있는데 어딘지 몰라. 네가 좀 찾아줄래? 담임 이름이 안병수야."

그때까지 살아오면서 읍내에 사는 아이에게 뭔가를 부탁해보기는 처음이었다. 당연히 거절할 줄 알았다. 그런데 아이가 부드럽게 고개를 끄덕였다. 나는 내가 치를 수 없는 어떤 대가를 요구할까봐 긴장했다. 하지만 아이는 그러지 않았다. "따라와" 하더니 앞장섰다. 아이가 자전거를 천천히 몰긴 했어도 따라가려면 노예처럼 뛰어야 했다. 기다렸다는 듯 담임의 빈 도시락이 덜거덕덜거덕 소리를 냈다. 내 도시락은 수저를 도시락과 따로 담아서 소리가 나지 않았다.

"여기다."

아이가 나를 데려다준 곳은 깔끔한 단층 주택이었다. 마당 한구석에 양은 대야를 얹어서 쓰는 세면대와 수동 펌프가 있었다. 아이가 스스럼없이 대문을 밀고 들어가 현관문을 두드리자 문이 열리며 라디오 소리가 새어나왔다. 흰 형광등 불빛 아래 밥상을 둘러싸고 앉아 있는 식구들이 보였다. 포마이카 상에 차려진 저녁을 보자 설움이 복받치며 눈물이 쏟아졌다.

"우리집이 아닌데. 안선생은 다음 골목에 살지."

마른 몸에 흰 얼굴을 한 중년 남자가 말했다. 그는 거기에서 가장 가까운 중학교의 교사였다.

"그런데 너는 김사장 아들 아니냐? 요 앞 삼거리 이층집에 이사 온?"

남자의 관심은 아이에게 향했다. 아이는 고개를 끄덕거렸다.

"너희 집 건평이 아래위층 합쳐서 이백 평이나 된다는데 정말이야?"

나는 눈물을 어찌할 수 없어서 당황했고 또한 거기에 계속 있을 이유도 없어서 황급히 그 집에서 물러나왔다. 나와는 아무런 관련이 없는 몇 마디의 대화가 더 오고간 뒤 아이가 따라 나와서 나를 보고는 소리쳤다.

"야, 너 운 거냐?"

아이는 내게서 가방을 받아 자전거 손잡이에 걸었다. 놀리는 기색은 없었다. 나는 눈물을 훔치며 걸었다.

담임의 집에도 밥상이 차려져 있었다. 담임은 이미 집에 돌아와 있었고 옷까지 갈아입고 밥상머리에 앉은 참이었다. 술기운으로 얼굴이 불콰한 그는 나를 보고 짜증스러운 표정을 지었다.

"왜 이렇게 시간이 걸렸어? 집이 어딘지 몰랐다고? 그럼 처음에 물어보지 그랬냐? 다른 애들한테라도. 너 알고 보니 정말 밥통 같은 놈이구나."

나는 담임 앞에서는 울지 않았다. 그냥 도시락을 안주인으로 보이는 여자의 손에 건네주고 공손히 고개 숙여 인사를 하고 돌아섰다.

"야, 니네 담임 정말 나쁜 인간이다. 어떻게 들어와서 앉으라는 이 야기도 안 하냐?"

아이는 나에게 모든 책임을 돌린 담임을 비난했다. 내가 고개를 끄덕거리자 손을 내밀고는 자신의 이름을 말했다.

"우리 학교 가서 또 만나거든 친하게 지내고 오늘은 헤어지자."

이주선은 그때부터 평생 잊을 수 없는 이름이 되었다.

"너 그때 왜 거기에 있었던 거야? 정말 재미로 읍내 돌아다니다가 우연하게 나를 만났던 거라고?"

중학교 때 한 반이 되었을 때 그에게 물어본 적이 있었다. 그는 대수롭지 않다는 듯이 어깨를 으쓱하면서 "내가 하루라도 신경을 안 쓰면 읍내가 제대로 돌아가지를 않지. 수신제가 치국평천하를 하느라 한 몸뿐인 본인이 대단히 힘들다"고 말했다.

처음 만났을 때 왕자처럼 보였다고 하자 그는 옛날 중국 황제의 피가 자신의 몸속에도 흐르고 있다고 했다. 그는 고귀한 혈통 때문에 달라 보인 게 아니라 남다른 아버지 때문에 우리와 구별되었다. 그의 아버지 이상조는 읍내에서 가장 부자였고 가장 비싸고 넓고 호화로운 집에 살았는데 그렇게 되기 전까지는 가난한 사기꾼에 지나지 않았다는 소문의 당사자였다. 내가 신흥주택가에 가기 한두 해 전쯤 그의 아버지는 일제 때 일본인들이 개발하다 버리고 떠난 금광의 광권을 헐값으로 인수했다. 소문에 따르면 그의 아버지는 총알에 금가루를 넣은 산탄총을 들고 광맥이 끊어진 동굴 안에 들어가 총을 쏴댔고, 대도시의 대학교수와 탐사단을 초빙해서 그 금광이 보기 힘든 규모와 순도의 금맥을 품고 있다는 증명서를 받아냈다. 어쨌든 일제 때 잃어버렸던 엄청난 금맥이 재발견되었다는 기사가 지방신문에 실리자 투자자들이 몰려왔다. 그의 아버지는 재일교포를 비롯한 여러 사람들에게 큰돈을 받고 금광을 팔았고 읍내 신흥주택가에서 가장 비싸고 넓고 호화로운 집을 사들였다. 읍내 역사상 최대의 사기라는 이야기도 있었고 그의 운과 남들의 불운이 교차했을 뿐이라는 말도 돌았다.

중학교에서도 주선은 초등학교 시절과 마찬가지로 학교라는 테두리의 제일 바깥에서 딴짓을 하며 겉돌았다. 향교 마을 한복판에 자리잡은 중학교에는 오래도록 유지 노릇을 하며 살아온 집안의 자식들이 더러 있었다. 그들은 모이기만 하면 주선을 사기꾼의 아들, 또는 뿌리 없는 천민의 후예로 멸시했다. 하지만 각자 흩어져 있으면 읍내에서 가장 비싸고 호화롭고 넓은 주선의 집에 대해 어쩔 수 없는 선망을 드러냈다. 주선은 여전히 읍내 순찰을 계속했고, 중학생답지 않은 딴짓으로 어른의 눈으로 보면 별게 아니지만 별게 아니어서 더 저열하고 치열한 중학생끼리의 서열 경쟁에서 멀찌감치 벗어나 있었다. 그는 내게 그랬듯 자신의 조상이 지었다는 한시를 읊고 그 조상이 사귀었던 친구의 호와 이름을 주워섬기는 식의, 다른 아이들은 전혀 관심이 없는 이야기를 늘어놓았다. 그건 나름대로 살아남으려는 몸부림으로 보였다. 주목받지 않고 싶지만 주목받을 수밖에 없는 처지에서 자신이 무해하고 공격적이지 않다는 의미로 실속 없는 공상을 담은 이야기를 하는 것이었다.

내가 중학교에 다니던 내내 학교에서 왕좌를 차지하고 있던 녀석은 읍내 극장 주인의 외아들 최상규였다. 그에게는 아버지의 재산이라는 배경과 큰 덩치, 큰 주먹, 지도력에 추종자까지 없는 게 없었다. 상규는 주선을 자신의 참모로 삼았다. 졸부나 사기꾼의 아들까지 포용할 수 있는 자신의 능력을 과시하기 위해서였다. 그는 주선이 늘어놓는 이야기에 단 한 번도 귀를 기울인 적이 없었다. 주선이 중학교 때 다른 아이들보다 나를 특별히 여긴 이유는 내가 그의 이야기를 끝까지 들어준 유일한 사람이어서라고 했다. 나는 주선에게서 남다른 대접을 받는다는 생각을 하지는 않았다.

고등학교에 진학하면서 나는 가족을 따라 서울로 가게 되었다. 주선은 지역에서 백 킬로미터쯤 떨어진 도청 소재지의 상업고등학교로 갔고 학교 인근에서 하숙을 했다. 서로 멀리 떨어지게 됨으로써, 또한 서로 너무도 다른 환경에서 살게 됨으로써 나는 주선이 중학교 때 내게 베풀었던 호의를 실감하게 되었다. 헤어진 지 반년 만인 고등학교 일학년 여름방학 때 열린 초등학교 동창회에서 나는 주선에게 다시 묻지 않을 수 없었다.

"네가 중학교 때 나한테 그렇게 잘해준 이유가 뭐야? 나 같은 애는 우리 동기 중에도 천 명이 넘었는데."

그때 그는 키가 나보다 오 센티미터쯤 더 컸다. 마른 몸에 얼굴이 희었으며 이목구비가 균형이 잡히고 잘생겨서 여학생들이 좋아할 만했다. 붉고 부드러운 그의 입술과 입술 속 흰 이 사이로 드나들던 날렵한 혀의 움직임을 잊을 수 없다.

"우리는 운명적으로 친구니까. 나는 너를 처음 봤을 때부터 느꼈다."

나 역시 가족을 제외하고 내 눈물을 봐버린 사람은 주선이 처음이었다. 남들에게 들키면 곤란한 나의 비밀을 알고 있다는 것 때문에 나는 그에게 남다른 친연감을 느끼면서도 다른 사람과 같이 있을 때는 그가 부담스러웠다. 그가 차라리 보이지 않는 곳에 혼자 멀리 있었으면 하고 바랐다. 하지만 그는 외모만큼이나 화려한 화술로 언제나 인기를 끌었고 자신을 좋아하는 그룹에서 멀리 떨어지지 않았다.

그는 언제 어떤 자리든 이야기로 좌중을 휘어잡곤 했다. 그건 영호나 상규처럼 한때 그보다 훨씬 강한 힘을 가졌던 존재와 함께 있을 때도 마찬가지였다. 어떤 일이든 그의 입에 오르면 하나의 사실로 정돈되고 특별한 의미를 가지게 되었다.

"우리가 학교를 졸업하고 서로 못 만나게 된 지 벌써 사 년이나 되었다. 우리가 이런 자리를 만들지 않았다면 영원히 다시 만나지 못한 채 어린 시절의 추억만 끌어안고 우리 앞에 길게 놓인 사춘기를 각자 고독하게 보내게 되었을 것이다. 우리가 우리를 알아주지 않으면 우리는 아무것도 아니다. 우리 다 함께 손에 손을 맞잡고 약속하자. 이 자리에서 또다시 만나자고. 그동안 우리 서로를 늘 생각하고 그리워하자고. 약속을 지키는 우리, 이제 영원히 외롭지 않다."

방학중인 초등학교 교실 한 칸을 빌려 개최한 동창회에서 그가 한 연설에 많은 아이들이 깊은 인상을 받았다. 동창회 이후 그의 이름은 동창회장 영호나 가장 예쁜 여학생보다도 자주 언급되었다. 그런데 문제가 나타났다. 시간이 지나면 빠르게 상해버리는 생선처럼 그가 한 말이 변질되어 그를 비난하거나 공격하는 데 쓰이는 것이었다.

"그 새끼, 여학생들하고 기차 타고 놀러가는 거 봤어. 동기니 약속이니 뭐니 떠들어댄 건 저만 멋있게 보이려고 그런 거야."

"동창회 할 때 저는 돈 한 푼 안 내고 회비 걷어서 남은 돈은 하숙비 냈다고 자랑하더란다."

나는 일 년 뒤에 열린 두번째 동창회에 나가는 것을 단념한 대신 주선에게 그가 받고 있는 오해에 대해 동창들에게 설명할 필요가 있을 것이라는 내용의 편지를 보냈다. 그게 초등학교 시절부터 그가 내게 베푼 호의에 대한 최소한의 보답이라는 생각이 들어서였다. 주선은 곧 답장을 보내왔다. 그 모든 것은 질투에 눈이 먼 몇몇의 일방적인 중상모략일 뿐이다, 하지만 그렇게 된 데는 빌미를 준 자신의 책임도 있다, 하기 어려운 이야기를 해준 내가 고맙다는 내용이었다. 두번째 동창회가 끝나자 또다른 악의적인 소문과 그의 편지가 비슷하게 당도했다. 편지에서 그는 동창회에서 세세한 해명을 함으로써 모든 오해가 풀렸다고 했으나 소문은 새로운 추문을 담고 있었다.

　"그 새끼 자취방에 드나드는 여학생이 몇인 줄 아냐? 동창회에서 걔들끼리 마주쳐서 머리끄덩이까지 잡고 싸웠다더라."

　그에게는 언제나 노가리꾼, 뻥쟁이, 거짓말쟁이라는 단어가 따라붙었다. 그의 이야기를 들은 사람들 가운데 절반은 그에게 호의를 가졌지만 절반은 적이 되었다. 악의는 전염력이 강했다. 호의를 가졌던 사람들 가운데 절반이 다시 적이 되고 절반의 절반이 또 적이 되는 데는 오랜 시간이 걸리지 않았다. 나는 그가 뼛속까지 거짓말로 차 있는 이기주의자라는 험담을 믿을 수 없었다. 주선은 그저 이야기하기를 좋아했다. 기왕 이야기를 할 바에는 남들의 이목을 끌 만하게 가공한다는 게 문제라면 문제였다. 일주일에 한 번 정도 주고받는 편지가 우리 사이에 적절한 거리를 형성했다. 편지는 소문이나 말이 아닌 문장으로 정돈되어 있어서 과격함과 선정성을 누그러뜨리고 자신과 상대를 객관적으로 보게 해주었다.

문장으로 표현되면서 그의 이야기에는 허점이 이따금 드러났다. 그는 당시 모든 청소년들이 선망해 마지않는 꿈의 무대인 음악 전문 다방 DJ박스에서 아르바이트를 하고 있다며 고등학생 신분을 숨기기 위해 대학생인 사촌형의 신분증과 가발을 쓴다고 했다. 대학생이 가발을 가지게 된 이유에 대해 묻자 그는 답을 하지 않았다.

　가발을 쓴 김에 그는 다방 인근의 폭력조직에 몸담게 되었다고도 했다. 물론 직업으로 폭력을 휘두르는 전문적인 집단에서는 고등학생을 받지 않는 게 상례였다. 그는 워낙 싸움 실력이 뛰어난데다 이미 주변에 엄청난 영향력을 가진 DJ여서 특별히 조직에 들어갈 수 있었다. 그게 사실인지 아닌지는 중요하지 않았다. 나 역시 그가 알아도 그만, 몰라도 그만인 서울에서의 화려한 연애담과 모험담을 편지마다 늘어놓고 있었으므로 그의 말이 진실인지 아닌지 따질 계제가 아니었다.

　고등학교 삼학년 막바지에 그가 쓴 편지가 도착했다. "지상과 현세, 우주에서 유일한 나의 친구여, 놀라지 말게"로 시작하는 편지는 대학 입학시험을 준비하는 학생이라면 놀라지 않을 수 없는 내용을 담고 있었다. 상고에 다니던 그는 일반 전형보다 점수가 낮아도 되는 동일계 전형을 통해 경제나 경영 관련 학과로 진학하려는 참이었는데 대입 학력고사의 마지막 과목인 수학 시험에서 부정을 저질렀다는 혐의로 0점을 받았다. 평소에 수학을 좋아한다 했고 수학이 득점 과목이었으며, 수학을 좋아하고 득점 과목으로 삼는 사람이라면 으레 그렇듯 서울의 국공립대학 중에서도 가장 합격 점수가 높은 학과에 진학하게 되어 있었다.

　학력고사 시험장에 들어온 시험감독관은 물론 그런 사실을 전혀 모르고 있었다. 시험장 맨 뒤에서 두번째 자리에 앉은 그가 문제를 다 풀고 답을 옮기는 중에 시험 종료를 알리는 종이 울렸다. 그는 별생각 없이 뒷자리에서 넘어온 답안지와 문제지를 건네받은 채 답안지에 답을 제대로 옮겼는지 대조하고 있다가 감독관으로부터 뒷사람의 답안지를 베끼는 게 아니냐는 지적을 받았다. 그는 즉각 엄중하게 항의했다.

"저를 뭘로 보고 그런 말씀을 하십니까? 저는 평생 한 번도 그런 수치스러운 짓을 한 적이 없습니다. 저는 초중고 합쳐 십이 년 내내 모든 수학 시험에서 만점을 받아온 사람입니다."

감독관은 그의 답안지에 붉은 유성펜으로 사선을 두 줄 그어버렸다.

"내가 커닝했다고 하면 너는 커닝한 거다. 억울하면 네가 감독해라."

그것으로 끝이었다.

"어쩌면 운명이 내 인생에 올바른 길을 제시한 것이라는 생각이 든다. 이제야 눈을 제대로 뜨고 어떤 그늘지고 험한 흙길을 보고 있다. 길 중간에 머리를 들고 있는 호랑이가 보인다. 너와 내가 가는 길이 다를지라도 우리는 곧 만날 것이다. 건재하기를. 사랑한다. 현세와 우주, 지상에서 단 하나뿐인 너의 영원한 벗, 주선."

나는 서울의 평범한 대학에 특차 전형으로 합격한 뒤 고향으로 내려갔다. 읍내 거리에는 대학에 가게 된 아이, 대학과는 상관없는 아이, 재수를 시작하기 전에 일단 놀고 있는 아이, 이도 저도 아닌 아이들이 뒤섞여 이제까지 한 번도 보지 못했던 놀이판을 연출하고 있었다. 그중에서도 가장 압도적인 장관은 주선이 읍내 중심부의 다방에 마련한 DJ박스를 중심으로 펼쳐졌다.

재수를 하기로 작정하고 일찌감치 고향에 돌아온 주선은 곧바로 시내 중심부에 있는 호수다방으로 갔다. 그곳은 흔히 '노털다방'으로 일컬어지는, 우리의 아버지 또래 비슷한 나이든 남자들이 단골 고객인 가게로, 젊은 사람들은 얼씬도 하지 않았다. 주선은 대도시 초일류 다방의 DJ 출신다운 화려한 언변을 발휘해 다방 여주인을 설득하는 데 성공함으로써 호수다방을 새로운 인생의 출발점으로 삼았다. 우선 다방의 인테리어를 젊은이 취향과 대도시의 최신 유행에 맞게 바꾸었다. 팝송, 샹송, 경음악, 가요, 칸초네 음반들을 자신이 일하던 대도시의 다방에서 사들이고 레코드 플레이어와 앰프 같은 음향 시설을 마련했다.

다방 전면에 유리로 만들어진 DJ박스가 있고 그 안의 선반에는 수천 장의 음반이 가지런히 꽂혀 있었다. 물에 적신 흰 수건으로 닦은 음반을 플레이어에 얹는 DJ가 주선이었다. 흰 피부와 갈색 곱슬머리, 훤칠한 키에 잘생긴 그는 왕자까지는 아니더라도 귀공자를 연상케 하기에 충분했다. 나는 주선이 수십 통의 편지에서 줄기차게 언급한 초일류 다방 고교생 DJ 따위의 이야기에 일말의 진실이 있음을 인정해야 했다. 나는 그가 과연 DJ로서 제대로 실력을 보여줄지 궁금해하며 구석자리에서 가슴을 졸이면서 지켜보았다.

그는 사투리를 전혀 쓰지 않았다. 매력적인 저음의 목소리가 음악에 따라 빠르게 혹은 느리게 흘러나왔다. 그의 손은 음반이 꽂힌 선반과 플레이어, 앰프의 다이얼, 신청곡 쪽지를 정확하고 효율적으로 왕래했다. 분홍빛 조명 속에서 흰 셔츠에 붉은 넥타이 차림인 그는 내가 봐도 반할 만했다. 그가 쪽지를 들고 사연을 읽기 시작하면 어느 탁자에선가 나지막한 신음과 환호가 들려왔고 주스 같은 뇌물, 또는 손수

건과 꽃 같은 선물이 연신 배달되었다. 어느 순간 그는 손을 들어서 내게 오라고 손짓했다. 내가 DJ박스 앞으로 멈칫거리며 다가가자 노란 아기 오줌 같은 빛깔의 탄산음료가 든 잔을 건네주었다. 헤드폰을 목에 걸고 한 손으로 마이크를 막은 채 그는 말했다. 오로지 내게만.

"야, 상규가 그러는데 우리 동기 가운데 너 혼자 서울에 있는 대학에 특차 합격했대매? 서울서 온 대삘이라면 환장하는 기깔난 여자애들이 줄을 섰으니까 가지 말고 나 끝날 때까지 기다려."

손님 대부분은 인근의 공장에 다니거나 시골에서 버스와 기차를 갈아타고 대도시 출신의 초일류 DJ를 보러 온 처녀들이었다. 그녀들의 눈과 귀는 오로지 음악 박스 안에 있는 주선에게 집중되어 있었다. 그런 그를 질투하는 남자아이들이 DJ박스의 음반에 들어 있지 않은, 심야 라디오의 음악 전문 프로그램에서나 가끔 나오는 곡을 신청하기도 했다. 그럴 때 그는 일류 DJ들 간에 필사본으로 전해진다는 세 권짜리 대학 노트에 근거한 설명을 늘어놓음으로써 음악보다는 그의 목소리를 듣는 데 더 큰 기쁨을 느끼는 여자 손님들을 만족시켰다. 필사본이기 때문에 중간에 누가 잘못 베끼거나 오해한 부분이 있으면 그것도 그대로 전수되게 마련으로, 특히 프랑스어 발음에 틀린 게 많았다. 그러나 그 잘못된 발음 때문에 그가 일류 DJ의 계보에 들어 있다는 게 진짜처럼 여겨졌다.

주선이 소개해준 여자, 윤미애는 읍내에서 가장 부유한 집안의 고명딸이었으며, 그가 고등학교를 다녔던 대도시에 있는 여대에 다니고 있었으나 나이는 우리와 같다고 했다. 주선이 그녀에게 전한 바에 의하면 나는 장차 전 세계의 미술계를 이끌어나갈 탁월한 재능을 지닌 예술가였고 아버지는 병으로 쓰러져 눕고 어머니가 삯바느질로 생계를 꾸려가는 가난한 집안의 동생 다섯 딸린 장남이었다. 그는 나와 윤미애를 수정다방—마담이 호수다방처럼 만들어달라고 돈을 싸들고 찾아와서 무릎을 꿇고 사정했고 그 때문에 비밀리에 DJ박스 설치 공사를 진행하고 있었다—한귀퉁이에서 만나게 했고 내 부담으로 쌍화차를 마시고는 마담이 있는 내실로 사라졌다. 자크 프레베르의 시를 프랑스어로 완벽하게 낭송할 줄 알던 윤미애는 그로부터 내가 서울로 돌아갈 때까지 열 번쯤 만나는 동안 발생한 모든 비용을 지불했다.

"가난한 예술가가 무슨 돈이 있어요."

그녀는 계산대에서 돈을 지불하는 것과 마찬가지로 항상 내게 존댓말을 썼다. 헤어지는 그날까지.

"우리집, 사실은 그렇게 가난하지 않아. 동생도 둘뿐이고. 내가 미술에 특별히 재능이 있어서 특차에 합격한 게 아니고 예비고사 성적이 미술 전공하려는 애들보다 훨씬 잘 나와서야. 기껏해야 평범한 정도의 실력이지. 아주 잘돼봐야 내 앞날은 미술교사 정도가 아닐까."

그녀는 내 말을 믿지 않았다. 주선과 관련되어 내가 만나거나 알게 된 모든 여자가 그랬듯이 주선의 말을 절대적으로 믿었다. 알고 보면 그녀는 자신이 믿고 싶은 것을 믿은 것뿐이었다.

한 해가 지난 뒤 나는 다시 윤미애를 만났다. 내가 예상한 대로 그녀는 나와 헤어진 뒤 주선과 잤다. 생김새 면에서도 도시 뒷골목의 거지 같은 나보다는 귀공자풍의 주선이 그녀의 취향에 맞았을 것이다. 또한 나의 예상대로 그녀는 주선과의 관계를 지속하려 했지만 주선이 다른 여자들과 스캔들을 일으킴으로써 여름방학이 다 가기 전에 헤어지게 되었다.

"무슨 놈의 여름방학? 재수학원에도 안 가는 그 새끼한테는 일 년 열두 달이 전부 방학일 텐데."

그녀는 주선이 나와 같은 대학에 다니지 않느냐고 물었다. 함께 특차에 합격한 게 아니냐고.

"처음 듣는 이야긴데. 그 자식은 예비고사에서 수학을 망쳤다고 했는데……"

나는 말을 멈추었다. 어차피 헤어진 마당에 서로가 좋은 기억을 가지고 있는 게 나을 것 같아서였다. 그게 나와 무슨 상관이 있는 것도 아니었다.

"신문방송학과가 자기 적성에 맞다고 그랬는데요."

그 말이 내 속을 뒤집어놓았다.

"우리 학교에는 신방과가 없어. 공대하고 인문대, 상경대, 음대, 미대만 있지."

그녀의 얼굴이 붉어졌다.

"미술학도라서 세상을 모른다고 해도 그렇지, 자기 학교에 무슨 과가 있는 줄도 몰라요?"

"내 모가지를 걸고 말할 수 있어. 우리 학교에 신방과는 정말 없다고."

그로부터 얼마 뒤 내가 방위 근무를 하는 사이에 내가 다니던 대학에 신문방송학과를 포함한 사회과학대학이 생겼다. 내가 알기로 고등학교를 졸업하던 해 대학에 입학하지 못했던, 혹은 뜻한 바 있어 대학에 진학하지 않았던 주선은 고향에서는 서울에 있는 대학의 신방과

를 다니는 대학생으로 알려져 있다가, 삼수 끝에 상경대에 입학하고
는 군에 입대했다. 나중에 주선을 만나 윤미애와의 사이에 오간 말에
대해 묻자 주선은 그녀가 뭔가 잘못 알았을 것이라고 했다. 자신이 그
무렵 고시공부를 하러 절에 간 것을 언론사 입사시험 공부를 하러 간
것으로 오해했다는 것이었다. 그게 어떻게 혼동이 되느냐고 물을 필
요는 없었다. 그는 이미 참과 거짓을 자유자재로 뒤섞고 가공해 거대
한 벌집처럼 복잡한 허구의 세계를 거의 완성하고 있었기 때문이다.
그가 쓰는 기술에는 시간과 장소의 착종, 오해, 백일몽 같은 게 있었
는데 실상 우리 각자의 이해득실과는 상관없었다. 그러므로 우리 사
이에는 분쟁도 없었다.

　주선이 군대에 갈 무렵 그의 아버지는 몰락했다. 윤미애의 아버지
에게 집을 판 것으로도 추락이 멈추지 않았다고 한다. 주선이 입대를
하루 앞둔 날, 나는 기차역 앞 주택가에 있는 주선의 집에 들렀다. 거
기서 러닝셔츠와 짧은 잠옷 바지를 입고 방안에 우두커니 혼자 앉아
있던 그의 아버지를 보았다.

　"주선이는 요 앞에 막걸리 파는 술집에 갔다. 군대 가는 아들놈한
테 친구들하고 여행이나 다녀오라고 용돈도 푹푹 집어주지 못하고.
내가 애비라고 할 수도 없구나."

　멍한 눈을 한 채 앉아 있던 주선의 아버지는 내가 일어서자 벽에 걸
려 있던 후줄근한 바지에서 꼬깃꼬깃 접힌 만 원짜리를 꺼내 내게 건
넸다.

　"군인이 휴가 나와서 이쁜 아가씨도 만나고 객고도 풀어야 할 텐데.
이거 가지고 막걸리나 한잔 사먹어라. 우리 주선이 많이 사랑해주고."

내 아버지의 단골 식당에서 만난 주선은 활기차고 명랑했다. 그는 갖가지 연애담으로 좌중을 휘어잡고 있었는데, 나는 그의 구두와 점퍼가 아버지 것임을 깨닫고 슬그머니 계산대에 만 원짜리를 내놓았다.

우리 두 사람이 국방의 의무를 다하는 동안, 고등학교 때보다는 못하지만 그래도 얼마간 우정이 담긴 편지가 오갔고 시간 여유가 있는 내가 면회를 다녀오기도 했다. 전방 군사 도시의 여인숙에서 하룻밤을 자는 동안 그는 그 밤 내내 일등병 계급장이 무색하게 장성급이나 갖추었을 법한 정보와 지식, 경험과 의욕을 자랑하며 남북한 국지전의 가능성, 작전의 개념, 전략의 전개 방향에 대해 늘어놓았다. 그 역시 내게는 아무런 이해득실이 없는, 무해무익한 이야기일 뿐이었다. 밤을 새우다시피 하고 아침에 일어나 군화의 끈을 착착, 소리 나게 당겨서 매고 난 뒤 그는 내게 이렇게 이별을 고했다.

"야, 똥방위 말년. 이따위 식으로 돈도 여자도 없이 무성의하게 면회 올 바에는 다시는 오지 마라. 도대체 몸 바쳐 전방을 지키는 현역을 뭘로 아는 거냐."

후일 돈으로 완전무장을 하고 면회를 다녀온 친구들로부터 들은 바에 따르면 육군 소총수라는 그의 신분은 위장된 것이고 군 통수권자의 특명으로 창설된 특수기관에서 훈련을 받은 뒤 적지를 무시로 출입했으며 주요 화학무기 생산 시설과 미사일 기지를 포착, 폭격을 유도함으로써 전쟁을 막았다고 했다. 정말 그랬다면 내가 이십대에 전쟁에 휘말려 죽거나 다치지 않은 것은 그의 덕분이라고 할 수 있었다. 하지만 나는 그가 정말로 그런 일을 했는지 믿을 수 없었다.

제대와 복학을 거쳐 졸업을 하고 나서 나는 백수가 되었다. 남을 가르치는 것에 대한 공부를 제대로 하지 않았으니 미술교사 자리가 주어질 리 없었고 그림을 열심히 그리지 않았으니 재능을 알아주는 사람이 없었다. 시간이 많았으므로 스스로가 한심하다는 결론을 곱씹을 여유 역시 많았다. 그러느라고 바빠 주선과는 다소 소원해졌다. 제대한 후에는 단 한 번도 편지를 교환하지 않았다. 들리는 소문으로는 고시공부를 하러 절에 갔다고 했다. 고시공부를 하러 갔다고 알고 있는 사람들조차 각각 정보가 달랐다. 사법고시라고 하는 이도 있었고 외무고시, 행정고시라고 하는 친구도 있었으며 그 모든 것을 다 합친 것인 줄 알고 있는 여자도 있었다.

주선을 다시 만난 건 서른 살이 되어서였다. 운이 좋아 어느 중견 기업 홍보실에 디자이너로 취직을 했고 출장을 간 길이었다. 지방 공장 가운데 가장 큰 부산 공장의 디자인 요소를 점검하는 게 출장의 목적이었다. 공장장의 무성의한 설명을 들은 뒤 전체적인 외관을 보기 위해 트럭을 타고 공장 외곽의 항구를 한 바퀴 돌았다. 선체가 벌겋게 녹슨 화물선들이 정박해 있었고 수리중인 배들을 묶어놓은 팔뚝 굵기의 쇠사슬 또한 녹슬어 있기는 마찬가지였다. 유행에 뒤처지게 덩치만 큰 검정색 국산 승용차가 천천히 화물선 사이를 돌아다니고 있었다. 그 차 역시 화물선처럼 낡아 보였다. 운전을 하던 공장 직원이 오줌을 눠야겠다면서 차를 세웠다. 나도 차에서 내려서 스러져가는 하루와 녹슬어가는 시간의 삭막한 풍경을 감상하고 있었다.

"야, 이 새끼, 너 세호 아니냐? 오세호!"

어느새 승용차가 다가왔고 유리창이 내려졌다. 각진 차체에 둘러진 은색 테두리가 곧 떨어질 듯 낡은 차였다. 안에 앉은 사람은 차와 전혀 어울리지 않게 젊었고 또 그 젊음에 어울리지 않는 검은 빛깔 정장에 붉은 실크 넥타이를 매고 있었다. 가르마를 탄 머리는 기름을 바른 듯 가지런했다. 주선이었다. 날씬하고 균형 잡힌 몸매에 검은 양복 차림이어서 조폭의 행동대장이거나 아니면 유능하고 잘생긴 회사원이라 해도 무난할 것 같았고 젊은 사업가쯤에도 해당될 것 같았다.

"너, 여기서 뭐 하는데? 또 어떤 놈 도시락 심부름 하러 왔구만."

나는 웃었다.

"넌 여기서 뭘 하는데?"

"나? 나는 그냥 순시를 하고 있다고나 할까. 북방외교 문제로 살펴 봐야 할 게 있어서 말이야. 너 정말 뭐 해?"

"나는 회사일 때문에 왔는데."

내가 담배를 입에 문 채, 오줌을 누고 몸을 떨며 돌아오는 직원을 가리키자 주선은 고개를 끄덕거렸다.

"오늘 부산서 자고 가냐?"

나는 응, 하고 대답한 뒤 직원에게 주선을 소개했다. 직원은 잘됐다는 듯 주선에게 냉큼 나를 떠맡겼다. 다음날 공장에 일찍 오지 않아도 된다는 공장장의 전언과 함께. 트럭이 떠나고 난 뒤 나는 조수석에 쌓여 있는 러시아어 관련 책자를 뒷좌석으로 넘기고 주선의 옆자리에 앉았다.

"요새 무슨 일을 하니?"

"북방사업 하고 있다니까. 자세한 이야기는 나중에."

그러나 주선은 그날 끝내 자세한 이야기를 해주지 않았다. 그는 익숙하게 차를 몰아서 단골이라는 시내 중심가의 횟집으로 향했고 두어

시간 동안 오로지 고향에 있을 때의 이야기만 했다. 저녁을 먹은 뒤에는 막 붐이 일기 시작한 가라오케 바로 나를 데리고 갔다. 원형 바 안에 여종업원이 있었고 둘러앉은 손님들이 부르고 싶은 노래를 신청하면 반주를 찾아서 틀어주고 마이크를 가져다주었다. 한 손님이 노래할 때 다른 손님들이 잡담을 하는 것은 실례가 되는 분위기여서 긴 이야기를 나눌 수 없었다. 가라오케 바를 나올 때쯤 주선은 내게 물었다.

"너 똘똘이 목욕시켜준 지 얼마나 됐냐?"

생소한 은어였지만 나는 즉각 그 뜻을 알아들었다. 정신을 차리고 보니 인형이 가득한 방안이었다. 내가 누워 있는 침대의 머리맡에 달린 작은 분홍빛 전등 불빛 아래 흰 토끼를 연상케 하는 털 잠옷을 입은 여자가 앞니를 드러낸 채 자고 있었다.

북방사업의 뜻을 어렴풋하게나마 알게 된 건 그로부터 이 년이 지난 뒤였다. 한밤중에 갑자기 전화를 걸어온 주선은 내가 살고 있는 집 근처 관광호텔에 왔다면서 러시아 여자가 춤을 추는 그 호텔 나이트클럽에서 만나자고 했다. 나이트클럽에는 손님 예닐곱 무리가 앉아 있었다. 아닌 게 아니라 알몸에 반짝이는 금속 소재 장신구를 두른 러시아 여자 둘이 둥근 단 위에 올라가 조명을 받으며 춤을 추고 있었다. 제대로 배운 춤이 아니라는 게 내 눈에도 표가 났다. 여자들은 춤을 추고 난 뒤 자리를 돌며 손님들에게 술을 따라주든가 받아마시면서 팁을 받는 것에 열을 올렸다. 주선은 나이트클럽 안의 별실에서 나를 맞았다. 거기서 그는 또다시 믿을 수 없는 이야기를 늘어놓았다. 그는 한국과 러시아 사이에 국교가 수립되기 전부터 중고 전자제품과 과자, 라면 같은 식품이며 소비재를 수출하고 그 대금으로 낡은 선박을 받아서 고철로 파는 사업을 벌여왔다고 했다. 어떤 경로를 통해 그런 일을 하게 되었는지는 말하지 않았다. 어쨌든 그는 일반인은 물론 가장 치열한 직업의식을 가졌다는 일본의 상사원조차 가본 적 없는 시베리아 깊은 곳까지 뛰어들어서 목숨을 걸고 거래를 성사시켰다고 했다.

"너는 왜 그렇게 힘들게 사니?"

내 물음에 주선은 전혀 관심을 기울이지 않았다. 시베리아 횡단열차처럼 그의 이야기는 달려나갔다. 국제 유가가 떨어지고 러시아가 불황에 빠지면서 순조롭던 사업에 문제가 생겼다. 수출 대금을 받는 일이 어려워지자 러시아 쪽에서는 불법적인 인력 송출, 곧 인신매매를 제안해왔고 거기에 러시아 마피아가 관여되었다는 것이다. 그들이 고철용으로 수출하는 배의 선창에 수백 정의 AK소총까지 실어 보냈다는 말을 듣고는 할 말이 없었다.

"그래서? 내가 무슨 도움이 될까?"

주선은 자신의 이야기에 토를 달지 않고 들어주는 것만으로도 큰 힘이 되었다고 말했다. 또한 마지막 순간까지 망설이던 불법적인 사업을 깨끗하게 단념하게 되었노라고도 했다. 나는 그게 뭔지 물어봐주는 게 좋을지 잠시 생각하다 종교에라도 귀의한 듯 환한 그의 얼굴을 보고 나서 다른 걸 물었다.

"그럼 이제 넌 뭘 할 거야?"

"공부를 해보고 싶다. 모아놓은 돈도 좀 있고 하니 유학을 갈까 해."

"러시아 마피아 애들이 너를 그냥 놔줄까? 영화 같은 걸 보면 굉장히 잔인하던데. 전 세계에 안 가는 데가 없고."

주선은 러시아 마피아들이 전혀 관심이 없을 분야의 공부를 할 것이라고 했다. 이미 갈 곳을 정해둔 눈치였지만 어디인지는 끝내 내게 말하지 않았다.

삼 년 뒤 그는 일본 오키나와 어느 대학의 고대교류사 관련 세미나장에 통역자로 나타났다고 했다. 나는 전혀 놀라지 않았다. 그는 탁월한 실력에도 불구하고 치열한 연줄 싸움에 밀려 대학에 들어가지 못했고 결국 다른 분야로 눈길을 돌렸다. 일본에는 국민소득의 일 퍼센트 범위 안에서 세계 최빈국들의 경제개발과 공중위생개선을 지원하는 국책사업이 있는데 일본의 공무원들은 그 사업에 참여하는 사람을 '공무원 중의 공무원'으로 부른다고 했다. 그런데 한국 국적을 가진 그가 바로 그 프로그램에 참여해서 세계를 돌고 있다는 것이었다. 캄보디아에 관광을 갔던 친구 가운데 하나가 이야기를 전해주었다. 나는 전혀 놀라지 않았다. 그가 귀국하고 나를 찾아오지 않았어도 섭섭하지 않았다. 아직 러시아 마피아의 위협이 완전히 사라지지 않아서인지, 아니면 다른 계획이 있어서인지는 알 수 없었다.

그뒤로도 동창들과 개별적으로 접촉하는 경우가 있어서 그의 파란만장한 삶은 여러 가지로 변주되어 전해졌다. IMF 위기가 닥쳤을 때 해외에 있던 주선이 조지 소로스 같은 거물급 헤지펀드 운영자들을 초청하는 과정에 관여하며 새로 바뀐 정권의 외교, 경제 분야의 자문역을 하기 시작했다는 소문이 들렸다. 자문위원의 목록은 그뿐만이 아니었다. 마약 범죄 척결을 위한 정책 수립 자문위원, 남아메리카 원유 탐사 자문위원, 해적 소탕을 위한 파병 자문위원, 국제적인 컴퓨터 사기 범죄 관련 자문위원도 맡았다. 그는 햇빛 아래 그림자 없는 존재가 없듯이 어떤 분야, 어떤 사람이 각광을 받을 때 그림자처럼 그 세계에 있는 듯했다. 그림자가 그러하듯 그의 행적은 어둠의 세계, 그중에서도 흥미롭고 드라마틱한 분야와 연관이 있었다. 그런 건 그의 이야기를 들어 알고 있는 사람 대부분의 일상과는 별 상관없는 것이기도 했다. 동창회에 갈 때마다 그 자리에 없는 주선의 이야기를 하도 전해 듣다보니 지겨워져서, 또 주선에 관한 이야기가 한번 나오면 다른 화젯거리로 옮기는 게 불가능해지는 분위기가 짜증스러워서 나는 몇 년 전부터 동창회에 발길을 끊었다. 그는 점점 나와 아무런 상관도 없는 인물이 되었다. 그의 이야기처럼. 그의 이야기가 진실된 것이든 아니든.

그의 아버지의 부고가 전해졌다. 의외였다. 이십대 초반에 내가 본 그의 아버지는 곧 허물어져버릴 헛간처럼 보였다. 아직 그 친구의 아버지가 살아 계셨던가. 나는 문자로 부고를 보낸 영호에게 일부러 전화를 걸어서 물었다. 영호는 낙남초교 21회 재경 동창회장으로서 연락을 받아 전해줄 뿐, 자세한 사항은 관심도 없고 모르는 일이라고 대답했다.

"네가 우리보다 훨씬 잘 알 거 아냐. 이주선이가 동창 중에, 아니 고향 친구 중에 제일 친한 놈이 너라는데?"

그의 말에는 노골적인 질시가 들어 있었다. 나를 두고 그렇게 말했다는 주선의 저의가 궁금했다.

주선 아버지의 영안실은 강북의 어느 시립 장례식장이었다. 영호는 영안실의 번호만 말했을 뿐 언제 갈 것인지 묻지 않았다. 물론 같이 가자거나 부조를 전해달라는 말도 하지 않았다. 택시를 타고 가던 중에 신축한 지 오래지 않은 유명 대학 부속 병원에 눈이 갔다. 주선은 한때 재계 서열 오위 안에 들었다가 IMF 위기 때 와해된 어떤 재벌 그룹의 회장과 자가용 비행기를 같이 타고 다니며 그의 재기를 도왔다고 했는데, 그 회장은 귀국하자마자 검찰의 기소를 피하기 위해 그 병원의 특실에 장기 입원한 적이 있다. 그 병원 영안실이 아닌, 일반인들이 주로 이용하는 시립 장례식장이라니 조금 이상하다는 생각도 들었다.

장례식장 입구에 있는 안내 전광판에는 특실 1호를 잡은 주선의 이름이 큼직하게 씌어 있었다. 유건을 쓰고 담배를 피우는 사람들이 몇몇 보였다. 건물 안에서는 간간이 울음소리와 독경 소리가 들렸을 뿐 내 발소리가 울릴 정도로 조용했다. 특실 1호 앞에는 다른 영안실에 비해 네댓 배는 많은 화환이 세워져 있었고 접수대에는 망자의 친인척이라기보다는 경호전문업체의 직원처럼 느껴지는 남자들 서넛이 부동자세로 서 있었다.

일반실보다 두 배쯤 큰 공간에 주선이 앉아 있었다. 형제도 가족도 친척도 없이 혼자였다. 나는 젊어 보이는 낯선 남자의 흑백사진 앞에서 분향하고 절했다. 맞절을 하고 난 뒤 주선은 내 손을 잡은 채 음식이 차려져 있는 방으로 이끌었다. 거기에도 친인척이라기보다는 상조업체의 직원으로 짐작되는 여자들이 대여섯 명 있었을 뿐 손님 하나 없었다.

주선은 마주보기 민망할 정도로 늙어 있었다. 얼굴엔 주름이 가득했고 머리카락은 온통 세었다. 셔츠 속에서 솟아오른 목이며 그 주변에도 주름이 경쟁하듯 영토를 넓혀가고 있었다. 영정 속의 남자가 그의 아들이라고 해도 이상할 게 전혀 없었다.

그는 주름진 손으로 내 앞에 있는 잔에 맥주를 따랐다. 내가 그의 잔에 술을 따르려 하자 손을 들어 사양했다. 그가 손짓하자 한 여자가 프랑스산 탄산수가 든 초록색 물병을 가져왔다. 그는 "우리의 남아 있는 청춘을 위하여, 건배!" 하고 웃으며 물병을 내 잔에 부딪쳤다.

"애들은? 제수씨는?"

내가 묻자 그는 이마 가득 주름을 만들며 고개를 저었다. 원래 없었다는 것인지, 있는데 오지 않았다는 건지, 그런 질문이 적당치 않다는 뜻인지, 아니면 그 모든 게 부질없다는 건지 알 수 없었다. 할 말이 너무 많기도 하고 없기도 했다.

접객실 문밖에 내다보이는 화환으로 눈길을 돌렸다. 꽃은 똑같이 흰 국화였고 크기도 한집에서 만든 듯 똑같았다. 리본에는 '삼가 고인의 명복을 빕니다'나 '謹弔' 같은 글자와 함께 보낸 사람의 직함과 이름이 있었다. 내가 가장 식별하기 쉬운 위치에 있는 화환은 경제부총리가 보낸 것이었다. 놓인 순서로 치면 예닐곱번째쯤 되었다. 갑자기 웃음이 나왔다. 주선은 영문을 모르겠다는 얼굴로 나를 바라보았다. 화장실에 다녀오겠노라고 말하고는 밖으로 나왔다.

영안실 안에 들어가지 못한 화환들에는 검사장, 경찰청장, 지방법원장, 대기업 회장, 대학 총장 등 다채로운 명목의 리본이 걸려 있었다. 화환 수가 백 개는 넘을 것 같았다. 다른 영안실 앞에 으레 있는 교회, 국회의원, 대학이나 중고등학교 동창회 명의의 화환은 없었다. 오로지 초등학교 재경 동창회 명의의 화환만 초라하게 말석을 차지하고 있었다. 화장실을 다녀오며 영안실 안에 고개를 들이밀고 제일 앞에 놓인 화환의 리본을 읽었다. 맨 앞에 있는 것이 전직, 아니 IMF 위기를 초래한 전전전직 대통령의 이름이었다. 뒤를 이은 것은 총리와 부총리 들이었는데 역시 전직이었지만 '전'이라는 말은 쓰지 않았다. 현직은 분명히 아닌, 생소한 이름의 대법원장, 장관, 검찰총장이 보낸 화환도 있었다. 갑자기 그 모든 것이 조작되고 연출된 가짜일 수 있다는 생각이 들었다. 그의 아버지의 몰락, 심지어 죽음조차.

"왜 그렇게 주름이 많아졌어? 요새는 수술 같은 걸로 간단하게 없앨 수도 있잖아."

나는 자리에 앉은 뒤에 주선에게 물었다.

"너 지하철 타서 애들한테 자리 양보 못 받아봤지? 나는 삼십대 후반부터 양보를 받았다. 뭐, 그렇다고 자리에 앉지는 않았지. 요즘에는 아예 노약자석에 앉은 노인들까지 일어나는 거 있지. 고맙다고, 난 아직 젊어서 괜찮다고 하지. 어쩌다 지하철을 타도 재미있는 일이 많아."

주선은 나이들어 보이는 것의 좋은 점을 설명하기 시작했다. 그러고 보니 그의 주름은 환상과 이야기라는 흡혈귀에 생의 피를 너무 많이 빨려 생긴 것처럼 보였다.

빈소에는 끊임없이 향이 피어오르도록 상주인지 경호원인지 모를 젊은 사람들이 조절하고 있었다. 굵은 초가 영정 양쪽에서 검은 연기를 뿜으며 타올랐다. 그건 아무도 손대지 않는 것 같았다. 주선은 그동안 밀린 말을 다 하려는 듯 쉴 새 없이 이야기를 늘어놓았다. 무럭무럭 피어오르는 향연과 바람에 일렁이는 촛불을 배경으로 그 역시 무엇인가를 허공에 피워올리고 있었다.

해설자

금일군청 문화관광과 직원 최현명이 우리 일행을 데려간 곳은 금일천이 내려다보이는 언덕에 있는 열녀각(烈女閣)이었다. 열녀각에 들르게 된 건 돌발적이었다. 원래는 금일의 전통주 제조 과정을 촬영하러 가다가 양조장 주인이 갑자기 배탈이 나서 응급차에 실려 병원으로 갔다는 소식을 접하고 일단 숙소로 돌아가던 길이었다.

최현명은 국도에서 금일천 제방 위로 난 길로 차를 몰아 열녀각으로 가는 동안 열녀각의 유래에 관해 간단하게 설명했다. 조선 중기에 근처에 살던 양반가의 부인이 젊은 나이에 죽은 남편의 뒤를 따라 자살했는데 그 절개를 기려 나라에서 비문(碑文)과 정문(旌門)을 내렸다는 것이었다. 사백여 년의 세월을 거치는 동안 허물어지고 중수하는 과정에서 본래 모습을 완전히 잃어버렸다가 근래 열녀각의 주인공이 속한 문중에서 국회의원을 배출하는 과정에서 수십억의 예산을 받아 문화재 급으로 대거 확장, 정비되었다고 했다.

열녀각 표지가 있는 언덕길로 좌회전해서 삼십 미터쯤 올라가자 예기치 않게 공원처럼 널찍한 공터와 소나무숲이 나온다. 쭉쭉 뻗은 가지에 짙푸른 잎이 촘촘히 매달린 소나무 수십 그루가 그늘을 한껏 펴고 있고 이따금 가지를 흔드는 바람에서는 차가운 물방울을 뿜어내기라도 하듯 시원한 기운이 느껴진다. 정자나 평상이라도 있어 누워 한잠 자면 피서가 따로 없을 듯하다. 하지만 눕는 건 고사하고 앉을 만한 자리라는 게 시멘트 재질에 페인트로 나무무늬를 그려넣은 의자와 탁자뿐이다. 인공적으로 설치한 보도블록과 안내판에는 흙이 튀어 있고 페트병이 곳곳에 버려져 있는 것이 공사가 끝난 지 얼마 되지 않았다는 걸 말해준다. 새파랗다 못해 유치해 보이는 빛깔의 이동화장실이 열녀각 양쪽에 하나씩 있는데, 그중 하나의 꼭대기에서 끽끽 소리를 내며 환풍기가 돌고 있다. 지방자치단체든 문중이든 개인이든 누군가 돈 들여 설치한 그런 것들 때문에 소나무숲의 고전적이고 품위 있는 정경이 망쳐지고 있다. 그냥 소나무숲이라도 제대로 보여주면 충분했을 것을.

고화질 ENG카메라를 든 카메라맨과 수첩을 든 프로듀서, 그리고 문화기행 다큐멘터리 프로그램의 리포터 겸 해설자 역할을 맡은 내가 차에서 내리자 최현명은 차를 아래쪽에 세워놓고 오겠다며 내려간다. 성이 곽이라는 프로듀서는 운전대 잡은 사람 마음에 따라 느닷없이 끌려온 게 마땅치 않은 표정이다. 낮은 단가에 프로그램을 만들어 납품하다보니 여러 프로그램을 동시에 진행하는 듯 곽은 처음 인사할 때도 휴대전화를 귀에서 떼지 않은 채 고개만 숙여 보였다. 차에 앉기만 하면 졸았고 차에서 내리면 체질화된 책임감을 에너지원으로 삼아

무엇이든 하려고 덤볐다. 반면 프로듀서보다 대여섯 살 젊은 카메라맨은 시키는 일만 할 뿐 틈만 나면 휴대전화로 서너 명의 상대와 쉬지 않고 문자 메시지를 주고받는 듯하다.

열녀각은 한 변의 길이가 팔 미터쯤 되는 정사각형 모양의 담장 안에 들어 있는 건물이다. 눈높이까지 올라오는 홍살문 안 그늘 속에 비석이 세워져 있는데 비석의 재질이 무른 듯 음각된 글자가 대부분 지워져버리고 없다. 비석 뒤쪽 나무판 위에 '절부연일정씨지려(節婦延日鄭氏之閭)'라는 글자가 해서체로 적혀 있고 그 아래에 잔글씨로 쓴 문장이 빼곡하게 들어차 있다. 그 문장이 무슨 뜻인지 알아내기란 불가능하다. 우리 중 그 누구도 한자를 해독할 능력이 없기 때문에.

"다 그런 건 아니지만 열녀는 남편이 죽고 나서 뒤따라 죽은 사람들이거든요. 혹시 남은 자식이 있으면 졸지에 고아가 돼버리는 셈이니까 좋은 환경에서 교육받고 출세하기가 쉽지 않았을 거예요. 기념물이든 사당이든 간에 본인이나 후손이 잘되었을 경우에 제대로 키우고 관리하는 법인데 이런 면에서 열녀각은 딴 데보다 불리할 수밖에 없지요."

뚱한 표정의 프로듀서에게 몇 마디 해주고 나자 더이상 할 일이 없다. 그렇다고 먼저 가자고 할 수도 없어 머뭇거리는데 이동화장실에서 모시옷을 입고 부채를 든 오십대 중반의 남자가 나온다. 살찌고 붉은 얼굴에 어디서 낮잠이라도 자다 온 듯 머리 한쪽이 눌린 그는 우리를 향해 가까이 오라고 손짓한다. 다소간 권태롭고 의례적으로. 지방자치단체에서 문화시설에 배치해 관광객에게 설명을 해주게 하는 문화해설사가 아닌가 싶어 내가 앞장서 그에게 다가간다.

카메라맨이 든 묵직한 카메라와 총신 같은 마이크, 삼각대를 보고는 남자의 얼굴이 찬물로 세수라도 한 듯 갑자기 활기를 띤다. 그러고는 뭘 물어볼 새도 없이 일방적으로 열변을 토하기 시작한다.

"여러분, 잘 오셨습니다. 여러분이 서 계신 이곳은 지금으로부터 거금 육백 년 전, 오백 년을 지탱하던 고려 왕조가 망하고 조선이 일어설 때 무너지는 고려 왕조를 어떻게든 일으켜 세우려고 진력하시다가, 저 개성의 왕궁 앞 선죽교에 뜨거운 피를 뿌리고 장렬히 쓰러져간 우리 역사상 불세출의 충신이신 포은 정몽주 선생의 칠대손이신 영일 정씨 부인의 열녀각입니다. 부인의 부군 되시는 분은 조선시대는 물론이고 우리 역사에서 짝을 찾기 힘든 폭군이요 패륜아인 연산군 때 사간원 정언 벼슬을 지내시던 중에 대쪽같이 곧은 말로 폭군의 잘못됨을 간하다 돌아가시고 중종반정이 일어난 뒤에 대사간을 추증받으신 양촌 김수인 선생이십니다. 아, 열녀각이라는 게 무엇이냐. 나라에 충성하고 부모에게 효도하고 어른과 아이가 순서가 있고 친구지간에 믿음이 있어야만이 천지지간 만물지중에 사람이 으뜸간다 할 수 있지요. 특히 부부지간에는 부부유별이라, 서로 침범치 못할 인륜이 있으매 자고로 남자는 하늘, 여자는 땅이라는 우주의 법칙이 있고 부창부수라, 남편이 노래를 부르면 여자는 따라 한다는 말대로 남편을 공경하고 살다가 남편이 죽으매 의를 다하여 따라 죽으니 이를 열녀라고 하고 홍살문을 세워 지나가는 사람, 후손 들이 모두 본받게 하자는 것이오."

남자는 차를 세우고 돌아와서 멈칫거리는 최현명을 향해서도 가까이 오라고 손짓한다. 최현명은 흰 양복저고리를 한 팔에 걸친 채 다가와 내 곁에 앉더니 귓속말로 속삭인다.

"아휴, 내가 저 아저씨가 여기 나와 있는 줄 알았으면 절대로 안 오는 건데."

나는 그에게 남자가 어떤 사람인지 묻지 않는다. 남자가 입을 열자마자 그의 정체를 알게 되었기 때문이다.

"거기 젊은 양반, 아, 거 수첩 들고 계신 젊은 분 말이오, 거기 그렇게 두리번거리지만 말고 예 와서 앉으시오. 앉아서 내가 하는 말을 좀 들어보시오. 뭔 말인지 들어보시고 쓰다 달다 시큼하다 맵다 말씀하시라는 거요. 혼인은 하셨소? 응, 그렇지. 아직 결혼을 안 했으니 열녀가 뭔지 왜 중요한지 모르시지. 생각해보시오. 내가 누구에게서 났는지. 다 부모가 있어서 태어난 게 아니오? 그 부모가 기쁠 때나 슬플 때나 눈이 오나 비가 오나 검은 머리가 파뿌리가 되도록 살겠노라고 시집 장가를 갔기 때문에 천하에 사람 자식이 태어난다, 이 말이지. 자, 편하게 앉으시오, 앉으시오들. 그리고 거기 아까부터 싱긋이 웃고 있는 분은 장가는 가신 것 같은데 올해 연치가 어떻게 되오? 아, 나이 말이오. 아, 내가 환갑 바라보는 이 나이에 나보다 젊은 사람보고 연세라고 할 수는 없지 않겠소. 아항, 마흔다섯? 좋은 나이지, 좋은 나이."

프로듀서는 좌중을 휘어잡는 약장수 같은 남자의 너스레와 열기에 잠깐 흥미를 느낀 듯 남자를 관찰하고 있다. 참매미들이 '여름, 여름'이라고 합창하듯 울어대고 반주를 하듯 치르르르르 소리만 내는 종류도 있다. 열녀각 뒤편 절벽 바로 아래 금일천에서 물놀이를 하는 아이들의 환성, 아이들이 먼 곳이나 물 깊은 곳으로 가는 것을 제지하기 위해 여자들이 이름을 부르는 새된 소리가 들려올 뿐 차나 경운기의 엔진 소리 하나 없이 주변은 조용하다.

남자는 탁자 밑에서 플라스틱 물병을 꺼내 목을 뒤로 젖히고 눈을 감은 채 천천히 마신다. 일거수일투족에서 남의 시선을 의식하는 연기가 느껴지고 스스로의 언행에 몰입해 있다는 것을 보여주려는 의도가 드러난다.

무의식중에 내 뇌는 퇴행해버린 줄 알았던 뉴런을 검색해서 남자의 이름을 찾아낸다. 그의 이름은 김문일이다. 그가 시골 외진 곳에 있는 열녀각 옆에서 낮잠을 자다 말고 일어나서 뭔가를 떠벌리기 시작했다는 게 의외이긴 하지만 전력으로 봐서 불가능한 일은 아니다. 문인, 서예가, 한문학자, 사학자를 자처하는 그를 나는 십여 년 전 만난 적이 있다. 그의 드높은 자부심 앞에 미안하게도 지역, 향토, 독학이라는 꼬리표를 몇 개 달아야 하겠지만. 두 번이나 만났어도 나는 그가 나를 기억하지 못할 거라는 데 공원 하나쯤 조성할 예산을 걸고 내기를 할 수도 있다. 김문일은 물병 뚜껑을 닫고 탁자 위에 내려놓는다. 그러고 나서 한 면에는 '烈', 다른 면에는 '忠'이라는 글자가 쓰인 부채를 탁 소리를 내며 펴들고는 입을 연다.

"먼저 만고의 열녀 영일 정씨의 부군 되시는 김수인 선생이 어떤 분이냐. 선생의 육대조께서는 고려가 망하고 조선이 설 당시에 고려에 절의를 지킨 두문동 칠십이현 가운데 한 분이십니다. 그때 조선을 세운 태조 이성계가 이분들을 밖으로 나오게 하기 위해서 두문동에 불을 질러버렸어요. 그렇지만 그 일흔두 명의 충신들은 바로 두문불출이라는 말을 만들어낸 당사자들 아닙니까. 그래서 선생의 육대조께서도 문을 때려잠그고는 방에 앉아 있다가 정말 불에 타서 돌아가시고 말았어요. 앞날을 예견하셨던 육대조께서는 미리 아는 절에다 아드님을 부탁했고 아드님이 들판의 꿩마냥 논두렁 밭두렁을 기어다니고 쫓겨다니면서도 대를 잇고 그 아들이 또 대를 잇고 하여서 양촌 선생 대까지 이르게 된 것입니다. 에에, 두문동 칠십이현의 첫머리에 이름이 올라가 있는 분은 포은 정몽주 선생이시지마는 불에 타 죽은 분으로 그 이름도 나란히 청사에 새겨진 분이 바로 양촌 선생의 육대조이시니 양촌 선생 부부의 조상은 모두, 목숨 바쳐 고려에 충성을 다한 분들입니다."

카메라맨이 하품을 하자 프로듀서가 오른손 검지를 세워 보인다. 더 머무를지 말지를 판단하는 주체는 자신이라는 듯. 최현명은 목 뒤로 깍지를 끼고 하늘을 향해 눈을 돌린다. 둥글게 모인 소나무 우듬지로 만들어진 오목렌즈 같은 공간에 새하얀 구름이 약솜처럼 피어오르고 있다.

일정을 확인하기 위해 방송기획사의 작가가 보낸 이메일을 프린트한 종이를 꺼낸다. 몰라서 보는 것도, 잊어버릴 만큼 복잡한 내용이 있는 것도 아니지만. 금일군은 외지인을 불러들일 특별한 명소나 관광지는 별로 없어도 넓은 들판이 있고 사람들이 그 들판에 기대어 오래도록 평온하게 살아온 고장이다. 지방 방송국에서 인근 지역을 순회하는 문화기행 다큐멘터리를 기획했을 때 프로그램을 제작하는 방송기획사의 사장과 대학 동기라는 인연으로 다큐멘터리의 진행을 맡게 된 나는, 금일 태생의 문화평론가라는 것만 빼면 필연성도 의외성도 없이 선택된 경우다. 일단 금일군에 들어서서 삼선 임기에 들어간 군수를 찾아가자 군수는 문화관광과 공무원 전원을 불러놓고 "뭐든지 원하시는 대로 전폭적으로 지원하라"고 지시했다. '뭐든지 전폭 지원'을 상징하는 최현명과 함께 다니고 있기는 해도 금일 특유의 조용하고 평범한 삶의 궤적이 아닌 비범한 볼거리, 특별한 무엇을 찾아내야 한다는 고민은 촬영 이틀째가 되어도 해결되지 않고 있다. 일단 만들기로 했으니 만들고 봐야 하고, 하기로 했으니 하는 것이고, 누군가는 그걸 보기도 한다. 건성으로 종이를 넘기면서 내가 처한 상황의 시작부터 결말까지 추론해내는데 김문일이 "바로 그때에" 하고 나른한 분위기를 망치로 깨뜨리듯 목소리를 높인다.

"무고한 충신과 선비 들을 태워 죽인 태조 이성계의 옥좌가 그 아들 태종 이방원으로 이어집니다. 태종 이방원은 만고충신 정몽주 선생의 머리를 쇠몽둥이로 쳐서 죽인 바로 그 인간이니 부자간에 왕위를 주고받으면서 골육상쟁을 벌인 게 어찌 이상하리오. 그러고도 하늘이 그 죄를 다 갚지 못했다고 생각했는지 희대의 폭군 연산군을 임금 자리에 오르게 한 게 아니겠소. 자, 그렇다면 그 연산군이 임금 되어서 뭘 했느냐. 방방곡곡에 채홍사, 채청사를 보내서 여자라면 계집아이고 처녀고 시집간 유부녀고 가리지 않고 그냥 좀 예쁘기만 하면 궁궐에 올려보내게 해서 만 명을 채운 뒤에, 이 천하에 잡놈이 이 여자들을 흥청이라고 이름을 붙이고는 홀딱 벗겨놓고 쫓아다니다가 잡히면 식(食), 자빠지면 식 하는 식으로 놀아 조지니 이래서 흥청망청이란 말이 생겨난 거 아니오."

김문일이 고개를 돌리고 잠시 숨을 고르는 틈에 내가 한마디한다.

"저 양반 저렇게 열심히 이야기를 하면서도 땀 한 방울 안 흘리네요. 타고난 체질인 모양이야."

프로듀서는 고개를 끄덕이지만 카메라맨은 휴대전화 액정화면을 들여다보고 있을 뿐 별다른 반응을 보이지 않는다.

　"사정이 이러니까 임금에게 간언을 해야 하는 직분인 선생은 하루도 빠짐없이 출근을 해서 임금이 만나주기를 기다리고 있었소. 그런데 그 인간이 저한테 싫은 말을 하는 간관들한테 코빼기를 보일 리가 있소? 그러다 하루는 연산군이 한강에 물놀이를 나간다고 하면서 궁에 있는 신하들을 모두 따라오게 했소. 강변에 도착하니까 그 몹쓸 임금이 가마에서 내려서는 배에 오르려고 했소. 그때 바로 선생이 그 앞에 엎드렸소. 전하, 저 배를 타시면 아니 되옵나이다. 군왕은 나라의 태양이시고 만백성의 어버이시온데 저 위태로운 물결 속에 배를 탔다가 혹여 풍랑에 휩쓸려서 배가 떠내려가거나 배가 뒤집혀 물에 빠지시기라도 하면 전하, 이 나라의 태양이 물에 떠내려가는 것이오며 억조창생의 어버이가 물에 옷을 적시는 것이오니 신하 된 자로서 어찌 두고만 보오리까. 부디 통촉하시옵소서, 전하. 그러자 그 잡놈이 뭐라고 했느냐, 네가 나를 나라의 태양이라고 하고 만백성의 어버이라고 했으니 태양이 가는 길을 어이 막으며 어버이가 하는 일을 어리석은 아이가 뭘 안다고 가로막고 나서는 게냐, 썩 비켜라, 하고는 가버리는 것이었소. 선생이 다시 뱃전을 붙들고 이마에 피가 나도록 찧으면서 간하기를, 전하, 차라리 저를 먼저 배에 오르게 하셔서 배가 과연 더위를 피하기에 좋은지, 놀이를 할 만한지, 물 깊이가 어떤지 확인하고 배에 오르소서, 제 한 몸 죽은들 뭐가 아까우리까만 전하께서 혹여 발이라도 적시기라도 하면 옥체에 큰 누가 되리이다 하니까, 이 잡놈이 잠깐 생각을 하고는 그래 좋다, 하더니 선생을 배에 오르게 했소. 이어서 배가 기슭을 떠나고 난 뒤에 군사를 시켜서 선생을 확 떠밀게 하니 선생은 물에 풍덩 빠지고 말았소. 선생이 선비의 몸으로 언제 헤엄을 배웠겠소. 물속으로 가라앉아 모습이 보였다 말았다 하는데 한참 있다 연산군이 군사더러 선생을 끌어올리라고 하고는 선생에게 물었소. 그래, 네가 물에 빠져보니까 어떻더냐, 네가 그러고도 내가 하고자 하는 바를 막으려느냐. 선생께서 대답하시기를, 전하 이 어리석은 신하가 방금 물속에서 멱라수에 빠져 죽은 초나라 충신 굴원을 만났사옵니다, 하였소. 연산군 이 개 쓰레기 잡놈이 충신이라는 말에 눈을 크게 뜨면서 군사의 허리에서 칼을 빼들고는 당장 베어 죽일 듯이 그래, 그 굴원이 뭐라 하더냐 하니 선생은, 굴원의 말이 자신은 비록 어리석은 군주를 만나 뜻을 펴지 못하고 죽었으나 그대는 다시 없이 영명한 임금 아래서 벼슬을 살고 있으니 지금 여기에 오래 머물 일이 아니라고 하면서 물속에서 저를 떠밀어 올려보냈사옵니다, 하는 것이었소. 그제야 임금이라는 잡놈이 칼을 다시 꽂으면서 너의 말이 너를 죽이고 또 살리는구나, 하고는 다시 이름과 직책을 물어서 좌우에 적어두게 하였던 것이오."

남자의 입에는 버캐가 끼고 관자놀이에는 핏줄이 솟아 있다. 카메라맨이 피식 웃으며 "그 사람 머리 좀 돌아간다"고 반응을 보인다. 프로듀서가 김문일에게 정식으로 취재와 녹화를 하겠다고 제안한다. 김문일은 당연히 그럴 줄 알았다는 듯 고개를 끄덕거린다. 카메라맨이 삼각대를 설치하고 마이크를 점검하는 동안 프로듀서가 내게 오늘 일정은 여기서 끝내겠다고 하면서 김문일의 이야기가 끝나면 인터뷰를 해달라고 한다.

"저 사람 하는 말 절대 믿지 마세요. 동네 노인회관에 굴러다니는 옛날 야담책 같은 거 보고 하는 소리예요. 문화해설사 교육받으러 와 가지고는 저딴 노가리 가지고 오히려 우리를 가르치려고 덤비더라구요. 못하게 하면 교육 못 받겠다고 가버리고. 교육도 안 받으려는 인간이 꼭 남을 교육시키려고 난리예요. 내가 정말 돌아버리겠어요, 저런 엉터리들 땜에."

최현명이 내게 다시 속삭인다. 과장되게 친근한 태도로. 김문일의 이야기는 이미 폭군으로 분류된데다 죽어서 달리 변명을 할 수 없는 연산군을 개 쓰레기니 어쩌느니 하는 감정 섞인 호칭을 써가며 일방적으로 매도하고 있어 새로울 것도, 설득력도 없다. 지겨운데 본인은 남을 지겹게 하는 줄 모른다는 게 또 지겹다.

"아, 안녕하십니까요, 허나두울수엣" 하고 마이크를 시험하느니 화이트 밸런스를 맞추느니 하며 심각하고 진지한 얼굴의 김문일을 보고 있기가 참을 수 없이 괴로워서, 일어나 열녀각을 돌아서자마자 최현명의 말을 뒷받침하는 증거가 나타난다. 열녀각 뒤편에 판판한 바위 위에 깔려 있는 야외용 비닐 자리에 얄팍한 책자가 목침과 함께 놓여 있다. 해서체로 쓰인 '陽村'이라는 한자가 표지의 절반은 차지하고, 비석과 무덤을 개수한 사진과 찬조금 협찬자 명단이 나오는 게 어느 문중에서 발간한 잡지가 분명하다.

소나무 잔가지가 떨어져 있는 바위에 걸터앉아 잡지를 집어들고 몇 장을 넘겨본다. 표지까지 합쳐 서른두 면밖에 되지 않았지만 특집이 두 개나 된다.

〈특집 1〉은 후손들에게 예절을 가르치자는 것이다. 그중 공수법(拱

手法)이 문제인데, 절을 할 때 남자는 오른손을 왼손 위에 겹쳐 절하고 여자는 그 반대로 해야 한다는 설과 길사와 흉사 때 구별한다는 설, 중국 당나라 시대 이전에는 그런 구별이 없었으니 아무렇게나 해도 상관없다는 설이 대립되어 있다. 〈특집 2〉는 김문일이 기고한 내용으로, 경상도의 어느 집안에서 소가 강을 헤엄쳐 건너는 형세의 명당을 잡아서 정승 판서가 몇 대에 걸쳐서 났고 충청도 어느 집안에서는 무덤 정면의 문필봉(文筆峰)이 뚜렷한 장소에 묘를 써서 정승과도 안 바꾼다는 대제학이 연거푸 났다는 풍수지리 이야기다. 명색 문화평론가의 시각으로 평하라면 수박 겉핥기, 반풍수, 무책임의 전형이다. 앞의 두 가지 이야기가 요즘 같은 세상에 어떤 의미가 있는지 분석하는 내용을 세번째 특집으로 담아야 하지 않을까 싶지만 그런 특집을 꾸미기에는 지면이 부족한 것 같다.

김문일이 한 이야기 중 그런대로 재미가 있던, 배를 타는 것을 두고 벌어진 군신간의 대거리는 어느 대학 한문학과 명예교수의 특별기고 형식으로 잡지 맨 뒤에 실려 있다. 그런데 그 이야기의 주인공은 양촌(陽村) 김수인(金守仁)이 아니라 남계(藍溪) 표연말(表沿沫)이다. 어이가 없어 잡지를 들고 원래 있던 곳으로 나오는데 나도 모르게 "쉬이이" 하고 타이어에서 바람 빠지는 소리가 난다.

이미 촬영이 시작되고 있어 내가 발견한 사실을 말할 틈이 없다. 김문일은 카메라를 의식해서인지 종전보다는 신중한 말투를 쓰고 있다. 최현명은 의자에 앉아 다리를 뻗고 미소를 지으며 김문일을 바라보고 있다. 해볼 테면 해보라는 식으로. 어디 한번 들어나보자, 싶어 나는 최현명의 옆에 앉는다.

열녀각의 주인공은 조선 중기의 여성으로 열다섯 살 때 인근의 토착 사족(士族) 김씨 집안에 시집왔다. 남편은 열여덟 살의 나이에 지방의 향시에서 장원하고 한성의 회시에서 진사로 합격했으며 성균관을 거쳐 스물세 살에 문과 정시에 급제할 정도로 영명했으니 당시 금일이 낳은 최고의 준재로 촉망받았다. 환로에 든 남편은 청요직인 사간원 정언이 되었다가 때마침 천재지변이 자주 일어남에 따라 연산군에게 향락과 사냥을 삼가라는 상소를 올렸다. 상소에 들어 있던 강직한 언사가 임금의 비위를 건드려 국문을 받던 중에 장살(杖殺)당했다. 여기까지는 당시에 흔히 있을 법한 일이다. 그런데 고향집에 있던 정씨 부인의 행실이 남달랐다.

한양에서 고향집으로 줄지어 소식이 전해졌다. 어느 하루는 집에 어떤 사람들이 모였고 조정의 젊은 간관의 뜻을 대표해 상소를 올린 게 언제이고, 어느 하루는 그 때문에 잡혀갔으며, 또 어느 하루는 모진 추국에 살이 터지고 뼈가 부서졌다는 이야기가 편지로 인편으로 전갈로 소문으로 이어졌던 것이다. 하지만 남편 본인이 직접 모습을 보이거나 편지를 보낸 적은 없었다. 정씨 부인의 꿈속에도 나타나지 않았다.

"큰 잔 가득 술을 청해 마시고 형장의 이슬로 사라져간 김수인 선생, 그 부음이 고향 마을에 전해지자 원근의 일가친척과 권속이 모두 집으로 몰려와서 통곡을 했지요. 아들이 죽었다는 말에 늙은 부모는 혼절했고 노복들까지 마당에 널브러져서 발을 뻗고 울어댔다오."

발을 뻗고 울어댔다? 바로 이런 실감나는 표현이 김문일을 문인으로 자부하게 하는 바탕인 듯싶다. 창작이든 무단 도용이든 간에.

"그렇지만 부인은 전혀 동요하지 않았소. 내 눈으로 직접 내 남편의 관을 만져보기 전에는 절대로 믿을 수 없다는 것이었소. 부인은 상복을 입지도 않았소. 평소와 다름없이 시부모를 위해 직접 밥을 짓고 찬을 마련하여 지극한 정성으로 음식을 권했소. 또한 평소와 다름없이 집 안팎을 쓸고 닦고 사립을 바로 세웠으니 마을 사람은 물론 찾아오는 손님마다 천둥 벼락 비바람 속에서도 반듯하게 서 있는 집안이라는 칭송을 했지요. 특히 시어머니의 병환이 차도가 없자 직접 똥을 맛보고 손가락에서 피를 내어서 입안에 흘려넣음으로써 정신을 차리게 했으니 천하에 이런 효성이 다시없을 것이오."

김문일의 말이 끊어진다. 눈을 떠보니 프로듀서가 카메라 앞에 손을 대어 촬영을 멈추게 한 상황이다. 프로듀서가 김문일에게 질문하는 말소리에는 웃음기가 전혀 없다.

"아니 선생님, 왜 환자의 똥을 맛본다는 거지요? 환자가 남의 손가락 피를 마시면 무슨 효과가 있나요? 선짓국을 해드리는 게 낫지 않을까요?"

궁금해서가 아니라 말도 안 된다는 식이다. 김문일은 불쾌한 듯 프로듀서를 노려본다. 목덜미에 머리털이 우북하게 솟은 것이 어린 사냥개를 앞에 두고 털을 빳빳이 세운 늙은 멧돼지를 연상케 한다.

"허 참 나, 어이가 없어서. 요새 젊은 분들은 뭘 모르면 배울 생각은 하지 않고 그게 틀렸다는 식으로 시작하지."

김문일의 말에서 '젊은 분'이 '젊은 놈'이나 '젊은것'이 되었다면 자리가 단박에 끝났을 것이지만 그는 자신의 연설이 계속되기를 바라고 있는 게 분명하다.

"젊을수록 고전을 읽고 온고이지신하는 제대로 된 공부를 해야지 밤낮 가짜 오르가슴만 보여주는 경박한 인터넷만 쳐다보고 있으면 뭘 하느냐 말이오. 거기에는 이런 이야기가 절대 나올 수가 없어, 절대 없다고. 옛사람들의 생각과 언행에서 배운 기본이 없으니 뿌리가 없는 인간들끼리 밤낮을 가리지 않고 촛불이나 켰다 껐다 하며 부화뇌동 행패나 부리고 다니는 게 아니겠소. 자, 들어보시오. 옛날 의원들은 환자의 똥 맛을 봐서 병세를 판단했소. 자식이 의원 대신 맛을 봐서 시다, 짜다, 달다, 쓰다고 하면 의원이 치료를 했던 거요. 효성이 지극한 사람만이 부모의 똥을 맛볼 수 있었고 나를 낳아준 부모를 살리기 위해 손가락을 물어뜯어 그 피를 흘려넣어서 잠시라도 기운을 차리게 할 수 있었던 거요. 그게 무슨, 맛으로 영양으로 먹는 거라고 생각하면 오산이오."

자신이 잘 알고 있는 세부를 설명할 때의 그는 강하다. 새삼스레 김문일의 행색을 살펴본다. 검은 구두에 목이 긴 양말을 신고 있고 늘어진 주머니에 검은 안경집이 든 모시옷을 입고 있다. MP3인지 라디오인지 휴대전화용인지 짐작이 가지 않는 이어폰을 오른쪽 귀에 꽂고 있어 농부는 아닌 줄 알겠지만 행색만으로는 무슨 일을 하는 사람인지 알 수 없다. 문화해설사는 관광객에게 문화유산을 해설해주는 사람이고 문화유산의 특징과 의미를 이해하는 양성 과정을 거쳤어야 한다. 열녀각이 있는 장소가 관광객이 다녀갈 만한 명소인지 아닌지 판단하는 것은 관두고라도 김문일에게는 해설 기법이니 관광객의 심리, 역사와 문화에 대해 교육받은 흔적이 전혀 없다. 하긴 내가 아는 김문일은 교육, 그것도 남들에게 받는 교육은 무조건 싫어했다.

그는 어린 시절 부모가 죽고서 한학을 하는 조부에게서 한문을 배웠을 뿐, 제도교육의 혜택을 거의 입지 못했다. 십대 중반에 조부가 죽자 학교를 갈 수 있게 되었지만 스스로의 선택으로 학교에 가지 않았다. 그뒤로는 주로 독학으로 한문 전적(典籍)을 읽고 쓰는 문인이 되었다. 그는 이십여 년 전 금일군에서 조선시대에 발간된 한문 읍지(邑誌)인 『금일지』의 번역·개정판을 낼 때 담당 과장의 추천으로 일부분의 초역을 맡게 되었다. 삼 년 동안의 번역 기간을 거쳐 원고를 넘겨받은 편찬위원회의 연로한 위원들은 각 집안과 계층의 이익을 대변하고 서로를 견제하느라 세월만 보냈다. 일이 진척되지 않자 군수의 결단으로 김문일이 다시 편집 실무를 맡게 되었고 늦었으나마 금일의 근현대사까지 망라한 한글판 『금일지』가 세상에 나왔다. 김문일은 번역과 편집 과정에서 금일의 역사와 각 문중의 관계에 대해 누구보다 풍부한 지식을 갖게 된 것은 물론이고 각 집안의 관심사를 책에 반영하면서 상당한 신망을 얻었다. 그뒤로도 각 문중의 한문 문집의 번역이나 비문 편찬 등등에 관여하면서 지역 언론과 문화계에 발을 들이밀어 당당히 한자리를 차지했다.

어떻든 시작한 일은 끝을 내야 하고 빨리 의미 있는 결과를 내야 하기 때문에 카메라에 다시 불이 켜진다. 김문일은 표정이 완전히 풀린 것은 아니지만 다시 해설사의 모습으로 바뀐다. 본인이 완벽하다고 믿는 그대로.

형장에서 김수인의 시신을 수습하고 치상을 하여 고향으로 오는 데는 보름이 넘게 걸렸다. 남편의 관이 집으로 향했다는 소식을 듣고 나서 부인은 식음을 전폐했다. 하지만 시부모를 돌보고 집안을 바로 세우는 일은 계속되었다. 상복은 여전히 입지 않은 채였다. 마침내 운구 행렬이 금일의 경계에 들어섰다는 소식이 들려왔다.

"아, 선생의 상여가 관아 앞을 지날 때 고을의 모든 사람들이 길가에 나와서 선생을 영결했소. 연산군 그 짐승 같은 임금의 칼이 두려워 소리 내어 곡을 하지는 못하였어도 아까운 나이에 억울하게 죽은 선생의 관 앞에서 주먹을 쥐고 눈물을 닦지 않은 사람이 없었던 거요. 나이 일흔이 넘은 고로들이 나서서 소매를 어깨까지 걷어붙이고 푸른 눈, 검은 머리카락을 하고 죽은 선비의 상여를 서로 메겠노라고 목소리를 높여 다투었소. 선비의 충절과 재주가 자신들의 자손들에게 옮겨질 것으로 생각했기 때문이오. 한여름에 보름 넘게 시신이 관 속에 들어 있었으니 시신 썩은 물이 상여를 멘 사람들의 어깨와 땅에 뚝뚝 떨어지고 있었소. 하지만 그 누구도 그것을 피하거나 더럽다 하지 않았소. 그런데 바로 이 언덕에 상여가 이르자 사람들의 발이 땅에 붙어 상여가 더이상 움직이지 않는 것이었소. 다른 사람들이 상여를 들면 그 사람들의 발도 움직이지 않았소. 그렇게 몇 시간을 씨름하고 있었소. 이때 집을 지키고 있던 정씨 부인이 울며 달려온 시동생에게서 그 소식을 들었소. 부인은 비로소 상복을 꺼내 입고 삼단같이 긴 머리를 풀어헤치고는 맨발로 걸어서 상여로 갔지요. 상여를 둘러싸고 있던 수백 명이나 되는 사람들이 파도가 갈라지듯이 길을 내주었소. 부인은 맑은 눈으로 사람들에게 감사 인사를 한 뒤 관 앞에 꿇어 엎드렸소. 그러고는 희고 여윈 손가락으로 관을 어루만지며 말했소. 여보, 삶과 죽음의 경계가 이미 정하여졌으니 나와 함께 집으로 돌아갑시다. 늙은 부모님께서 당신을 기다리고 계십니다. 그러고는 나직하게 통곡하기 시작했소. 수백 명의 사람들이 뒤를 따라 한꺼번에 땅을 치며 하늘을 향해 울부짖기 시작했지요. 그때 저 소나무가 뿌리째 뽑히도록 거센 바람이 불더니 먹구름이 치솟아오르고 억수 같은 비가 오기 시작했소. 그러더니 관이 움직이기 시작했던 거요."

평강공주처럼 남편의 관을 집으로 옮겨온 부인은 빈소에 관을 안치하고 법도에 한 치도 어긋남이 없이 장례를 치렀다. 이윽고 장례가 끝나자 부인은 시동생의 아들로 하여금 남편의 후사를 잇게 했다. 그러고는 자리에서 일어나 방으로 들어간 뒤 날이 저물도록 나오지 않았다. 집안 사람들이 들어가 살펴보니 대들보에 목을 매 숨진 뒤였다. 부인의 얼굴에는 눈물이 마르지 않은 채였으나 어찌 된 일인지 웃음이 감돌고 있었다. 부인의 표정에 웃음기가 있었다는 말을 하는 김문일의 눈매에도 웃음기가 돌고 있다. 그는 확실히 연기자다.

김문일을 처음 만났을 때 나는 운동권과 공부 사이를 어설프게 오가다 대학을 졸업하고, 어설프게 생활의 전선에 내몰린 상태였다. 그무렵 국회의원에 출마할 예정인 같은 고향 출신 기업인의 자서전을 써달라는 청탁을 받았다. 자서전을 쓰려면 그의 집안에 대해서 조금이라도 알아야 했고, 때마침 출마 예정자와 같은 문중의 일원으로 돈많은 일가붙이의 주머니를 털어 종가를 번듯하게 복원하는 데 혁혁한 공을 세운 김문일을 만났다. 그때 김문일이 주력한 것은 자신과 문중의 지속 가능한 영광을 보장할 인물의 발견이었다. 정확하게는 창작이었다.

그는 종갓집의 사랑채를 차지하고 앉아 임진왜란 초기에 실종되었다 전후에 힘 있는 인척이 조정에 있어 선무원종공신록(宣武願從功臣

224

錄)에 이름이 올라간 조상에 관해 글을 쓰기 시작했다. 그가 왜군에게
잡혔다 탈출한 뒤 선조 임금을 호종하며 배후에서 초인적인 지략으로
전란에서 승리하게 한 과정을 사실이라고 끝까지 우기기는 힘들었는
지 소설이라는 이름으로 출판했다. 그런 한편 정사의 넓은 행간을 헤
엄쳐다니며 개연성을 사실(史實)로 둔갑시키는 글을 곳곳에 기고하
고 있었다. 그를 만나기 전 건네받은 소설과 몇 편의 글을 읽고 나는
단박에 그의 정체를 알게 되었다. 나 같은 문외한의 눈에도 쉽게 드러
나는 그의 강변과 억설이 어떻게 문중과 지역사회에서 통했는지는 알
길이 없다. 짐작하기로는 당시에는 저마다 먹고살기에 바빠 객관적인
검증을 할 사람이 없었거나 관심이 없었기 때문이지 싶다.

"비록 이승에서 지아비를 잃었다는 슬픔으로 눈물지었으나 곧 저
승에서 반갑게 손잡고 만날 낭군 생각에 웃음이 지어진 게 아니겠소.
훗날 연산군이 반정으로 쫓겨나자 양촌 선생의 관작이 복구되고 대사
간이 추증되었으며 감사가 부인의 아름다운 행실을 조정에 보고하여
정려비가 내려오게 된 것입니다. 비문은 임금이 친히 쓰셨으되, '문충
공의 핏줄이 곧바로 이어지지 않은 것이 고상하다고는 하지만 본디
근원이 맑으니 흐름도 맑고 푯대가 바르니 그림자가 바르도다. 어찌
관계가 없다 하겠는가' 하셨소."

말을 마친 김문일은 포만감에 젖은 사자처럼 입을 찢어져라 벌리고
아래위 턱을 움직이더니 담배를 꺼낸다. 나는 김문일이 담뱃불을 붙
이기를 기다린다.

"아까 비문을 임금께서 친히 쓰셨다고 했는데 그 임금이 중종이겠
지요? 원문 내용을 자세히 좀 알 수 있을까요?"

김문일은 나를 힐끔 올려다보더니 생각에 잠기는 척한다. 눈을 크게 뜨는 순간 나는 그의 표정에서 이런 문장을 읽어낸다. '제대로 걸렸다.' 이어 그는 손가락 끝을 까딱거려 내 손에 들려 있던 일정표와 볼펜을 건네받는다. 입에 담배를 문 채로 거침없이 일정표 뒤 백지에 한문 문장을 휘갈겨 쓴다. '不係世累 雖日高矣 源淸之流 表正之影 豈無所關哉.' 그러고는 종이 위에 안개를 씌우듯 담배연기를 뿜고 나서 말한다.

"이게 무슨 뜻인지 알겠소, 젊은 양반?"

나는 무력하게 고개를 젓는다.

"허허 참, 모르면 차라리 말을 말아야지. 뭘 중종이니 말종이니 하고 따지기는."

분명히 그의 말에는 허점이 있을 터인데 어떤 건지는 기다리면 알게 될 것이다. 언젠가 그랬듯이.

"두 분 인터뷰, 찍을까요?"

프로듀서가 묻는다. 나는 그러라고 한다. 김문일이 고개를 살짝 꼰다.

"원래 이 프로그램의 캡틴이셨구만. 하도 조용하게 있어서 내가 몰라봤소."

"뭘요. 전 아무것도 아닙니다. 그냥 진행만 맡아서……"

"그러게, 뭐든지 진행이 중요한 게 아니오?"

"글쎄, 그게 그렇습니다."

나는 설명을 하려다 만다. 그런 건 결코 중요한 게 아니니까. 다시 카메라에 불이 켜진다.

"이거 좀 깨끗하게 다시 쓰는 게 좋겠지만서도……"

김문일이 백지를 가리키자 프로듀서가 얼른 그건 자막으로 처리할 테니까 염려하지 말고 설명만 제대로 해달라고 한다. 김문일은 득의 양양한 얼굴로 설명을 하기 시작한다.

원래 그 앞에 있는 문장은 정씨 부인이 충신 정몽주의 후예이자 김수인 선생의 배필로서 절개를 다하고 죽음으로써 부도(婦道)를 지켰다는 것이다. 이어진 문장을 해석하면 다음과 같다.

'(충성된) 조상과 상관없이 후손의 마음됨이 충성스럽다면 어찌 고상하지 않으리오마는(不係世累 雖曰高矣), 근원(정몽주)이 맑으니 그뒤의 흐름(부인)도 맑은 법이고(源淸之流), 푯대가 바르니 그 아래의 그림자도 곧은 법(表正之影), 어찌 관계가 없다고 하겠는가(豈無所關哉).'

"글이 참 어렵네요. 그러니까 정씨 부인의 행실이 충성된 근원에서 흘러내린 충성된 것이라?"

내 물음에 김문일은 식초를 머금은 듯 얼굴을 찌푸린다. 무슨 말인가를 외우는 듯 중얼거리고 나서는 부채를 활활 부쳐댄다. 역시 연기다. 어설픈.

"그게 말이야. 원래 경전에는 이렇게 써. 원청즉유청이요 표정즉영직(源淸則流淸 表正則影直)이라. 근원이 맑으니까 뒤의 흐름도 맑다. 푯대가 똑바로 서니 그림자도 바르다. 이제는 확실히 알겠소? 여기서 뽀나스. 표(表)는 거죽이나 표면이 아냐. 옛날에 해시계 같은 걸 만들 때 세웠던 막대기 같은 걸 표라고 한 거라 말이지. 막대기가 똑바로 서야 그림자도 똑바를 게 아니냐고."

나는 또 십여 년 전 그때의 기분으로 돌아간다.

"잘 알겠습니다. 정말 대단한 내용이네요. 그런데 정몽주 선생이 고려에 충성한 것이지 조선에 충성한 건 아닌데, 조선 태조의 후손인 중종 임금이 고려 왕조에 충성을 다한 사람의 후예에게 충성스러움을 이어받았다고 친필로 칭찬한 건 이해가 잘 안 되는데요."

"포은은 해동 성리학의 시조야. 조선의 통치이념이 성리학이고. 그러니까 포은을 죽인 태종이 영의정 벼슬을 추증하고 중종 때는 문묘에 배향까지 했지. 당연히 그 후예에게 잘해줄 수밖에."

역시 많이 알고 있다. 많이는.

"제 말은 포은 선생이 중요하냐 중요하지 않으냐가 아니고 이런 향촌에서 남편을 따라 죽은 정씨 부인에게 글을 써서 표창을 해줄 정도로 남편이나 정씨 부인이 당시 임금에게 중요했는가 하는 겁니다."

"그럼. 삼강오륜으로 봐도 남편은 군위신강(君爲臣綱)에 해당하고, 여편은 부위부강(夫爲婦綱) 아냐. 왜 표창을 못해?"

점점 반말이 늘어간다. 점쟁이도 아니면서.

"임금이 직접 글을 써서 줬다면 뭔가 더 중요한 게 있어야겠죠. 중종의 어필이 연일 정씨의 열녀각에 남아 있을 정도면 이게 국보는 몰라도 보물은 되어야 하지 않나요?"

"제대로 아는 것도 없으면서 중요한 건 놔두고 지엽말단에 매달리는 게 식자우환의 병통. 중증이야. 구제불능의 중증."

나는 도저히 참을 수 없었다.

"이곳이야말로 지엽말단의 대표적인 위치에다 지엽말단의 엉뚱한 이야기를 만들어내는 지엽말단의 독무대네요. 지엽말단의 문자에 매

달려서 세금이나 축내는."

김문일이 나를 노려보며 왼쪽 입술을 이로 몇 번 깨물어 비틀더니 말한다.

"카메라 꺼."

카메라맨이 묻는다. "뭐라고요?" 하고. 프로듀서가 내게 "영일 정씨가 맞아요? 아까부터 보고 있었는데 저기 비각에 있는 연일 정씨는 뭐죠?" 한다. 나는 최현명을 향해 묻는다. "이 양반 어디 소속인지 아세요?" 풍차처럼 질문이 돌고 있다. 최현명은 "문화해설사는 아니지만 뭐 그냥 자원봉사도 가능하죠. 아니면 문중에서 파견한 자원봉사?" 한다. "봉사면 다 자원이죠. 타원도 있나? 남이 원해서 하는 건 노동이지, 무임금인지는 몰라도" 하는 내게 김문일이 말한다. "당신 간첩이야, 공산당이야, 뭐야? 누가 보냈어?" 프로듀서는 "와, 정말 대화 어렵다, 수준 높다" 하더니 카메라를 끄게 한다. 시간 낭비, 배터리 낭비, 메모리 낭비라고 결론 내린 듯.

십 년 전 나와 김문일의 대화도 그런 식이었다. 김문일이 먼저 임진왜란 때 실종된 자신의 문중 조상이 얼마나 훌륭한 인물인지 유창하게, 여러 가지 근거를 들어 설명했다. 나는 상식선에서 생겨나는 의문을 풀기 위해 몇 가지 질문을 했는데 그는 설명을 하다 제풀에 막히자 내게 물었다. "너 뭐야?" 하고. 스스로의 논리에 문제가 있을 때 의문을 제기한 사람을 공격하면 자신의 논리의 문제가 없어지는 걸로 착각하고 있는 사람다웠다. 그뒤에 또 미진한 게 있어서 할 수 없이 그를 또 만나게 되었는데 그는 아주 간단한 사실을 과장과 허세, 근거 없는 찬양으로 오리무중의 이야기로 만들더니 내가 그걸 지적하자 다시 물었다. "너 누가 보냈어?" 완벽한 자신을 질시하고 무너뜨리려는 세력이 있다는 망상. 결국 나는 국회의원 출마 예정자의 자서전을 쓰지 못했다. 국회의원 출마 예정자는 출마하지 않았다. 나 대신 김문일이 쓰기로 한 자서전 역시 출간되지 않았다.

뒷날 김문일은 자신의 조상을 찬양하기 위해 쓴 소설에 지역에서 창의한 의병을 지역 토호들의 오합지졸 사병 집단으로 깎아내린 사실이 밝혀지며, 뒤늦게 조상의 행적에 관심을 가지게 된 의병의 후예들로부터 협공을 받아 잘 지어놓은 종갓집의 사랑채에서 나가지 않으면 안 되었다고 했다.

세상 사람들은 조상의 아름다운 행적에 상관없이 아름다운 삶을 산 후예가 있으면 그 행적을 더욱 높이 기린다. 세상 사람들은 작건 크건 자신의 세계를 잘 가꾸며 살아가고 있는 사람들을 아름답다고 여긴다. 김문일 같은 유형의 사람들은 어떻게든 그런 사람과 자신을 연결 지으려 한다. 그렇지 못하면 자신의 삶이 의미가 없다고 생각한다. 다른 사람의 권위를 제 것으로 하지 못한 상황에서는 목욕탕에서 만날 수 있는 사람처럼 평범하지만 일단 그것이 자신의 것이 되었다고 믿게 되면 타인을 폭력적으로 지배하려든다.

"너 이 쥐새끼같이 깐족깐족하는 놈. 내가 눈을 시퍼렇게 뜨고 있는 한 의원님 자서전을 절대로 못 쓰게 할 거니까 두고 봐. 너 알아, 말 많으면 공산당이라는 거? 그따위로 살다가는 니 대갈통 속 골수를 니 이빨로 다 갉아서 니 주둥이로 쪽쪽 빨아먹을 거다. 니 평생에 절대 성공은 없다."

김문일은 그렇게 게거품을 뿜으며 말해놓고도 그다음에 전화를 건 나를, 이름까지 말해도 기억하지 못했다. 그의 관심사가 워낙 폭이 넓고 깊어서 나처럼 평범한 인물은 기억할 여분의 뇌세포가 없을 것이다.

"어이, 요리로 오세요, 욜로! 여기 성춘향이 뺨치는 천하무쌍의 열녀 영일 정씨의 이야기를 들려드릴 테니까. 이런 기회가 흔치 않아요. 살아 있는 역사 교육이 공짜요, 공짜!"

언제 무슨 일이 있었느냐는 듯 김문일은 벌떡 일어서서 어디서 옮겨다 심어 벌겋게 말라죽어가고 있는 소나무 아래에서 머뭇거리는 일가족을 향해 소리친다. 선글라스를 끼고 반바지를 입은 사십대 남자가 차에서 내려 서 있고 수영복 차림의 초등학생과 화려한 꽃무늬 원피스를 입은 삼십대 여자가 차문을 닫는 중이다.

"저렇게 하면 저 사람한테 뭐가 남을까요?"

돌아서 나오는 차 안에서 프로듀서가 한쪽 눈을 찡그린 채 묻는다. 반쯤 잠이 들고 반쯤은 깬 채.

"원래 시끄러운 사람이 시끄럽지 않으면 안 된다는 속성을 유지한다는 거, 점점 더 완성도가 높아지는 블랙홀 같은 허구가 남겠죠. 이런 거, 사람들이 만나고 말하고 헤어지고 논평하고 뭐 이런 평범한 순간들, 사소하고 미미한 것들도. 그리고 여기저기 관계하고 관계에 기생하면서 살고 있다는 사실이. 우리도 똑같고."

나는 중얼중얼 말한다. 알아듣든 말든.

백로 한 마리가 금일천 얕은 물에 고개를 박고 있다. 천변에도 비쩍 마른 백로가 한 마리 서 있다. 다리 하나를 들고 있는 쪽으로 한 마리가 움직여 간다, 너무 빠르지도 느리지도 않게. 사소하고 평범한 것에 나는 집중한다, 다시.

해설| 서영채 (문학평론가)

이 집요한 능청꾼의 세계

1. 어처구니의 다른 사회성

성석제의 작가 이력이 이제 이십 년을 넘어가고 있다. 그가 처음 『그곳에는 어처구니들이 산다』라는 책을 들고 나왔던 것은 1994년, 그리고 단편소설이라 지칭되는 물건을 처음 독자에게 선보인 것은 1995년의 일이었다. 그의 등장이 돋보였던 것은 그의 책이 지니고 있는 이채로움에 있었다. 단순한 산문집도 아니고 엽편소설들 같기도 하고 더러는 단편소설이라 할 정도의 분량의 작품도 없지 않아서 뭐라고 규정하기 어려운 책이었다. 하지만 그 책이 지니고 있던 독특함은 단순히 그런 형식 때문만은 아니었다. 이 점은 그후 성석제라는 작가가 본격적으로 소설들을 써내면서 좀더 명확해졌는데, 그 책에서 진정으로 성석제적인 개성이라 해야 할 것은 그의 글쓰기가 만들어내고 있는 매우 특별한 분위기였다. 우습고 짧은 이야기들이 안개처럼 뿜어낸 느슨하고 나른한 분위기가 그것이었다. 물론 그런 분위기는 성석제가 선택한 소화(笑話)의 형식 자체가 지니고 있는 것이라고도 할 수 있겠으나 이 경우에도 중요한 것은 그가 그런 형식을 선택했다는 사실 자체이겠다.

그의 등장을 전후한 맥락 속에서 특별히 주목할 만한 점은, 그가 만들어낸 웃기는 이야기들 속에 공격성이 존재하지 않는다는 사실이다. 물론 여기에서 말하는 공격성은 웃음 자체가 지니고 있는 공격성을 뜻하는 것은 아니다. 그런 공격성이란 웃음을 양식화하는 한 보유할 수밖에 없는 것이기 때문이다. 그렇다면 그의 이야기 속에 존재하지 않는 것으로서의 공격성이란 무엇을 뜻하는 것인가. 1970~80년대 김지하의『오적』과 이문구의『우리 동네』등에서 정점에 도달했던 사회적 비판의식이 그것이다. 그러니까 1990년대에 들어 새롭게 등장한 성석제의 웃음 속에는 그때까지 풍자라 지칭되어왔던 정치적 감각이 존재하지 않았던 셈인데, 이 점은 20세기의 한국문학사를 염두에 둔다면 두고두고 곱씹을 만한 대목이 아닐 수 없다. 그것은 성석제라는 한 작가의 특성이기 이전에, 21세기로의 전환기 한국 사회와 맥을 같이하는 시대적 감수성의 변화를 보여주는 것이기 때문이다.

성석제의 텍스트 속에서 표현되는 사회적 공격성의 결여가 곧바로 사회성의 결여로 연결되는 것은 아니라는 점 또한 강조되어야 하겠다. 성석제의 이야기가 택한 것은 사회성으로부터 이탈이 아니라 다른 사회성이었다고 해야 한다. 한국문학 속에서 1970년대와 1980년대를 풍미했던 정치적 풍자라는 양식이 점차 힘을 잃어가고 그 자리에 성석제식의 웃음이 등장하는 것은, 1990년대에 접어들면서 한국 사회가 탈냉전시대로 진입하는 것과 맥을 같이한다. 현실사회주의의 몰락과 함께 자본주의는 세계를 지배하는 유일한 체제가 되었고, 자본의 외부를 상상할 수 있는 대안적 사유의 현실적 거점이 자리를 잡기 힘들어졌다. 한국에서 초국적자본의 위력을 실감나게 보여주었던 사건, 그것이 단지 숫자나 개념에만 불과한 것이 아니라 한 나라의 경제와 그 안에서 살아가는 모든 사람들의 살림살이에 매우 구체적이고 강력한 영향력을 행사할 수 있다는 것을 보여주었던 사건은 다름아닌 1997년의 외환 위기였다. 냉전시대와는 달리 자본주의가 어떤 이념의 형태가 아니라 구체적인 삶의 모습으로, 대출이자와 환율, 생활물가, 집값 같은 매우 현실적인 위력으로 다가왔던 것이다. 그것은 우리의 삶이 세계체제로서의 자본주의적 현실 속에 출구도 퇴로도 없이 갇혀 있다는 사실을 깨닫게 해주기에 충분했다.

그런 세계 앞에서 문학은 어떤 자세를 취해야 하는가. 성석제의 웃음은 그런 자세의 하나를 보여주고 있었던 셈인데, 이 점은 물론 시간이 좀더 지나고 난 다음에야 소연해지는 그런 성격의 것이기도 했다. 대안적 사유의 거점이 존재하지 않는 곳에서, 또는 세계의 바깥을 사유하기 힘들어진 상황에서, 풍자가 여전히 존립할 수 있다면 그것은 자기 풍자의 형태일 수밖에 없다는 점을 성석제의 웃기는 이야기가 보여주고 있었던 것이다. 그런 점에서 보자면 성석제가 보여주었던 웃음은 탈-사회성이 아니라 또다른 사회성으로의 전환이었던 셈이다. 그것은 한국이 이제, 1970~80년대에 직면해야 했던 제3세계적 특수성이 아니라, 세계체제로 군림하는 자본주의와 정면으로 마주하게 되었다는 사실을 반영하고 있다. 그것은 출구 없는 자본주의 세계체제의 미로 속에서, 들뢰즈의 '탈주'라는 말이 1990년대 한국에서 큰 호응을 얻었던 것과 같은 맥락을 지니고 있다. 요컨대 1990년대 중반 성석제가 들고 나온 특이한 서사물들, 게으르고 나른하고 어처구니없는 이야기들은 감수성의 시대적 변화를 다른 무엇보다 일찍 보여주고 있었던 셈이다.

2. 시선의 보충이 만들어내는 풍경들

성석제가 지난 이십 년간 보여주었던 한결같은 모습도 이런 점에서 당연해 보인다. 그의 이야기들이 부각해온 것은 말 그대로 어처구니없는 존재들이다. 그것은 사람일 수도 있고 상황일 수도 있다. 이번 소설집에 실려 있는 작품들로 말하자면, 한 특이한 사기꾼 동창생의 모습을 그린 「홀린 영혼」은 전자에 해당하고 반복되는 자동차 사고와 보험 처리의 상황을 다룬 「론도」는 후자에 해당한다. 이런 어처구니없음이 비슷한 템포와 어조로 한 작가에 의해 이십 년 가까이를 지속한다는 것은 쉬운 일이 아니다. 다른 것은 다 치워두더라도 이런 한결같음은 그 자체로 주목할 만하다. 또한 이런 시선으로 성석제의 세계를 바라본다면, 그의 세계의 특성들이 어떤 역설적인 모습으로 전도되는 것을 목도할 수 있을 것이다. 어처구니없는 세계의 실없음과 나른함이 단정한 실없음과 견결한 나른함으로 변신하는 것을.

성석제의 인물들이 지니고 있는 어처구니없음은 자본주의가 요구하는 합리적인 비즈니스맨의 품성과는 정반대의 영역에 놓여 있다는 점에서 특징적이다. 자본주의가 요구하는 품성이 무엇인지는 자명하다. 줄 것은 주고, 받을 것은 받는 교환의 합리성이 그 한복판에 있다. 이상적인 형태의 교환이라면 물론 두 당사자가 모두 교환을 통해 제 나름의 이득을 보는 것이다. 폭력을 통해 일방의 손해를 강요한다든지 위계나 거짓을 통해 한쪽이 일방적으로 이익을 취하는 것은 교환의 윤리에 어긋난다. 둘 사이의 저울추가 평형상태에 이를 때까지 협상과 타협을 통해 나아가는 것이 상인들의 기율이다. 이 과정에서 반드시 배제되어야 할 것은 폭력이다. 폭력은 자기 자신을 배제하기 위해서만 행사되어야 한다. 이 점이 중세와 구분되는 근대 부르주아 사회의 에토스이기도 하다. 신분제 사회에서 폭력은 계급간의 위계를 재확인하고 과시하는 절차일 수 있어서, 주기적으로 행사되고 경우에 따라서는 권장되기도 한다. 하지만 근대 자본주의 사회에서 공공연한 폭력성은 배제되어야 할 첫번째 대상이다. 못 참고 때리는 쪽보다는 참고 맞는 쪽이 이득을 보게 되어 있다. 경제적으로도 사회적으로도 그러하다. 그래서 싸움이 벌어지면 말한다. "어, 때려? 돈 많으면 한번 때려봐!" "어, 때렸어? 파출소 가자. 진단서도 끊고!" 경제적 이득 따위를 상관하지 않는 사람이라면 그냥 때리고 감옥에 가는 것을 선택할 것이다. 우리는 그런 사람을 철딱서니나 건달이라고 부르거니와, 성석제가 사랑하는 인물로서의 건달은 근대를 살아가는 중세인들이며 근대성의 외부자, 탈근대성의 구현자 들이다. 물론 자본주의 사회라고 하여 계급간의 위계나 폭력이 사라질 수는 없다. 다만 그것은 공공연한 것이어서는 곤란하다. 반드시 은폐되고 위장된 것이라야 폭력은 자본주의의 질서에서 살아남을 수 있다. 그러니까 세상이 바뀌어도 사람들 사이에서 힘의 위계와 그것에 따른 폭력성이 사라질 수 없다면, 말하자면 근대 자본주의 사회로 접어들면서 사라진 것은 폭력성이 아니라 그것의 외재성이라 해야 할 것이다.

성석제의 인물들은 이런 점에서 자본주의의 덕성과는 매우 다른 지점에 놓여 있다. 그들은 타협의 균형점에서 한발 더 나아가거나 한발 덜 간다. 적절한 지점에서 멈추는 법이 없다. 그들은 갈 데까지 가는 인물들, 폭력을 행사하고 사취하고 대놓고 거짓말하고 능청을 떨고 과장하는 인물들이다. 이런 성격들은 성석제가 지난 이십 년 동안 즐겨 그려온 개성들, 시골 건달로 대표되는 인물들이 보여주는 특징이기도 하다. 그럼에도 이들이 보여주는 특이한 점은, 자본주의적 덕성의 세계로부터 한발쯤만 더 가고 덜 갈 뿐, 그것의 인력권으로부터 완전히 벗어나버린 것은 아니라는 사실이다. 그러니까 그들은 그로부터 벗어나 있으면서 또한 동시에 그곳을 인력의 중심으로 삼고 있어, 흡사 행성들처럼 자본제적 덕성의 주변을 맴돌고 있다고 표현해도 좋겠다. 이런 점에서 그들은 성석제가 즐겨 호출하는 지방 읍내(이를테면 은척 같은 곳) 같은 장소와 매우 잘 어울리는 사람들이다. 지방의 읍내란 도시와 시골이 교차하는 곳으로서 인공과 자연, 근대와 비-근대의 점이지대 같은 곳이다. 그러니까 도시 속의 비-도시성이자 동시에 시골 안의 비-시골성이 구현되고 있는 곳이기도 하다. 이런 점에서 보자면 그의 장편 『왕을 찾아서』의 주인공 마사오나 단편 「조동관 약전」의 주인공 같은 인물들이야말로 장소성과 성격이 겹쳐진다는 점에서 가장 전형적인 성석제적 주인공이라 할 수 있을 것이다.

이와 같은 반-자본제적이라 할 인물들, 그러니까 앞뒤 가리지 않은 채 제가 하고자 하는 일을 감행하고, 그런 한에서 크건 작건 이해 득실에 구애되지 않는, 비합리적이고 탈법적이고 바보같이 우스꽝스럽고 굉장하고 그래서 존경스럽고 혹은 매력적인 인물들은 반드시 그 반대되는 시선에 의해 포착됨으로써 자기 의미를 획득한다. 이 책에 실린 단편의 예를 들자면 「찬미」 같은 경우가 대표적이다. 이 이야기 속에서 전설적인 '공주'로 등장하는 여성 인물은 객관적 위력이라는 점에서 보자면, 그가 이전에 그려낸 전설적인 깡패 마사오나 조동관보다 덜할지도 모른다. 「찬미」의 여주인공 이민주는 어린 시절 학교의 남자아이들을 설레게 만든 미모의 소유자였고, 또 영락한 집안의 장녀 노릇을 하며 남동생들을 뒷바라지한 정도가 객관적인 공훈에 해당한다. 그러니 시골의 건달 남성 주인공들이 보여준 기록될 만한 무훈에 비하면 대단하다고 할 수는 없다. 하지만 중요한 것은 그런 객관적인 데이터가 아니다. 비유하자면 그들은 자신의 아름다움의 발견자를 기다리는 자연과도 같다. 중요한 것은 그들이 지니고 있는 객관적인 대단함이 아니라 그것을 누가 어떻게 받아들였는지이다.

「찬미」의 여주인공 이민주의 경우도 마찬가지이다. 이 소설의 화자, 그러니까 아름다운 여주인공 이민주를 어렸을 때부터 흠모했고 그러면서도 감히 어쩌지 못해, 자기의 공주가 아름답지 못한 인생 유전 속에서 영락해가는 모습을 수수방관할 수밖에 없었고, 그 영락한 공주가 밑바닥으로부터 일어나 당당한 중년의 모습으로 귀환하는 모습을 감회에 찬 눈길로 바라보고 있는 서정우가 소설의 화자로 있는 한, 이민주가 발하는 전설의 광휘는 그 어떤 남성 영웅보다 못할 수 없다. 이를테면 이민주가 청소년 공주였을 때 다음과 같이 묘사되었다.

어느 한 사람이 독점할 수 없는 아름다운 여자, 한때 읍내 부잣집의 공주 같은 딸이었다가 고아원에서 동생들과 함께 살고 있는 여고생, 누구에게도 기죽지 않고 어떤 소문에도 개의치 않고 당당하게 세상을 활보하는 청춘. 평범한 사내아이들이나 여자아이들은 민주를 보는 순간, 냄새를 맡고 목소리를 들으면 숭배의 감정을 가질 수밖에 없었다.(92쪽)

　　그리고 이 소설의 마지막 대목은 다음과 같은 문장들로 채워진다. "민주는 아름답다. 아름답다. 사무치게 아름답다. 네가 와줘서 기쁘다, 민주. 네가 돌아와 줘서, 우리는." 여기에서 소설의 화자 서정우가 감탄하고 있는 이민주는 이미 어린 여자도 젊은 여자도 아니다. 결혼한 지 이십 년 만에 이혼에 성공했고, 그사이 아들을 키워내 군대에 보냈고 또 계가 깨져 거액의 부채를 안고 도피 생활을 하다 체포되어 일 년 육 개월 감옥 생활을 버텨냈고 게다가 자살 시도에서 살아나온, 그야말로 산전수전 다 겪은 중년의 여성이다. 그런 이민주에 대해 소설의 화자 서정우는 이민주를 숭배했던 남성들을 대표하여 이와 같은 최상급 감탄의 표현들을 구사하고 있는 것이다.

　　아름다움 때문에 전쟁의 빌미가 된 『일리아드』 헬레네의 경우도 그 아름다움은 십 년을 유지했을 뿐이다. 그런데 이민주의 경우는 삼십 년을 지탱하는 아름다움이다. 최소한 소설의 화자 서정우에게는 그러하다. 앞의 것이 서사시의 세계, 곧 시간의 힘이 작용하지 않는 표백된 동화의 세계라면, 서사시의 저 어린아이 같음을 세 배나 넘어서버린 성석제의 경우는 어떤가. 세 배나 더 서사시적인 것이라 해야 하는 가. 물론 그것은 성석제식의 과장법이자 그 특유의 작법이라고 말해 버릴 수도 있다. 하지만 그것만으로 충분치 않음은 두말할 나위가 없 다. 우리는 나이든 이민주를 바라보는 서정우의 반응에 대해, 나이든 것은 이민주만이 아니지 않은가라고 반문할 수 있다. 어릴 적부터 이 민주라는 공주를 보아온 서정우의 눈도 똑같이 나이가 들었다는 것이 다. 어쩌면 서정우는 먼저 나이가 들어 뒤늦게 나이들어오는 이민주 를 기다리고 있었는지도 모른다. 이민주가 중세의 영웅이라면 서정우 는 근대의 속물이다. 자신의 속물성을 자각하고 있는 현명한 속물들 이 원하는 것은 비활동성의 관찰자 자리이고, 하루 빨리 늙어서 영웅 들의 뒤편으로 조용히 스러지는 것이다. 그러니까 영웅의 모습과 그 것을 바라보는 속물의 시선은 잘 어울리는 짝이 아닐 수 없다.

이런 점에서 보자면, 성석제에 의해 표현되고 있는 세 곱의 서사시 적 세계는 소설의 세계에 침잠했다 그 세계까지 이끌고 귀환한 서사 시의 세계에 다름아니다. 성석제의 세계에서 시간의 강력한 힘은, 시 간이 지나도 여전히 아름다운 주인공에 의해 슬쩍 인지의 영역 밖으 로 사라진다. 그래서 흡사 시간의 힘을 타지 않는 서사시의 세계처럼 보이기도 한다. 하지만 그것으로 끝이 아님은 물론이다. 모든 아름다 움을 사위게 만드는 시간의 힘은 한 번이 아니라 두 번 부정되고, 그 럼으로써 드러나는 것은 시간의 힘 자체가 지니고 있는 아름다움이 다. 좀더 정확하게는 시간의 힘이 작용할 때에만 아름다움이 생겨날 수 있다는 사실이다. 그것이야말로 진짜 아름다움의 세계라 해야 할 것이다.

서사시의 세계가 그리는 영원한 아름다움이란 마치 인공의 꽃과도 같아서 사람을 질리게 만든다. 사위어가고 있는 아름다움, 생기의 곡선의 정점을 넘어서면서 시들어 사라져갈 아름다움, 언젠가 흔적도 없이 사라져버릴 것으로서 우리에게 다가오는 향기야말로, 우리가 아름다움으로 인지하는 것들의 핵심에 놓여 있는 자질이다. 그러니까 모든 아름다움을 그 자신이게 만드는 것의 핵심에는 그 아름다움의 파괴자인 시간의 힘이 자리를 잡고 있는 것이며, 그 자신의 적대자를 품고 있지 않은 아름다움은 결코 아름다움일 수 없는 것이다. 그런 자리에 서서, '서사시 – 소설 – 세 곱 서사시'의 흐름을 염두에 둔다면, 서정우가 늙은 이민주를 바라보며 아름답다고, 사무치게 아름답다고 말하는 것을 이해할 수 있을 것이다. 적어도 성석제는 그렇다고 주장을 하고 있는 셈이겠다.

성석제의 소설 속에서 영웅들은 이처럼 평범한 사람의 시선에 의해 보충됨으로써 영웅이 된다. 서정우의 시선이 없다면 이민주는 굴곡 많은 삶을 살아온 한 중년 여성에 불과하다. 이민주의 아름다움은 삼십 년이 넘은 시간 속에서, 그 시간의 축적에 의해, 그 시간을 관통함으로써 만들어지는 어떤 것이되, 그 시간을 함께 겪어온 사람의 시선이 있을 때에만 발견될 수 있는 것이다. 아름다움의 살해자 시간이 없다면 아름다움 그 자체가 존재할 수 없다는 것은 근대적 미의식 자체가 지니고 있는 역설이다. 거기에서 유한성이 사라져버린다면, 시간 속에서 변화하는 대상이 제공하는 경험의 특이성도 사라지고, 종국에는 시들지 않고 썩지 않는 꽃이 지루한 영원성의 형상으로 남게 될 것이다. 영원성이 아름다움이 될 수 있는 것은 오로지 시간성의 보충을 통해서일 뿐이다. 어처구니들의 세계도 마찬가지이다. 성석제는 우리가 다만 가지고 있었을 뿐인 시선들을 끄집어내어 보충함으로써 이 어처구니 영웅 괴물들의 세계를 우리에게 보여준다. 뒤집어 말하면, 어처구니들이 만들어짐으로써 우리는 비로소 그것을 어처구니로 발견하는 우리의 남루한 시선의 존재를 확인하게 되는 것이기도 하다. 성석제가 그것을 의도했는지의 문제는 전혀 별개의 것이다.

3. 엉터리를 바라보는 시선의 이중성

성석제의 소설 속에서 시선의 보충은 영웅만이 아니라 엉터리들을 만들어내는 장치이기도 하다. 그의 작품 속에 영웅보다 엉터리들이 더 많은 것은 당연한 일이다. 세상의 이치가 그러하기 때문이다. 「남방」에서의 사업가 박씨, 「홀린 영혼」의 이주선, 「해설자」의 엉터리 자원봉사 유적 해설자 김문일 같은 인물들이 그런 경우이다. 이 엉터리들 역시 영웅과 마찬가지로 시간의 힘을 타지 않는 사람들이며, 그런 점에서 서사시적 세계의 인물들이다. 그리고 무엇보다도 영웅은 그 자체가 엉터리이기도 하다. 영웅과 엉터리 들은 모두 어처구니없는 존재들, 그 크기나 위력이나 규모나 정도라는 점에서 사람들을 어이없게 만드는 존재들이기 때문이다. 엉터리이건 영웅이건, 사기꾼이건 놀라운 희생자이건 이 점에서는 마찬가지이다. 영웅과 엉터리는 그저 백지 한 장 차이에 불과하다. 그들은 모두 숭고한 대상이 될 수 있는 잠재력을 지니고 있다. 영웅과 엉터리는 어떤 시선이 어떤 모습으로 그들을 발견해주는지에 따라 달라질 뿐이다.

서사시적 인물들을 규정하고 있는 것은 일관성이다. 영웅들은 물론이고 엉터리들도 자기 모습 그대로 끝까지 간다. 「홀린 영혼」의 엉터리 사기꾼 이주선은 거짓말하고 과장하고 자기 과시를 일삼는 것에 관한 한 어려서부터 늙어서까지 시종여일하다. 「남방」의 화자 일행이 라오스 여행길에서 만난 자칭 사업가 박씨는 오토바이 한 대로 오지의 험한 지역까지 일행을 따라붙는다. 「해설자」의 엉터리 해설가도 마찬가지이다. 여기저기서 훔쳐온 내용을 가지고 자랑스러운 조상이라는 엄숙한 서사를 만들어낸다. 그에게 중요한 것은 그 엄숙하고 근엄한 자세를 유지하는 일 자체이다. 그것에 비하면 내용이 사실이냐 아니냐 하는 것, 내용 중에 자기모순이 있는지 없는지 같은 것은 아무런 중요성도 없다.

이런 인물들을 바라보는 성석제의 시선은 이중적이다. 그들이 보여주고 있는 엉터리 같은 행동에 대한 경멸감과 어이없음이 한편에 있다. 이것은 성석제가 아니라 정상적인 사람이라면 누구라도 그럴 수밖에 없다. 그런데 문제는 그 반대편에 놓여 있는 시선이다. 거기에는 어처구니없는 인물들을 견지하고 있는 집요함과 일관성에 대한 경탄이 있다. 이 시선에 따르면, 그들은 엉터리이고 사기꾼이지만 경탄스러운 엉터리들이다. 그들 각각의 행적은 경멸을 불러일으키지만, 그 내용과 상관없이 견실하게 유지되는 형식은 경탄을 불러일으키는 것이다. 그런 일관성의 세계는 성석제의 서사가 즐겨 포착해내는 대상이며 동시에 성석제 특유의 개성이기도 하다.

이 책에 실린 소설들로 말하자면, 「홀린 영혼」의 이주선은 「찬미」의

주인공 이민주의 대칭점에 해당한다. 이중적인 의미에서 그러하다. 이민주가 공주에 해당한다면, 귀공자의 용모에 부잣집 아들이었던 이주선은 왕자이다. 게다가 그 왕자는 보통 왕자가 아니라 엉터리 사기꾼 바람둥이 왕자이다. 그러니까 왕자 이주선은 공주 이민주의 반대편에 있을 뿐 아니라 대각선으로 반대편에 있기도 하다. 그리고 그 중앙점에는 이들을 왕족으로 등극시키는 시선의 주인공이 자리잡고 있다. 이민주를 공주로 만들어주었던 시종 서정우의 자리에는, 왕자의 초등학교 동창이자 그에게 총애를 입었던 소설의 화자 오세호가 놓여 있다. 공주의 아름다움을 홀린 듯이 바라보았던 시선의 주체와 마찬가지로, 한 사기꾼의 놀라운 변신담을 바라보고 있는 시선의 주체 역시 이중적인 태도를 지니고 있다. 늙은 공주를 아름답다고 하는 서정우의 말이 아이러니일 수밖에 없듯이, 늙은 사기꾼을 바라보는 친구 오세호의 눈길에도 경멸과 공감이 교차한다. 그곳에서 생겨나는 정서가 안쓰러움이다. 이주선은 명백하게 사기꾼이지만 그것을 공식적으로 인정하지 않은 채, 그의 과장과 거짓말과 너스레를 까발리지 않는 오세호의 친구로서의 태도가 그런 마음을 보여준다.

그런데 오세호는 왜 이 사기꾼에게 친구의 자리를 지키고 있는 것인가. 소설 내부의 논리로 말하자면 이유는 간단할 것이다. 초등학교 오학년이었던 오세호가 곤경에 처했을 때, 그를 도와주었던 사람이 동갑내기이면서도 훨씬 어른스러운 소년 이주선이었다. 그때 이주선은 사기꾼이기에는 너무 어렸기에 사기꾼 벼락부자 아들의 지위를 차지하고 있는 정도로 족해야 했다. 중고등학교와 군대를 거치는 동안 이주선은 귀여운 사기꾼에 방탕아, 거짓말쟁이가 되어갔고, 삼십대에는 북방외교라고 너스레를 치면서 러시아와 관련된 어두운 사업을 하기에 이르렀다. 그리고 그런 길을 따라 전형적인 사기꾼 기업가 기질을 발휘하며 많은 대형 소문들을 만들어냈다. 그런 이주선의 행적과 소문에 대해 오세호는 더러는 화를 내거나 짜증을 부리기도 했지만, 적어도 오세호를 향한 이주선의 호의는 어릴 때부터 커서까지 여일했다. 그런 이주선이기에, 오세호는 그 앞에서 친구의 자세를 취하지 않을 수 없다. 이주선이 자기의 유일한 친구라고, "지상과 현세, 우주에서 유일한 나의 친구여"라고 불러주었던 오세호였다. 이주선이 어떤 사람이건 간에, 자기에게 저런 호의를 보여준 사람에 대해 친구의 자리를 거부하는 것은 오세호가 아니더라도 누구에게나 쉬운 일은 아니다. 일차적으로는 이것이 질문에 대한 대답일 수 있겠다.

어이없는 사기꾼의 친구 자리를 유지하는 것은 오세호에게 난감한 상황을 초래하곤 한다. 이럴 때 오세호의 양가감정은 극단으로 치닫는다. 이를테면 소설의 마지막 장면은 이런 오세호의 아이러니컬한 마음을 적실하게 그려내주고 있다. 이주선의 부친상 소식을 듣고 오세호가 문상을 갔다. 강북에 있는 시립 영안실이었다. 그전까지 소문으로 들려왔던 이주선의 활약을 감안한다면 그가 문상을 가야 할 곳은 서민들이 이용하는 그런 곳이 아니라 좀더 버젓하거나 화려한 곳이어야 했다. 나이보다 훨씬 더 늙어버린 왕년의 귀공자 이주선이 매우 허름한 장례식장에서 가족도 없이 홀로 문상객을 맞고 있다. 그런데 더욱 기이한 것은 장례식장을 장식하고 있는 백 개가 넘는 조화 화환이다. 전직 대통령부터 대법원장과 총리, 외교부 장관 같은 유력자들의 직함과 이름이 거기에 달려 있다. 그 조화들은 모두 한집에서 제작된 것처럼 같은 크기에 같은 모양새였다. 그러니까 이것은 누가 보더라도 어이없는 허풍선이의 허술한 무대장치일 수밖에 없는데, 이런 상황에서 오세호가 취해야 할 적절한 행동은 무엇일까. 자기도 그 허술한 무대 속에서 배우가 될 것인가, 아니면 무대 바깥으로 나가버리거나 혹은 무대의 허구성을 폭로해버릴 것인가. 상반된 선택 사이에서 생겨나는 마음의 갈등이, 장례식장에 들어서면서 터져나온 오세호의 웃음과, 그러면서도 또다시 시작되는 이주선의 너스레를 조용히 들어주는 상반된 태도로 표현되고 있다.

이런 대목이라면 어떨까. 오세호가 이주선의 엉터리 연극판을 빠져나오지 못하는 것이 친구로서의 의리 때문만이라 할 수 있을까. 그것은 늙어버린 공주, 이제는 일본인 남성을 새로운 남편으로 맞아, 친구들에게 오글거리는 문자를 날리며 귀환하는 첫사랑 여성의 늙은 모습을 향해 사무치게 아름답다고 말해버리고 마는 서정우의 마음과 같은 것이라고 해야 하지 않을까. 그러니까 오세호가 이주선이 마련한 엉터리 같은 연극 무대에서 내려오지 않는 것이 단지 친구이기 때문만이 아니라, 사기꾼 이주선의 휘황한 너스레가 지니고 있는 매력 때문이기도 하지 않을까 하는 것이다. 오세호는 정상적이고 평범한 생활인이다. 그들에게는, 또한 우리에게는 그런 평범한 삶을 사느라 포기해야 했던 것들이 있다. 그 포기한 것들의 자리에서 움직이고 있는 존재들이 엉터리 왕자 이주선이 아닌가. 사기꾼에 난봉꾼, 허풍선이, 떠돌이 들이 그런 자리에서 움직이고 있다. 그러니까 단정한 근대인들을 보고 이해관계에만 몰입해 있어 진짜 삶이 무엇인지 모르는 속물이라고, '최후의 인간'이라고 경멸했던 니체의 입장에서 보자면 오히려 이주선이야말로 진짜 삶을 사는 존재가 아닌가. 그러니까 '최후의 인간'의 입장에서 보자면 이주선과 같은 삶은 경멸과 타기의 대상이면서 동시에 동경과 우러름의 대상이기도 하다. 이 기묘한 이중감정이, 이주선을 바라보는 오세호의 마음속 그 가장 밑바탕에서 움직이고 있다. 그러니 이주선을 바라보는 오세호의 눈길에 스며 있는 정서는 그가 단지 이주선의 친구라서 그런 것만은 아닌 셈이다. 그리고 이와 같은 시선의 이중성에 관한 한, 이주선의 이야기를 들려주는 성석제도, 그리고 그것을 읽고 있는 독자들도 마찬가지 처지가 아닐 수 없다. 그런 이중성과 무관한 사람들이라면, 혹은 그렇게 자처하는 사람들이라면 성석제의 책을 읽고 있지는 않을 테니까.

4. 성석제의 불/건강성

이 책에는 교통사고에 관한 두 편의 이야기가 실려 있다. 좀더 정확하게는 교통사고에 관한 이야기(「론도」)와 교통사고가 나지 않은 이야기(「외투」)라고 해야 할 것이다.

「론도」에서 교통사고에 관한 이야기는, 매우 경미한 접촉사고에서 시작하여 보험 사기로 이어지고 마침내는 사람이 다치고 피가 흐르는 진짜 사고로 이어진다. 물론 마지막 이야기는 소설의 주인공이 겪은 것이 아니라 경찰서에서 목격한 이야기이지만 말이다. 사소한 접촉사고에 관한 이야기를 들으며 작가가 마련해놓은 서사의 선을 따라가다보면, 자동차 보유 대수가 전 인구의 절반에 육박해가는 한국의 현실 속에서 사람들이 한두 번쯤은 겪고 들었음직한 사건들을 만나게 된다. 여기에서 중요한 것은 매일 보도 매체를 장식하곤 하는 이런 사건들 자체가 아니라 사고에 당면한 사람들의 경험이다. 그것을 포착하는 것이, 성석제가 소설가로서의 자신에게 부여한 임무이기도 하다. 이 책의 첫 소설에서 성석제가 보여주는 이런 모습은, 당대 현실의 세태와 풍속에 대한 작가로서의 감수성을 보여주는 것이기도 하지만, 「론도」와 같은 단편이 새삼 일깨워주고 있는 점은 성석제의 고유한 작법, 너스레와 능청의 의미이다. 교통사고의 연쇄와 그로 인해 만들어지는 서사적 흐름의 점층적인 선은 어느 순간 갑자기 독자로 하여금 성석제식의 너스레와 능청의 존재를 깨닫게 한다. 그러니까 한번 가보자는 거지요? 그것이 독자들에게 배달된 작가의 초대장임을 알게 된다면, 그 사람은 이미 성석제의 독자가 되어 있는 것이다. 나도 그런 과정을 통해 그의 독자가 되었다.

성석제식의 작법과 아이러니를 전형적으로 보여주는 것은 「이 인간이 정말」이다. 젊지 않은 나이의 두 미혼 남녀가 품위 있는 식당에서 처음 만나는 저녁 자리이다. 서양식 코스 요리가 진행되는 동안 남자는 말을 하고 여자는 듣는다. 미혼 남녀가 서로에게 첫선보이는 자리에서 해서는 안 될 이야기가 무엇인지를 남자는 잘 알고 있다. 그런데 남자는 바로 그 이야기를 늘어놓는다. 와규 스테이크 이야기에서 시작된 먹을거리에 관한 이야기는 육우가 양식되는 열악한 환경과 새우의 양식 환경, 광우병, 양계장의 비위생적 환경, 아메리카에서의 콩 생산업자들의 비윤리성 등으로 이어진다. 전문적인 지식과 윤리적 입장이 뒤섞인 이런 이야기는, 그 첫머리에서는 채식주의자나 동물 해

방론자 혹은 생태주의자의 입장에서 나올 수 있는 정보와 발언이기 때문에 조금은 경건한 마음으로 들을 수 있다. 이야기를 듣는 여성이나 독자나 그 점은 마찬가지이다. 하지만 쉴 새 없이 이어지는 그런 이야기는 마침내 '이 인간이 정말!'이라는 느낌이 들게 한다. 틀린 이야기는 아니지만 상황에 맞지 않는 이야기이기 때문이다. 그리고 이 이야기가 중국 매춘 업계의 실상으로 이어지는 순간은 마침내 독자들로 하여금 작중의 여성 인물의 입장에 서게 한다. 맞선을 위해 나와 있는 상대를 고려하지 않고 눈앞에 보이는 모든 것들에 관한 수많은 정보를 쏟아내는 남자는, 그러니까 중얼거리는 입이며 말하는 충동의 화신이다. 그런 남자를 향해 홀로 남은 여자가 내뱉은 말은 "됐다 새 끼야, 제발 그만 좀 해라"이다. 계몽의 서사로 시작된 성석제의 이야기가 자기모멸의 서사로 끝나고 있는 것이다.

그런데 바로 이 같은 점이 서사에 임하는 작가 성석제의 표준적인 감각이라고 하면 어떨까. 현실의 디테일에 관한 한 그는 계몽주의적 입장을 가질 수밖에 없다. 성석제의 화자는 사람들이 잘 알지 못하는 혹은 잘못 알고 있는 이야기를 들려주는 사람이니까. 하지만 이야기꾼으로서의 작가 성석제가 견딜 수 없는 것은 계몽주의적 발화의 방식, 그러니까 독자들보다 높은 자리에 서서 훈계하듯이 이야기를 늘어놓는 방식이다. 이런 점에서 보자면, 「이 인간이 정말」의 여자가 내뱉은 저 마지막 문장(이 문장은 소설의 제목과도 상관적이다)이 단순히 한 작중인물을 향한 것이 아님은 물론이다. 그것은 작가의 내부에서 꿈틀거리는 이야기하고자 하는 충동을 향한 것이기도 하고, 또한 말하는 사람이 지닐 수밖에 없는 계몽의 외관을 향한 것이기도 하며, 또한 소설의 화자(혹은 작중인물)를 향해 소설을 쓰고 있는 손의 주인인 성석제가 짐짓 내뱉음으로써 자기 자신을 그로부터 분리시키고자 하는 너스레의 상징이기도 하다. 이처럼 이중 삼중으로 만들어지는 아이러니의 거리감은 성석제의 소설 속에서 어렵지 않게 만나곤 하는 장치들이다. 바로 이런 서사적 감각이 그의 소설을 지난 이십 년 동안 건강하고 생동감 있게 만들어주었다고 하면 어떨까. 그가 많은 사람들을 어떤 단일한 열정 속으로 몰아넣는 선동가일 수는 없다. 그것은 아이러니를 아는 이야기꾼으로 차마 할 수 없는 짓이다. 그의 이야기는 반대로, 모여 있는 사람들로 하여금 저 혼자 킬킬거리게 하고, 미소 짓게 하고, 흩어지게 하고, 혹은 두셋씩 모여 앉아 뒷담화를 늘어놓게 할 것이다. 그것이 이야기꾼 성석제가 지니고 있는 불/건강함이다.

성석제 서사의 특징은 자주 독자들의 예상과 어긋난다는 점이다. 그것은 그가 지닌 작가로서의 유머감각이면서 동시에 진지함이기도 하다. 이 책에 실린 짧은 이야기 「외투」도 그런 감각의 산물이다. 다른 일곱 작품을 읽으며 성석제의 독자가 된 사람이라면, 이 작품에서도 당연히 그와 비슷한 무언가를 기다리게 된다. 그런 독자들의 기대를 슬쩍 비틀어놓는 것이 성석제의 감각이다. 여기에서 그는, 아버지가 남긴 고전적인 외투가 운전을 한다는 엉뚱한 화소를 진지하게 끝까지 밀어붙여 환상소설 비슷한 진지한 분위기를 만들어내고 있다. 그런 식의 서사 속에서 어처구니없는 이야기들의 느슨함은 견결함으로, 실없음은 단정함으로 변한다. 성석제는 능청꾼이되 한두 번 정도의 실패에는 끄떡하지 않고 끝까지 밀어붙이는 집요한 능청꾼이다.

그런 점에서 성석제는 그가 만들어내는 어처구니없는 엉터리와 영웅들을 닮았다. 그는 냉정하고 싸늘한 시장 한복판을 소리 없이 누비고 다니는 쿨하고 깔끔한 낭만주의자이다. 그런 성석제를 읽고도 사랑하지 않을 수 있다면 그런 독자 또한 대단한 '어처구니'가 아닐 수 없다.

작가의 말

이 책에 묶인 소설들은 격렬한 기후 변화와 세계화의 와중에 씌었다. 그만큼 울퉁불퉁해진 세상에서 균형을 유지하기가 쉽지 않았다. 그때마다 나는 기억으로 돌아갔다. 유년기와 첫사랑, 청춘 시절처럼 오래된 기억은 천억 개가 넘는 뇌세포 가운데서도 안쪽 깊숙한 데 숨어 있었다. 거기에 언제든 갈 수 있다면 아직은 견딜 만한 것이다.

오늘이 어제의 기억으로 지탱되듯이 현재를 기억함으로써 미래가 만들어진다. 잊지 말지니, 기억의 검과 방패로 싸워 이길 수 있다는 것을. 함께 환호하며 가슴 벅찬 기쁨을 누리리라는 기약을.

그러니 아직 견딜 만은 한 것이다.

2013년 여름, 망원에서 한강을 보며
성석제

| 수록 작품 발표 지면 |

론도 ······ 『현대문학』 2009년 11월호

남방 ······ 『문예중앙』 2010년 가을호

찬미 ······ 『한국문학』 2010년 봄호

이 인간이 정말 ······ 『현대문학』 2012년 8월호

유희 ······ 『문학과사회』 2009년 가을호

외투 ······ 『GQ』 2011년 3월호

홀린 영혼 ······ 『창작과비평』 2011년 겨울호

해설자 ······ 『문학동네』 2008년 가을호

문학동네 소설집
이 인간이 정말
ⓒ 성석제 2013

1판 1쇄 2013년 9월 26일
1판 10쇄 2018년 8월 24일

지은이 성석제
펴낸이 염현숙
책임편집 김필균 | 편집 김민정
디자인 김현우 유현아 | 마케팅 정민호 박보람 나해진 우상욱
홍보 김희숙 김상만 이천희
제작 강신은 김동욱 임현식 | 제작처 영신사

펴낸곳 (주)문학동네
출판등록 1993년 10월 22일 제406-2003-000045호
주소 10881 경기도 파주시 회동길 210
전자우편 editor@munhak.com | 대표전화 031) 955-8888 | 팩스 031) 955-8855
문의전화 031) 955-3576(마케팅) 031) 955-2679(편집)
문학동네카페 http://cafe.naver.com/mhdn | 트위터 @munhakdongne

ISBN 978-89-546-2247-9 03810

www.munhak.com